第4屆【噶瑪蘭・島田莊司推理小說獎】決選入圍作品

H.A.

薛西斯——著
島田莊司——講評
詹宏志——導讀

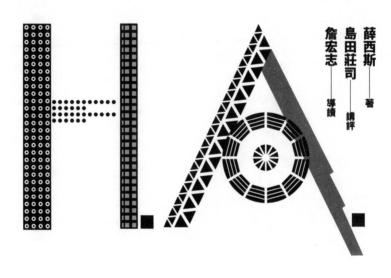

關於「噶瑪蘭・島田莊司推理小說獎」

華文世界近年來掀起了一股推理小說的閱讀風潮，大量日本、歐美的推理作品被譯介出版，也深受讀者喜愛。金車教育基金會為了鼓勵華文推理創作、發掘年輕一代深具潛力的推理作家，加深一般大眾對推理文學的討論與重視，獲得日本本格派推理大師島田莊司首肯，舉辦兩年一屆的「噶瑪蘭・島田莊司推理小說獎」。

誠如島田老師的期待：「向來以日本人才為中心推理小說文學領域，勢必交棒給華文的才能之士，我可以感覺到這個時代已經來臨！」期盼透過這個獎項讓更多人投入推理文學之創作，帶給讀者嶄新的閱讀時代。

這項跨國合作的小說獎已邁入第四屆，在島田先生和皇冠文化集團支持下，將致力華文推理創作推廣到世界各個角落，讓此一獎項不僅是華文推理界的重要指標，更是亞洲推理文壇的空前盛事，期盼未來華文推理作家能躍上世界推理文壇。

[推薦序]

平行世界之中的謀殺邏輯

（本文涉及部分情節設定，請自行斟酌閱讀）

PChome Online董事長／詹宏志

H.A.是一款遊戲的名稱，它所代表的意思是小說裡一個重要的趣味點，我在這裡不能剝奪讀者自行找到答案的樂趣。更仔細地說，H.A.是一款VRMMO(虛擬實境多人線上角色扮演遊戲)，應用了大量人工智慧寫成，創造了幾乎能仿擬真人的遊戲角色性格與行為，特別是所謂的NPC（Non-Player Character）；遊戲內有七十五座大城市，小型村莊超過三百個，景觀各自有別，也栩栩如生，每個城市都有自己的歷史設定，因而也就有各種情境與角色的心理反應；其中PvE（非戰鬥地區，在這裡玩家不會死亡)佔了三成，PvP(戰鬥地區，玩家在此可以自由對決，發揮格鬥絕技）則佔了七成。

這就是小說的背景，推理案件將要發生在程式設定的環境與行為裡，而一切的理解與破案的方法也都要這樣一個「社會」裡進行。小說混合著現實與虛擬兩線開展，在現實世界裡，遊戲公司裡兩位製作人各有堅持，因而提出以遊戲一決高下的挑戰；挑戰進行時，雙方各自組成的隊伍都進入遊戲裡頭，化身另一個「角色」，開始雙方的追捕獵殺的行動……。

挑戰遊戲的規則要求凶手組的一方在PvE那些殺不死人的地區殺死對方，另一方偵探組在有隊員被殺死時，必須在七日內找出對方殺人的手法，如果凶手組讓偵探組全軍覆沒而又無法破案，凶手組就贏了；如果偵探組在遊戲結束時，仍有組員存活，或儘管全員滅亡卻能夠破解對方手法，偵探組就贏了……

小說裡的主要角色同時活在現實的遊戲公司與遊戲裡的世界，他們的競爭與互動也用兩個身分在兩個世界裡同時進行。但推理小說裡的「案子」，以及與案情相關的原因、詭計則「大部分」發生在遊戲程式裡，你必須用遊戲的邏輯和特性去破案。

把真人放入程式世界裡，這在當今已不是新鮮之事；也許具有里程碑意義的創作要追回到一九八二年的迪士尼電影《電子世界爭霸戰》（Tron），但年輕讀者可能更熟悉的是基諾李維主演的《駭客任務》三部曲。真人進入虛擬世界，既是造物者又是被造之物（受限於那個Avatar被賦予的特質與技能），他與其他由電腦操作的角色互動，但又承擔虛擬世界裡的後果（在這部小說裡，並不像《駭客任務》裡那樣，你不會因為在遊戲裡被殺而在真實世界死亡，但它模擬了神經訊號，你是會真實感到痛覺）；這種既真且虛的「平行世界」，的確帶來許多情節進行以及延伸意義的可能性。在看多了真實世界的謀殺案件之後，突然間案子來到栩栩如生的程式世界之中，讓我們真有耳目一新的感受。

《H.A.》是一部極為出色的作品，它的故事背景十分紮實，作者對遊戲產業與遊戲邏輯是全盤掌握的，故事中的遊戲規模龐大，架構複雜，但作者從容且充分地信手拈來所有的細節，彷彿理所當然。光憑這個研究與描寫的能力，就讓我相信他(或她)將有一個很好的寫作生涯前途。但如果我再考量小說中的角色安排（包括真人與虛擬角色）、對白鋪陳，以及故事推進的節奏與路徑，我們也不必等到未來，眼前就有一部足以讓我們稱許的傑作。

〔推薦序〕

肩負推理小說歷史進程的傑作

（本文涉及部分情節設定，請自行斟酌閱讀）

推理評論家／玉田誠

《H．A．》對我這種老世代的評審而言，老實說，有點難以評論。作者本身拋開了who done it與why done it，並坦言傾注全力在how done it上的此部作品，實際上是以線上遊戲為案發舞台的極其特殊之作品。評審認為，藉由who done it與why done it公開真相，是描寫犯人、被害人與案件相關人的劇情，把本格推理寫成「小說」的必要構成元素，這部作品卻沒有這些。然而，本作品雖放棄了本格推理所具有的此類劇情，卻充滿有過之而無不及的獨創性。在讀者面前公開的出人意表的三起事件，以及活用遊戲世界本身的特殊性，再加上從與現實世界的接觸點，以meta-level（後設層次）點出讀者陷阱的設計等等，本作品具有無與倫比的獨創性，讓許多讀者閱讀的這件事本身，便可以說是歷史性的「事件」。以前，日本出版綾辻行人的《殺人十角館》時，曾有人強烈批評此作品「描寫的不是人」。然而，誠如許多讀者所知，此作品今天已獲得歷史性名作的高度評價。或許，此作品也會是被委予歷史性評斷的宿命，謹讓我們拭目以待。

［推薦序］

享受真實與虛構的對決

名小說家／張國立

作者設計出穿越於真實和虛構之間的競賽，透過電腦遊戲，兩組人馬想盡方法置對方於死地。和一般的遊戲不同，操縱者還得進入虛構的世界接受真實的挑戰並體驗死亡，因此作者的邏輯能力很強，連讀者也必須隨時分辨自己所處的位置，融進虛構，享受真實。

序幕

你曾體驗過死亡的感覺嗎？

那一瞬間好像連風的聲音也聽不見了，世界變得無比安靜，身體沒有了知覺。通透的天空彷彿塗上了一層薄荷糖漿，高掛頭頂的流雲載浮載沉。

自己只剩一雙眼浮在空中。

朱成璧最後看見的影像是一隻停在她鼻頭上的蜻蜓，翅膀上千橫萬縱的玻璃網格將她的世界切割得支離破碎，景象開始變得模糊，她像沉入流沙的漩渦一樣，五光十色在她眼前漸漸融解。

終於連浮在空中的眼睛，也沉沒了。

＊

朱成璧拔下連結器，推開艙門。

身上泛著一層薄汗，也覺得有點口乾舌燥，一股不快的餘味縈繞不去，不過還並不至於令人感到難受。她進更衣室裡擦乾身體，換上本來的衣服，確認一下訊息，有一通安娜的電話，和他留下的短信：「我在大廳等妳。」

朱成璧離開機艙室，設計部門負責接待她的孫承禾在外面玩打彈珠，看見她出來就切掉螢幕，「呦」的打了一聲招呼。

「這次試玩感覺如何？」

「賣給和尚吧！」

孫承禾大笑：「什麼？」

「我死了之後躺在地上整整五分鐘，頗有頓悟生死之感，我想法國人追求的『小死亡』大概也不過如此。」

「小姐，別跟男人開黃腔啊！」孫承禾依然笑得很開心：「沒有妳說的那麼誇張吧！最多八到十二秒？金流還沒接上去嘛！接上去以後，那裡就會出現問玩家要不要復活的選項，要知道我們H.A.就靠這個賺錢啊！」

「那我強烈建議那段時間連視覺也切斷——你知道看見長尖牙的蜻蜓在吃你的鼻子是多噁心的事嗎？」

「哈哈！又不會痛，有什麼關係呢？」他又說：「還好妳終於死了，要是妳以零死亡紀錄破台，我看我們可以收一收不用做了。」

「放心吧，就算在動作遊戲玩家裡面，我的技術也算是S級的。」

孫承禾陪同朱成璧下到一樓大廳，她一眼就看見了熟悉的背影。安娜坐在會客區，烏黑的頭髮切齊到肩頭，不論時令總是穿著筆挺的黑色薄西裝大衣，像要參加喪禮一樣。

安娜是她多年的老同事兼戰友。

「好像有人在等妳了？」

「是我的朋友。」

「那我就不送了。」

孫承禾客套了幾句便回自己辦公室去了，朱成璧直接走到安娜背後，拍了拍他的肩膀。

「剪頭髮了？」

安娜把耳機關掉，朱成璧大約有兩個月沒見到他，聽說出國散心去了。雖然是往南方去，但皮膚沒有曬黑，好像比之前還更蒼白一些，以男人來說這樣的膚色看起來太過病態了。

「嗯，剪掉以後好像連心都變得輕鬆了。」

「那就好。」朱成璧微微一笑：「總是要往前進的。」

兩人離開第一辦公大樓，回頭望去，大樓的銀色牆面反射著炫目的日光，像用金屬外殼包覆的機器一樣，冰冷、銳利，並且靜謐無聲地運作著。安娜到剪票口刷卡，約兩分鐘後，一台黑色的Rolling-Sprinter駛到候車區，安娜開了車門，示意朱成璧先請。

Rolling-Sprinter在都心道路上飛馳著。

「所以呢，玩起來感覺怎麼樣？」

「嗯……整體平衡調整得不錯，所有細節都真實的嚇人，尤其人物做得很細緻，我幾乎分不出哪些是真人。」

「也許妳需要他們開發Voight-Kampff[1]這樣的GMTool[2]。」

朱成璧別過頭去大笑，一會兒她說：「其實也用不著，我有我自己的一套Voight-Kampff。」

「是嗎？妳怎麼做？」

「我問他們：『你是人嗎？』如果真的遇到測試人員，他們會很認真地回答你：

1. 電影《銀翼殺手》中用來區分人類與人造人的測試方法。
2. 方便遊戲管理者直接修改或查看遊戲內參數的工具。

『是』。」

「那ＡＩ的反應呢？」

朱成璧淡淡地笑了：「會像見了瘋子一樣瞪著我。」

真可笑，她說：這些圈養在玻璃箱裡的游魚，以為自己生活在大海裡。

＊

在所有人物當中，李詩莊最喜歡的角色，肯定是被稱作「白銀獨角獸」的聖騎士艾法隆。

據說艾法隆有帶一點妖精的血統，因此他有一雙狹長尖細的耳朵，和一頭月桂般淡金色的頭髮。他的頭盔正前方有一個顯眼的角飾，聽說就是為了遮掩額上妖精特有的犄角。因為他只肯穿雪白的銀鎧，因此得到了「白銀獨角獸」這樣的美稱。

當然不只形容他的外表，獨角獸聖潔的意象也與艾法隆高貴不屈的性格非常吻合。

李詩莊也不明白自己為什麼特別鍾意艾法隆，或許是因為艾法隆是老師第一個創造出來的人物、或許是因為艾法隆的人格特質——正義、強大但溫柔——很吸引他。

不過，也或許是因為他對艾法隆的第一印象很好。

他第一次進Ｈ.Ａ.見到艾法隆時，扮演的是他身邊的一個下級騎士。艾法隆和他說的話並不多，但每次說話的時候，一定會專注地看著他的眼睛。

艾法隆的眼睛像大海一樣，是既鮮豔又乾淨的藍，在秋陽下閃耀著粼粼波光。李詩莊盯著他的眼睛時，總忍不住感到一陣輕微的暈眩——

像要被大海吸進去了。

那就是李詩莊對艾法隆最初的印象。

＊

電梯在十二樓停下。

李詩莊從回憶中抽身，回到冰冷的現實來。

擔任大型網路遊戲專案H.A.的製作人已經有兩年，每次對遊戲整體開發方向的檢討會議，李詩莊都感到很不耐煩。

他是技術部門出身，換言之，最初並不干涉遊戲設計。

這個專案他做了將近五年，一直以來都只專攻一個部分：ＡＩ——也就是遊戲中所有人物的人工智慧設計。

這本來就是他的專長項目——在進這間公司以前，他並不從事電玩遊戲業，主要進行學術研究，也和政府部門合作開發過一些虛擬公務員、接待員、巡查員等等。

會進入這個專案的主要契機，是他博士生時期指導教授齊百歲的邀請。

齊教授當時正擔任這個專案的製作人，說這個遊戲能發揮他的所長，是極突破性的挑戰，因此找了他和以前幾位學弟來參與。那時李詩莊也正結束了和公務單位的合作，手邊沒有其他案子，就抱著協助的心態來試試看，加入了UpperBound這間業界頗負盛名的公司。

結果一涉足其中，竟然難以自拔。

H.A.創造幾乎仿擬真人的ＮＰＣ，並透過他們與玩家的互動，動態產生遊戲內容。雖然市面上並非沒有過類似的技術，但H.A.的品質絕非那些粗陋之作可比。

老師展示了他試作的人物「聖騎士艾法隆」，艾法隆彷彿從中古世紀繪卷中走出來的騎士一樣，那高貴凜然的氣質令他留下深刻印象。

兩年前老師因事故過世，掌握所有技術關鍵的李詩莊於是順理成章地接下製作人的位置。

由技術人員擔任遊戲製作人的例子並不少，因為能精準掌握技術的極限，又或是因為在科學訓練下擁有嚴密清晰的邏輯，不論在製作時程或預算的掌控都做得很好，通常也能將專案引導向不錯的結局。

然而，李詩莊師徒接手的H.A.，處於懸宕狀態至今，已經有六年了。

六年來，不能說毫無進展，幾乎整個遊戲世界都已經架構完成，人物的表現也栩栩如生。然而做為一套角色扮演遊戲，H.A.還有許多致命的缺陷，尤其收費模式的設計含糊曖昧，屢受投資股東的撻伐，然而李詩莊不肯妥協，於是遊戲遲遲無法推出，陷入了空轉狀態。

李詩莊不疾不徐進入會議室，裡面大多是面熟的老股東，已經吵過不曉得多少次，要說還不記得未免太過分了。

奇怪的是位置上有一個沒見過的年輕女人。

看起來個子小小的，穿著拘謹的灰白色系套裝，很漂亮，但不太能判斷出年紀。或者說李詩莊判斷她的年紀很小，大概是才剛出社會的女孩子，但這樣的年紀列席這場會議，實在不太自然。

李詩莊解下外衣披在椅背上，雙手俐落地操作起簡報投影，他講解的都是非常技術細節的議題，講給這些商人聽沒什麼意義，不過還是必須裝模作樣地解釋一番。

股東在此時還沒有提出很大意見，然而當他提到「目前機器的規格還不足以支撐AI的表現」時，股東們果然露出了不滿意的神情。

「又要改？現在的機器已經是世界第一線的水準了吧？根本超出遊戲製作的等級，而是科學研究的規格了。」

「再說，現在遊戲裡的人工智慧反應已經差不多了吧？我們進去過幾次，覺得很不錯啊？」

李詩莊心裡長嘆一聲，面上浮現苦笑。

「目前的水準只能稱得上不錯，離第一流還有一段距離。而這是必須靠著硬體規格才能突破的難關，過了這一關，我們會再有更傑出的表現。」

「那這些機器的資金來源，你有想過嗎？」

李詩莊沉住氣不說話，提問的股東繼續說道：「假如我沒記錯的話，接下來還有一個重要議題要討論，就是關於H.A.的收費方式。不如我們先跳到這一部分，如果有個令人滿意的結論，再回頭來談機器的問題，怎麼樣呢？」

「可以。」李詩莊冷淡地開口，像要避免讓眾人目光停留在機器的價格上一樣，李詩莊用很快的速度換頁。

「我再說明一遍，目前H.A.的收費點並不多。」李詩莊解釋道：「主要集中在『人物』身上，當玩家操縱的角色死亡時，必須付費為角色復活。」

「但是，H.A.也僅在『人物』這件事情上收費，遊戲中一切能力、裝備和道具都與金錢無關，是只要玩家肯付出時間與努力就能獲得的東西。在這一點上，製作團隊也協商過很多遍，不讓金流插手，盡量不破壞玩家的遊戲體驗。」

如他所料，一群老股東的臉色馬上就沉了下來。

關於這個話題已經吵過這麼多遍，他們還是等著李詩莊改變心意，修正遊戲收費模式。

李詩莊看著他們沉鬱的表情，心想：只要能夠把錢回收回來，讓遊戲世界裡面的一草一木、甚至喝一滴水都要收錢，這些人大概也覺得無所謂。

「當然等級愈高，相應要付出的代價也愈大。根據評估，大約在25~40級之間，將會有部分玩家選擇放棄舊有角色，直接重新開始一個新的角色，因為那是比較符合經濟效益的。不過，等過了這一段瓶頸以後，玩家就會捨不得放棄自己的角色——夢幻的裝備、強力的技能，這些東西要再重新取得，所要付出的精力遠遠不是金錢所能衡量的。然而此時會遇到的挑戰也愈來愈艱險，死亡的機率大幅提高，我們的收益點就從這裡……」

「這些我們已經聽過很多遍了。」股東無禮地打斷他的話：「簡報切到收益分析那一頁好嗎？」

「你看，根據目前玩家死亡與復活的模型來估算——」收益分析的報告上，從每一個等級的死亡機率、復活代價以及玩家選擇復活的機率都做了嚴密的評估。

「我們一年能回收的金額只有這麼一點點，光想打平成本，至少要營運上八年——這還沒算上你剛才獅子大開口的機器預算。」

「請不要用『獅子大開口』來評論我對器材添購的評估。」

「過分無禮的話我就道歉，不過營運個七、八年——你知道這是一個什麼樣的概念嗎？到那個時候，能和H.A.分庭抗禮的遊戲恐怕已經是滿街跑了吧！H.A.現在最突出之處就在於先端技術，掌握時機一口氣出手，才能立刻達到最高效益的回收。我就明白地說了，我認為H.A.根本不是一套適合長跑的遊戲，你的做法與目前形勢相違！」

李詩莊面無表情地說：「是的，為此我們也提出了相對應的解決方案。」他輕輕打了個手勢，玻璃螢幕上的投影切換為遊戲世界全景圖，不同區域分註紅、綠兩色。

「如各位所見，目前遊戲內大約有七十五座大城市，小型村莊超過三百個，PvE——也就是玩家無法戰鬥的區域占約三成，玩家可以自由進行決鬥的PvP區域則占七成。實際上，以H.A.這樣的沙箱遊戲來說，PvE區域稍微嫌有點大了。」

「這是因為世界觀背景的設定很豐厚的緣故。」遊戲設計孫承禾立刻補充，但沒什麼人聽見他的聲音。

「在團隊的討論之下，我們決定把所有PvE區域都拿掉。」

孫承禾輕輕嘆了口氣。

換言之，本來禁止衝突的村莊、城市區域，全都變成玩家可以自由對決的決鬥場。

會議室裡陷入一片靜默，大概眾人一時還不曉得這樣的修改將帶來什麼巨大的影響，因此不能做聲，李詩莊繼續展示他的簡報：「這是將所有區域都改成自由戰鬥區域以後，修正過的玩家死亡率模型。」

當然，在玩家能隨時攻擊彼此的情況下，死亡率自然大幅提高，李詩莊的報告提交出了一個非常漂亮的收益數字。

「不單不必長跑八年，幾乎在一年內就能把成本全部補回來——當然，還算上我要的機器。再接下來的兩年半內，則會有源源不絕的利潤。H.A.能不能長跑多年，我現在不能篤定給出答案，不過時代前進，我們的技術也會前進，領先搶下玩家的支持，就像先蓋穩一座城堡一樣，絕對沒有損失的。」

李詩莊以慷慨激昂的一番闊論做為這一天會議的句點，孫承禾到後來幾乎也沒有在聽，只是默默收拾自己桌面上的水杯和手機，等待會議結束。

離開會議室前，李詩莊與角落那灰白套裝的女人恰對上了目光，只見她用一種很不可思議的神情盯著李詩莊。

＊

朱成璧看了一眼時間，下午六點半。

她站在大樓門口，正考慮要不要招呼一台計程車過來時，忽然聽見「叮咚」一聲的提示音，收件匣自動彈開，眼前投影出一行淡綠色的訊息：

「十五分鐘後來公司門口接妳　安娜」

她微微一笑，輕聲說：「ＯＫ！」忽然天空一暗，大雨鋪天蓋地而下。

「哎呀！還真不巧。」

她穿著毛料的灰色窄短裙和一雙麂皮短靴，都是不能碰水的東西。門廊天穹做了挖空的設計，因此雨水會打進來，她站的位置又正好是澆水區。

朱成璧匆匆後退，誰知才退了兩步，就感覺自己撞上了一堵牆，她聽見身後傳來一聲輕呼。

「不好意思！」朱成璧迅速跳開，她撞上的人穿著一身筆挺的黑色西裝，她正想著此人有些面熟，那人倒先開口了：「妳是今天一起參加會議的人？」

「啊！」這時朱成璧才想起來他是誰：「你是今天的主講者——H.A.的製作人李詩莊先生吧！」

李詩莊頷首：「請問妳是……」

「我叫朱成璧，擔任遊戲設計，接下來可能會調動到你的團隊中，未來請多多指教。」

「嗯，這樣子啊。」

朱成璧態度恭謹，但李詩莊沒什麼反應，只是淡淡地應了一聲。

並不是他態度輕慢，而是他在思考別的事情。他想：新成員不奇怪，但為什麼特意讓她參加股東會議呢？李詩莊沒聽說過什麼風聲，這是哪個股東家裡的孩子，想來他的團隊實習嗎？

他注意到這女孩子好像沒有帶傘。

「雨下這麼大，沒有傘嗎？」

朱成璧搖搖頭。

「我把車子叫過來了，送妳一程吧？」

「不用了。」朱成璧微笑著擺擺手說：「我朋友要來接我。」

才剛說完沒多久，李詩莊就聽見遠遠傳來尖銳的呼嘯聲，一輛黑色的Rolling-Sprinter以近乎違規的速度飛快駛入候車區，朱成璧臨去前又朝他輕輕點了個頭，說：「我先走了。」

Rolling-Sprinter如振翅的烏鴉般轉眼便沒了身影，李詩莊只是想著：原來這年頭還有人自己開車啊？隨即他又想：不過如果是自動駕駛的話，要開出剛剛那種速度大概很不容易吧！

那個穿著薄毛衣的漂亮女人很快就從他的意識中遠去，李詩莊回去後也沒再想起她過。

＊

但在短短一週以後，他又再次見到那個自稱朱成璧的女人。

依然是在股東會議中，不同的是這回她不是席中聽眾，而是台前講者。

那女人有一頭垂過腰際的深茶色頭髮，梳得瑪瑙一樣晶亮。霜色的牛津襯衫，紺青色的呢料窄裙，高雅而體面的穿著。

玻璃牆面上投影出廢墟般磚灰色的老舊市街，正中央站著一個穿紅背心的男人，男人雙手握拳，眼神冷酷。在蒼白無力的街景中，整個世界的顏色彷彿只集中在他那身紅背心上，讓人幾乎移不開眼睛。

朱成璧擺出業務員一樣親切的微笑，說明道：「這是三年前推出的一款實境格鬥遊戲：街頭鐵拳。這是一款很棒的遊戲，我個人也是忠實玩家。」

李詩莊腦中一片空白。

這不是關於H.A.收費模式的討論會議嗎？為什麼話題會突然進行到這裡呢？

「街頭鐵拳提供給玩家的只有兩樣東西——能力強化、還有打架的同伴。」朱成璧說：「也就是說，在街頭鐵拳中，玩家使出的任何招式，都不是經過設計的。舉例來說，如果現在我要使出一記上鉤拳——」

她筆直地揮出纖細的臂膀：「揮出怎樣的一拳，是由我自己的動作決定的。街頭鐵拳提供給你的是部分能力上的變化：例如改變了拳頭的力道，讓你能一拳打斷梁柱。又或是減小地心引力，讓你能在空中跳躍翻滾更長時間，通過這些因素的改變，克服肉體極限，讓人類能夠做出平時做不出的動作，從而體現最棒的格鬥樂趣。」

李詩莊始終不明白重點在哪裡，有些不耐煩地以指節輕敲桌面。

「街頭鐵拳聽起來是一款很有趣的遊戲吧！事實上，它的日營收大約在十萬美金上下，算是相當穩定的表現。」

股東皺了皺眉頭：「十萬美金的日營收，有特別值得一提的地方嗎？」

「當然有，因為這款遊戲的活躍用戶數量大約是五萬人。」

這時眾人間氣氛才有點變了。

「換言之，平均每天每位玩家都會為它貢獻兩美金左右，這不算一筆很大的支出，幾乎就是坐坐地鐵的錢而已，可是這樣持續累積下來，也是一筆可觀的收益。遊戲人口非常少，但忠誠度卻遠勝其他遊戲，這就是街頭鐵拳完全鎖定了正確客群的緣故。」

「妳是想說，目前H．A．想吸引的客群不夠明確嗎？」

「不，H．A．想吸引的客群非常明確，這一點容後再談。我分享街頭鐵拳的目的是想和大家討論，街頭鐵拳靠什麼吸引明確客群？它吸引了怎樣的客群？很簡單，它吸引到的，就是真正對格鬥術有興趣的人。」

「能不能打起來，最重要靠的還是玩家自己本身的技術，遊戲只是提供輔助。也就是說，街頭鐵拳對於技術門檻的要求相當高。不懂得格鬥術的玩家，就像不會打架的孩子被流氓圍毆一樣，一進去就會立刻被打得體無完膚。但另一方面，擅長格鬥術的玩家，在這個世界裡可以體會到在現實中不可能達成的快樂——像鳥一樣輕盈地飛、像豹一樣猛力疾馳……遊戲世界中，人體不可能挑戰的格鬥技巧，都有機會實現。」

「新人玩家進去以後，立刻被高手玩家打得滿地找牙，在挫折感的驅使下，這些過不了技術門檻的玩家很快就會流失，於是遊戲中只保留了高手。他們會願意在遊戲上消費，同時也帶給其他玩家勢均力敵的對手，可謂一舉兩得。」

滔滔不絕地讚賞完了街頭鐵拳，朱成璧忽然揮動手臂，玻璃牆上投影的畫面換成了李詩莊上週的簡報。

「讓我們再看一遍製作人的簡報——裡面玩家死亡率與收益率計算模型非常複雜，想必有很值得參考之處。不過，這裡面卻漏了一個很重要的因素呢！」她說：「將H．A．的PvE拿掉之後，玩家的死亡率將上升六成以上。兩個死亡率相差這麼大的遊戲，估計的玩家總人數卻是一樣，這是個很奇怪的假設。」

直球來了。

李詩莊沉聲解釋道：「我們考慮過人數的問題，但並不認為在這個調整之下會影響主要客群的數量。」

「是嗎？可是我看H.A.的設計文件裡面提到，這是一個設計給十三到十九歲青少年玩的遊戲。」

李詩莊沒有說話，朱成璧便接著說：「主要客群是青少年，這一點目前為止還沒改變吧？那接下來我再分享另一份報告——」

朱成璧繼續切換投影畫面：「這是一份關於hard-core玩家——我們姑且稱為『硬派技術玩家』好了——的人數與年齡相關係數的報告。可以發現，這種玩家大多集中在三十至三十歲後半，有穩定的經濟基礎，也有很多年遊戲的經驗。」

「而青少年喜歡的反而更集中於能與同儕互動或炫耀的遊戲類型上——H.A.在技能設計上也完全符合這個原則，魔法招式雖然華麗引人注目，操作門檻卻低，只要集中精神默念目標招式即可施放。」

「然而，一旦依照製作人提出的方案修改，這個遊戲將發生本質上的設計矛盾——」朱成璧略作停頓，雙眼定定望向李詩莊，這時候李詩莊才注意到她有一雙略上揚的貓眼，瞇起眼時帶有一種威脅性：「全面開放自由決鬥，並在裝備、技能都不提供消費的情況下，將使H.A.成為完全技術取向的遊戲，排擠操作技術不好的玩家——這不等於排擠掉本來預計的客群嗎？」

「妳這樣的說法有一點武斷。」

「武斷是指哪個部分呢？」朱成璧朗聲迎擊：「是指全面PvP化會使H.A.成為高技術取

向的遊戲嗎？或是指我說的，Ｈ．Ａ．目標客群並非技術玩家？不論是哪一項，我都有明確數據資料支持。」

玻璃螢幕上再次出現密密麻麻的報表。

「以下近十年內類似Ｈ．Ａ．的ＭＭＯ[3]玩家類型調查報告，左側那一列是接近全PvP、或是整個遊戲的重心都在玩家決鬥上的遊戲，右側則是添加更多不同要素，包含社交、培養、PvE等部分的遊戲。」

「從這份資料可以清楚看出，以決鬥為重心的遊戲，技術型玩家幾乎占了八成，這還不包括部分遊戲可以透過購買強力裝備來彌補技術不足的問題。事實上，如果在PvP上還會做額外等級平衡的話，那麼技術型玩家幾乎會占到九成以上。技術不好的玩家玩這種遊戲很無聊，被別人當成沙包打，充滿挫折感。」

她望向李詩莊，微笑道：「那麼製作人，請問您已經下定決心，要將這款遊戲的目標客群轉移為硬派技術玩家了嗎？」

李詩莊一時無話可駁，朱成璧臉上業務用的笑容不知何時已經消失不見，寶石般的雙眼閃爍著挑釁的光芒：「那麼來看看我針對這個現象，重新調整過的死亡率與復活率報告好嗎？」

朱成璧打了一個響指，牆上出現一連串怵目驚心的數字。

「根據這份報表的計算，將Ｈ．Ａ．改造成一個徹底的決鬥遊戲後，將流失大量玩家，因此最初半年的營收大約只有製作人估計的八分之一，後面就沒有了——因為我篤定半年內，Ｈ．Ａ．一定收掉。」

3. 大型多人線上角色扮演遊戲。

會議室內一陣譁然，朱成璧像早料到這個情況似的，只是微笑著不說話。李詩莊此時臉色已不太好看，H.A.的總設計師孫承禾卻一語不發，只是專注地在桌面下打彈珠遊戲。

眾人的喧譁聲漸漸止歇，這時UpperBound的執行長唐總像抓到了什麼好時機似的，忽然大聲笑說：「正好，現在讓我來介紹一下這邊這位——」一邊說邊拍著朱成璧的肩：「這位是曾在Solar-S任職八年、被譽為Solar王牌製作人的朱成璧小姐。從今天開始，她將正式加入專案，和詩莊一起擔任H.A.的聯合製作人。」

這是李詩莊第一次聽到這個消息，他大概也是全專案最後知道這件事的高級主管。

他轉頭看孫承禾，孫承禾繼續看他的彈珠。

他轉頭看朱成璧，覺得朱成璧那雙貓眼漂亮乾淨得像彈珠一樣。

然後那天晚上七點，他跟唐總發了封辭呈。

*

時隔兩年半，朱成璧接下UB公司的聘書、再次踏上遊戲界的舞台時，她認為自己有兩個最大的難題要解決：

第一、找出讓H.A.這個隕石坑不至於賠錢的方法。

第二、讓原本團隊裡所有人在兩條路中做選擇：換上司，或者換公司。

但她怎麼樣也沒有想到，自己首先迎來的難關，竟然是去安撫前製作人不要離職。

星期天早晨，在鳴笛道的露天咖啡廳裡，朱成璧一邊洩恨似的猛咬吸管，一邊發出含混不清的抱怨聲：「他那算什麼！根本是假請辭、真要脅，卑鄙的男人，我要殺了他！」

安娜針對她的抱怨沒有任何回應，只說：「這麼冷的天，吃巧克力冰沙對身體不好。」

坐在朱成璧對面，點了特大份巧克力聖代的山貓鼓起臉頰說：「安娜你不懂，女人發洩壞心情的手段中，巧克力排行第二。」

「第一是什麼？」

「不要問，很恐怖。」

山貓和安娜都是朱成璧在Solar-S時代的同事，三人已是超過十年以上的交情了。

上週四股東會議結束後，當晚凌晨三點，熟睡中的朱成璧忽然被爆炸性的連續電話聲吵醒，但她沒有接起電話，她只是將手機調整成靜音後扔進衣櫃裡。

隔天早晨起來，果然信件匣已經爆滿，UB的唐總連續給她發了十幾封信，歸根結柢重點就是底下這封轉寄信的內容：

關於聯合製作人

唐總：

這是老師留下來的遺作，我實在不希望有其他人介入主導。我並不打算和朱小姐共同擔任製作人，如果您認為我並不適任，我會主動請辭離開H.A.團隊。

詩莊

「不過他要走那不是最好嗎？小璧妳第一次跟他開會就和我們抱怨了足足兩個小時耶！」

朱成璧鐵青著一張臉，給山貓看這封信的下半段：

現在八成的技術都掌握在李詩莊手上，不能讓他離開團隊。
妳去說服說服他，要是他走了，這個遊戲沒辦法做下去。

唐

「最麻煩的一點就在這裡——李詩莊不是普通的製作人，他是這遊戲最核心的技術人員。」遊戲發展到這個地步，要臨陣換將付出的代價實在太大了。

「H.A.的AI部分有八成是他寫出來的，更不必說其他工程師也都是他手下的人馬，一旦他走了，這遊戲非倒不可，要不是胎死腹中，就是上市以後沒人有能力維護。唐總把他的信私下發給我，就是讓我看著辦的意思。」

安娜說：「可是挽留李詩莊應該是唐總的責任吧？」

朱成璧冷笑道：「執行長最大的責任，就是找別人來分攤他的責任。」

上級聖旨如山，朱成璧不滿歸不滿，週五仍硬著頭皮去找李詩莊懇談。當然李詩莊對她印象不好，一進門就給了她一個酸溜溜的軟釘子。

「找我有什麼事？新製作人。」

「我稱不上新製作人，只是你的聯合製作人。」朱成璧盡可能擺出可親的笑容說：「昨天會議上我態度比較不留情面一點，先跟你說聲抱歉。」

李詩莊像看什麼無趣表演似的斜著眼看她。

「我十點半有一場會議，如果有什麼重要的事情請趕快說。」

很好，不吃這一套。

「我想你也知道我今天來這裡做什麼，唐總跟我說了，你要辭職？」

李詩莊沒回她話，只是挑了挑眉。這時朱成璧才第一次仔細看他的樣子，眼神銳利，嘴唇很薄，雙眉細長上挑，再配上那張沒半點表情的臉，給人一絲不苟、難以親近的印象。

「能請教什麼原因嗎？」

「我認為一個遊戲只需要一個製作人。而唐總選擇了妳。」

朱成璧頭一次認同他的意見。

「我承認你的說法讓我鬆了一口氣，我也不想要多頭馬車。不過不需要做到離職的地步吧？我來到UB的目的，只是為了讓H.A.能上市並運轉，但你才是H.A.的父親，少了你的話，這遊戲是沒有辦法完成的。」

李詩莊對她戴的高帽並無反應，只說：「妳知道為什麼公司這麼急著再找一個製作人來嗎？」

和李詩莊開過兩次會，朱成璧大概也猜得出來理由，但她不好意思當面講。

李詩莊自己倒是直言不諱：「我是股東的眼中釘，但他們又不敢抽換握有整條技術命脈的我，所以才找了這麼迂迴的方式——所謂聯合製作人，只是想削弱我的職權而已。妳一定也很清楚這一點，才找上門來求和不是嗎？」

朱成璧聽到「求和」兩個字，不悅地瞇起了眼睛，李詩莊繼續說：「要我釋出手中權力又繼續賣命，天下沒有這麼便宜的事，如果想把我架空，就要付出相對的代價。」

「你也知道一旦你走人，H.A.等於先垮一半，搞不好都不能上市。都做了五年的心血了，只因為這一件事，你就寧可推倒整座碉堡嗎？」

李詩莊冷冷說：「如果H.A.要被你們這樣搞壞，還不如現在就倒了吧！」

朱成璧倒抽了一口氣，不服氣地說：「你根本還不認識我，憑什麼說我會搞壞H.A.？」

李詩莊停頓了幾秒，冷笑了一聲。

「是嗎？那我們來談談收費模式的事吧！」他說：「從那天會議上聽得出來，妳很反對把PvE全部拿掉的提案吧？」

「是，我認為那不是個好的做法。」

「那妳打算怎麼做呢？」

朱成璧反問道：「這也是我最不明白的地方——H.A.最大的難關就是財務，這是我被找來當製作人的主因。但事實上，H.A.要尋找其他的收費點並不困難，例如對遊戲內的裝備、技能進行收費，收益上應該就能有巨大的突破了吧？可是就我所知，你一直強烈反對這些提案，是嗎？」

「是，我認為那樣違反了設計的原意。」

「設計的原意？是出於什麼原因，不希望將這些做為商品販賣呢？」

「我不清楚。」

「咦？」

「我並不是遊戲設計師，但設計這套遊戲的人，最初的想法就是不願意將這些東西當作營利商品，才設計了死亡收費這一套機制，我不想違背他的意願。」

「這樣的回答讓我很困擾，你好歹也是製作人啊！要不然你去問問本來的遊戲設計師吧？已經離職了嗎？」

「已經去世了。」

「哦……喔，抱歉。」這點朱成璧倒是始料未及。

「無所謂。總之……這就是我和股東僵持不下這麼久的唯一原因，如果要我把H.A.讓渡給股東的傀儡，變成那樣背離設計初衷的遊戲，那我寧可現在就毀掉。」

真是不負責任，朱成璧心裡冷冷地想著，李詩莊像知道她心裡在想什麼似的說：「我也知道財務是最大的問題，所以並不是沒有提出解決方法。上次會議裡，股東們基本上也未表示反對。正確地說，強烈反對的只有朱小姐一人。」

「我在會議上已經把我反對的理由說得很明白了吧？」

「是，我承認妳說得有道理，輕鬆取向的玩家可能會流失一大部分。不過反過來說，技術取向的玩家也會增加，所以總人數不一定會減少。我們只要盡量將H.A.改往這個的方向修改就可以了。」

朱成璧皺起眉頭：「H.A.是想設計給青少年玩的遊戲吧？我認為你這樣做才是違反設計原意呢！」

這句話大概真的冒犯到李詩莊了，只見他瞇起雙眼，豎起了那對細長的眉。

過了一會兒，朱成璧嘆了口氣，說：「你真的有想過實行了這個設計之後，H.A.的世界會變成什麼樣子嗎？」

李詩莊眼神變得更冷，沒有回答，她微微笑道：「在這之前我有試玩過H.A.一段時間，H.A.是一個很擬真的世界，像夢中才會出現的桃源鄉。我喜歡她的世界，我是因為這一點才接下製作人的。」

「這座用最豐厚的細節，一磚一瓦堆起來的美麗城堡，如果把護城河抽掉的話，會怎麼樣？你吸引來的會是最追求效率的玩家，他們會推倒城牆，砍掉國王和皇后的腦袋，最大限度地運用奪來的財產。這也是一種遊戲的類型，但你覺得這是應屬於H.A.的面貌嗎？」

李詩莊只以一聲冷笑回應了她的懇切言詞，他說：「朱小姐——我已經明白妳非常反對我們的構想了。那麼我是不是能夠請教妳，妳有什麼替代方案呢？」

「我還不夠深入瞭解遊戲，現在沒有辦法立刻提出解決方案。」

「沒有深入瞭解遊戲，但已經足以對這個遊戲的定位指手畫腳了嗎？」

朱成璧瞬間被一股強烈的不悅感支配，李詩莊兩手一攤：「H.A.的設計初衷是什麼，我不認為妳會比我更瞭解。H.A.應該是什麼面貌，我也不覺得是由妳決定。老實說，我才覺得妳對我提案的排斥已經強烈到不理性的程度了。」

朱成璧聽見這句話愣了一下，彷彿能聽見自己心臟緊縮的聲音。

她無法否認李詩莊的批評，自己確實是出於私心排斥競爭性過強的遊戲。

她頓了一下，說：「我曾經經手過類似的遊戲，當時一敗塗地，引發了非常令人遺憾的後果，因此現在對這方面我格外審慎。」

「是嗎？」李詩莊似乎也不甚關心：「會不會有些矯枉過正了呢？」

她忍不住輕嘆一聲——果然和資料上說的一樣，李詩莊經歷輝煌，是典型的超級高材生，但他並非正統遊戲界出身，只是因為做人工智慧的研究才搭上了這個時代的順風車，對遊戲界的消息其實不甚了了。

不過這樣也好，對朱成璧來說，她也不想舊事重提。

兩年來她動彈不得，幾乎要放棄遊戲這個領域，現在終於重新邁出一大步了，她說什麼也不想再重蹈覆轍。

「不論修改客群方向是不是違背設計原意，遊戲已經接近收尾狀態，最好不要再有很大的設計變更，在這個前提之下，不拿掉PvE區域就是我的底線。」

「可是不拿裝備、技能這些東西來牟利，也是我的底線。」

「我會找出一個兩全其美的法子給你的，請你相信我。」

李詩莊聞言忽然輕輕一笑，說：「妳是被欽點來的製作人，這樣紆尊降貴，不覺得很不愉快嗎？其實，我想拿掉PvE也不只是營利上的考量，妳剛才說的那些桃源鄉、夢幻城堡什麼的，哈哈……」他聳了聳肩，說：「我只是覺得PvE區域滿無聊的，如果全部開放成PvP應該會比較好玩。」

朱成璧覺得腦子裡有一根弦斷了。

她看了一眼牆上的鐘，兩人想法南轅北轍，自己說之以理、動之以情都無效，這樣下去不會有結果的，只是徒然浪費時間罷了。

她繃著那張沒表情的臉沉默了一會兒，最後說：

「這樣吧！我們來比賽好了。」

這下連李詩莊也愣住了。

「比賽？」

「是啊！我想保住PvE，你想拿掉PvE，那我們就在遊戲裡比一場定勝負好了。」

「我為什麼要和妳比？解決不了我的問題，妳就得捲鋪蓋走路。」

果然他的請辭就是做做樣子，那些賭氣的話是說給股東跟唐總聽的，不是說給她聽的，朱成璧也不甘示弱地冷笑了一聲。

「是嗎？其實遊戲做到這種程度了，雖然臨時大換血是重傷，不過陣痛期忍一忍也就過了，優秀的程式設計師很多，你也不見得就這麼無可取代。」

果然李詩莊臉色立刻垮了下來。

朱成璧繼續火上澆油：「想試試看我和你誰會留下來嗎，股東的眼中釘？」

李詩莊沉默了十幾秒。

終於他緩緩開口：「比什麼？」

朱成璧心裡鬆了一口氣，其實如果僵持下去，UB留李詩莊的機率還是比較大：「為了證明這個桃源鄉應該不是你想像的這麼無趣，這樣吧！你再去找兩個隊員過來，三對三——」

李詩莊專注地盯著她看。

朱成璧心底直冒汗，腦中一片空白——現在她也是騎虎難下。如果提出來的比賽無法讓他感覺到自己的誠意的話，很可能這個千載難逢的機會就溜走了。

沉默了片刻，朱成璧咬了咬牙，終於開口說道：

「三對三——我會在PvE的區域裡，把你們全部殺光。」

＊

結果就變成現在這個情況了。

「所以妳打算怎麼在PvE裡殺光他們啊？」

「不知道。」

山貓與安娜面面相覷，朱成璧垂頭喪氣地說：「我那時候是有點氣昏頭了。」

過了一會兒山貓說：「要不要直接道歉比較快？」

「妳也給我提出有骨氣一點的建議吧！」

「可是所謂的PvE，不就是無法殺死玩家的區域嗎——這根本是不可能犯罪啊！」

「不做到這種違反天道等級的任務，那傢伙根本不可能承認我啊！」

她像辯解般慌張地說：「那個人個性很好強，如果承諾了我，應該是不會反悔的。如果我能在遊戲內贏過他，讓他承認我對這個遊戲是認真的，也許他也能認可由我來帶領

H．A．吧。」

山貓長嘆了一口氣，說：「這就是小璧呢！」而安娜自始至終不置可否，只是默默啜飲自己的黑咖啡。當他喝掉最後一口咖啡以後，將雪白瓷杯往桌子正中央重重一放，杯底的咖啡渣看起來像一個大型漩渦星系。

他不愛說話，開口都直指重點。

「老實說，我比較在意妳跟他說『三對三』是怎麼回事呢？」

果然朱成璧像被踩到尾巴的狗一樣肩頭一跳，她囁嚅了一會兒，用可憐兮兮的眼神看著兩人，說：「所以我需要你們的幫忙，拜託加入我的隊伍吧！」

間幕　遊戲規則

一、偵探組成員共三人，兇手組成員共三人。

二、偵探組全員抵達北方九狼城時，遊戲結束。（全員係指當時仍存活者）

三、兇手組須在無法殺害玩家的PvE區域內殺死偵探組成員，若在PvP區內殺死對方，則視為兇手組的落敗。

四、兇手必須於被害人在線時才能動手。

五、當偵探組成員遭殺害時，隔日起七天內（含假日）偵探組必須提出答案，破解兇手組在PvE殺人的手法。若順利破案，則比賽繼續進行，直至偵探組全軍覆沒；若無法破案，則判為兇手組的獲勝。

六、遊戲結束時，若偵探組仍有人存活，則判定為偵探組勝利。

七、當偵探組全軍覆沒時，遊戲結束。但若偵探組能破解兇手組手法，則仍判定為偵探組的勝利。

八、遇害隔日起七天內稱為「偵查期」，期間雙方人馬必須停止偵查外所有行動，不可往九狼城或其他地方移動。

九、偵探組成員死後不予復活。

十、偵探組禁止調閱與六名英雄有關的任何Gamelog（伺服器紀錄），否則自動視為落敗。

裁判人　H．A．總執行製作　孫承禾

第一幕

白銀獨角獸的處刑盛宴

「這裡是『機艙室』，是擺放測試機器的房間，後面是我們專案專用的機房。」
「專用機房啊……」
「嗯，H．A．的所有運算都是和其他產品分開的。」
朱成璧稍微抬起臉龐，正對上藏在天花板內的攝影機，鏡頭只捕捉她的眼睛，下一瞬間，門前響起「鈴」的一聲，這座深鎖的壁壘開了一個隙縫，廣播的機械音重複朗誦道：「編號20144，H．A．專案製作人朱成璧。」
朱成璧說：「按指紋，留訪客紀錄。」山貓與安娜忙伸出右手，同時玻璃牆牆面像百葉窗一樣打開十數道僅容一人通過的窄門，兩人穿過檢查閥時，可以看見對面的偵測儀正在分析紅外線掃描的結果。
「查得這麼嚴啊！」
通過海關安檢般嚴苛的幾道關隘以後，終於正式進入六樓的機艙室，眼前羅列一整排雪白的機艙，像一具又一具美麗的白色棺材。
守在那棺材之前的男人，裹著一身宛如喪服的黑色西裝。
李詩莊看了一眼安娜和山貓：「這就是妳的隊員嗎？」
朱成璧頷首，山貓抱怨道：「什麼啊，既然有人在的話，為什麼不直接放我們進來就好了？」
「好，先讓他們去換衣服吧！穿得太緊繃的話，一會兒進艙會不太舒服。」
「等等，不用先介紹他們嗎？」
「不需要，妳要帶來什麼人都無所謂，但是保密協定是簽過的吧？不准洩漏在這間機房裡看到的任何東西。」

朱成璧對他輕慢的態度頗覺不悅，但李詩莊好像一點也感覺不到她充滿敵意的眼神，只向她身後兩人指示了更衣室的位置：「妳也一樣，穿著這麼豪華的洋裝到底想幹嘛？等等進去艙裡會悶死的。」

只要不跟股東開會，朱成璧就會穿得像城堡裡走出來的公主一樣。

「你先煩惱你自己的鐵皮西裝吧！」

李詩莊優雅地卸下外套，裡面是漿得筆挺的白色襯衫。

「放心啦！詩莊應該很習慣穿這麼彆扭的衣服了！」

這時朱成璧才注意到旁邊還有兩個人，應該是李詩莊的隊員。她朝兩人輕輕點頭，其中滿面笑容的瘦高男人自我介紹道：「我叫阿一，那傢伙叫老居。我們兩個都是詩莊的隊員，都是程式設計師。我和詩莊都是做ＡＩ的，老居是做圖學的。」老居比阿一矮了一個頭，看起來稍微拘謹一些，朝朱成璧點了個頭表示招呼。

朱成璧鬆了口氣，看來這兩人要比李詩莊好相處多了，她重新跟兩人介紹道：「你們好，我是新來的製作人朱成璧，剛剛兩個是我的隊員，安娜、還有山貓。」

阿一微微一笑：「詩莊都跟我們說過了，比賽才剛開始，妳能不能當製作人，還沒確定嘛！」

朱成璧也回以一笑：「說得也是。」

前言收回，應該個性一樣爛。

這時山貓從更衣室裡出來了，她本來就穿得很簡便，因此只換下了緊身的牛仔長褲，換了一件比較柔軟的棉褲：「小璧，真的不換件衣服？」

朱成璧賭氣似的拔下一雙六吋高的跟鞋，赤腳站在平地上時看起來像個洋娃娃一樣：

「我脫掉鞋子就好。」

「把妳的高跟鞋放好。」李詩莊冷冷地說。

安娜也換下了襯衫長褲，穿上休閒的居家服，他靠到那些白色棺材旁邊，忍不住伸手出來摸一摸，山貓也驚嘆說：「說起來都是什麼年代了，竟然還有這種老式的膠囊艙啊？」

現在一般的VRMMO[4]裝備都很輕巧，立體顯示器也簡化到一副眼鏡的程度，ZBox最近推出的主機甚至只是兩個手環，主打街頭冒險，隨時能將城市變成幻想場景。

「這很像二十一世紀初的一部電影，我忘記叫什麼了，男主角也是會躺進這種笨重又老派的膠囊艙裡，然後就可以操縱一具藍色皮膚的外星人。」

朱成璧知道山貓說的是哪一部作品，不過沒有答腔。李詩莊倒是不介意她的挖苦，說：「目前沒有辦法，我們的資訊量太大，有一部分必須存在客戶端。」

「像什麼？」

「比如說為了保持遊戲的順暢，我們會先預載大量地圖到玩家的機器裡，比較小型的主機很難負荷。」

朱成璧點點頭表示理解，李詩莊轉開安全閥，可以聽見裡面排開空氣的聲音，艙門自動打開，玻璃殼的機艙，裡面是半透明乳白的操控儀表板，板上浮著淡綠色的微光，倒是非常優雅的設計。

「做得很時尚啊，不是測試機嗎？」

山貓輕輕推了一下膠囊艙，膠囊的底部有四個輪子，因此輕輕一推就滑動了，嚇得她忙

4. 虛擬實境MMO。

兩手按住膠囊艙。這時候她注意到膠囊背部也有輪子，目前膠囊雖然是直立擺放，但看起來也可以放倒。她想：站著玩幾個小時遊戲鐵定腳麻，還是放平躺著舒服。

李詩莊只淡淡說：「是啊！也許等遊戲上市時，都不需要這些機艙了。時代進步很快的。」

阿一在後頭笑說：「那個笑話怎麼說的？『每一年都要說的話：摩爾定律[5]還可以再用三十年。』」

老居也跟著科科科的笑起來，就連李詩莊都浮出微笑，朱成璧雖然知道他們在說什麼，但一點也感覺不出好笑的地方在哪裡。

山貓皺起眉頭小聲說：「所以說我討厭工程師，他們全部活在自己的世界裡——雖然某種意義上來說，我們漫畫家也是啦。」

朱成璧表示同意。

李詩莊示範完打開膠囊艙的方法，讓大家各自選一台自己喜歡的機艙進去。朱成璧瞄了一眼，實驗室裡有二十四台機器，基本上外型沒什麼差別，她就隨便選了一台離自己最近的。一進艙內，艙門立刻自動關上。朱成璧嚇了一跳，反射性地伸手去推，但是艙門已經卡住了。艙內倒不是密閉，因此不會有被悶死的危險，但她還是對這種幽閉性感到不適。

「這是為了安全起見。」

李詩莊的聲音不知從何處響起，看來這些機艙間有廣播通訊，朱成璧敲了兩下艙門徒勞無功，心裡抱怨：「又不是飛機要起飛，有什麼好安全起見。」

李詩莊繼續說：「請大家戴上連結器，操作前方的螢幕，就可以加入對話頻道。」朱成璧抬眼往上看，果然眼前有一片玻璃螢幕，上面有些可操作的指令。

隨即廣播裡傳來山貓「喂喂！喂喂？Test、ttttt——」焦躁的試音聲，這時朱成璧才注意到浮在儀表板上的光是會慢慢變色的，現在已經變成柔和的芋紫色了。

李詩莊說：「有什麼問題都可以隨時發問，現在先教大家登入自己帳號的方法。」

朱成璧跟著李詩莊的指示操作，玻璃螢幕上跳動著螢光綠的文字：「PASSWORD」。

李詩莊說：「我已經替大家預設好了帳號，現在只要輸入密碼就好了。」

「預設帳號？」

「嗯，因為是要拿來比賽用的，所以我把之前的測試帳號都清空了，目前每一台機艙裡只有一個帳號，帳號也很簡單，就是機艙編號而已。」朱成璧左右看看，其實看不出來機艙編號在哪裡，剛剛在艙外也沒看見。

「要怎麼設定密碼？」安娜頭一次開口。

李詩莊說：「很簡單，這是一個處女帳號，資料庫裡密碼欄位是空的，你現在按『完成』也可以直接登入。」

安娜差一點就要直接登入，幸好李詩莊很快又說：「直接輸入你的密碼，按下完成。下次再登入時，就一定要用這組密碼了，當然你隨時都可以修改。密碼最長容許四十二個字元，可接受特殊符號、數字，中文算兩個字元。」

「知道了。」

接著就是一陣沉默，大概大家都在輸入自己的密碼。

山貓第一個完成她的密碼，她說：「連這裡也做得很老派呢！現在不是都做指紋或虹膜

5. 積體電路上可容納的電晶體數目，約每隔二十四個月便會增加一倍。

辨識就好了嗎？」

李詩莊說：「如果是玩家個人的機器，用指紋辨識當然沒有問題。不過這是公司測試機，有很多人都會使用。」

山貓說：「這有什麼關係？」

朱成璧代李詩莊解釋道：「根據目前一些關於隱私保護的法規規定，公共場合機器不允許採錄指紋、虹膜吧？除了國家機關外沒有人可以建檔記錄你的鑑識資訊，就算是公司也只能短期保有，依規定離職後都要銷毀……當然我不曉得是不是所有公司都會遵守這種規定。」

李詩莊道：「沒錯，因此一般都還是會保留密碼的設計。」

老居說：「強度夠高的密碼，有時候比指紋還可靠。」

安娜竟然也很同意：「是啊！要弄到一個人的指紋太容易了。我就知道二十幾種非法盜取指紋的方式——最快就是直接把你的指頭切下來，當然虹膜就困難一點。」

他說完之後眾人有一度沉默，一會兒，李詩莊說：「我先把指紋、虹膜辨識功能都關掉了，反正用不上。你們現在還不是公司成員，依法不能採集你們的鑑識資訊。」

朱成璧心想，這句話擺明了李詩莊根本沒把她當同事過，她戴好連結器，恨恨地隨大家一起按下「完成」鍵，進入H.A.的世界。

一瞬間剛才的不滿都煙消雲散了，那真是一件不可思議的體驗——忽然間眼前就浮現出一片星光閃爍的夜空，耳邊聽見細碎的風聲，還能聞到柔軟的青草香味。這間實驗室裡的機艙比之前她用的測試機還要更纖細一點，這些轉換的部分都做得非常自然。

正這樣想的時候，又聽見天上傳來了李詩莊的聲音。

「真殺風景……」

「在空中畫圓可以叫出操作選單，手勢的部分可以自己進去選項調整，要換成眨眼或其他訊號也都沒問題。」這部分朱成璧很熟，她快速叫出選單，做了一些習慣上的調整。

「接下來要討論選角色的問題。」李詩莊說：「目前有十二位英雄可供選擇。」

說完，眼前的景色開始融解，拼圖般的乳白色碎塊快速拼湊起來，一座巍峨的神殿立刻就在面前搭建完成。

這不是什麼罕見的景象，但以過場動畫來說，還是比市面上大多數遊戲都要細緻得多。朱成璧雖然討厭李詩莊，心裡也忍不住暗暗讚美。隨即場景一變，她已身在神殿內部。神殿內部是一個縱長深遠的走道，宛如博物館一般，兩側羅列著栩栩如生的雕像。

先前創造角色的介面和這個不太一樣，因此朱成璧留神了些，她走到其中一個台座之前，雕像的細節立刻變得清晰起來，肌膚與頭髮也染上了鮮豔的顏色。

這個雕像有一身泛出青色陰影的慘白肌膚，冰藍色的眼珠宛如玻璃彈珠般乾淨清澈，他披著一件長斗篷，手上有一支水晶做的權杖。

雕像忽然開口了。

「我是冰結的三稜鏡．普利斯姆。」

真是美麗的眼睛——朱成璧心想，但現在的她還沒有形體，那對玻璃彈珠中倒映不出自己的身影。普利斯姆似乎還要繼續開口介紹自己，但朱成璧很快走開了，普利斯姆的聲音漸弱，一身淺藍的冰晶色也淡回了雕像般的象牙白。

朱成璧沿著狹長的走廊晃了一圈，總共有十二座台座，看來這就是李詩莊所謂的「十二位英雄」——但是，台座雖然有十二個，雕像卻只有十一座。

少了一個。

「李詩莊——」朱成璧叫道：「不是說有十二個人讓我們選嗎，我怎麼只有看到十一個？是少了哪一個人？」

一直持續指點眾人的李詩莊忽然沉默了幾秒。

然後他說：「是獨角獸聖騎士艾法隆，那個角色我選走了。」

「咦？」朱成璧愣了一愣。

彷彿感到難堪似的，李詩莊焦躁地重複一遍：「我選了艾法隆，我要艾法隆這個角色，你們去選別的！」簡直像小孩子吵鬧要心愛的玩具一樣。

「這樣公平嗎？」

阿一適時地插嘴道：「放心啦，艾法隆在這裡面也不算是很強的角色。」朱成璧好像能聽見他竊笑的聲音：「就滿足一下詩莊個人喜好吧！」

朱成璧抱怨道：「那我不能也選艾法隆嗎？為什麼被選過的角色就不能再選？」

李詩莊說：「這裡的角色沒辦法進行外型的微調，如果兩人選了一樣的角色，很可能會搞混。」

山貓說：「可以換個顏色啊！」

李詩莊回應道：「遊戲中可以取得染劑，也可以更換衣裝，有心的話要偽裝很容易。與其為此大費周章凍結遊戲內這些功能，不如一開始就限制角色唯一性。」又補充說：「這十二位英雄的等級都已封頂，雖然操作所需的技巧不同，但平均而言實力相當，因此不必太擔心。」

「好吧！」說到這個份上，朱成璧也只好妥協。事實上她也不是真的那麼在意艾法隆，他們又不是要在競技場裡角力，想在這場比賽中取勝，靠的絕對不是誰的拳頭比較大而已。

眾人開始挑選角色，一面仔細思索自己想要的能力，一面又唯恐不趕緊下手就會讓別人挑了去。朱成璧聆聽著每一位英雄的自我介紹，心裡盤算起來。

「李詩莊——」

「什麼事？」

「能不能開獨立小頻道？」

李詩莊明白她想和自己的隊友討論戰術，不過在這個階段就開始構思戰術，未免也太早了。但是他很爽快地說：「可以，妳的編號是八號，另外兩個是一號和十七號，在『對話』選項裡有獨立開頻道的功能。」

朱成璧邀了兩人進頻道，問道：「想好要選什麼了嗎？」

「沒有……毫無頭緒耶！」

「那等等聽我指揮吧！」朱成璧說完以後，將麥克風切往公共頻道：「我要選這個英雄。」

繼艾法隆之後，第二位英雄從台座上消失了。

眾人看見朱成璧挑走的對象時，不分偵探組或兇手組，大概都一樣沉默了三秒，山貓忍不住抱怨道：「老大，你的品味真差欸……」

朱成璧選走的英雄是「碎岩之霸王．巨石」，她倒沒有很認真聽巨石介紹自己的種族出身，大概只聽到是哥雷姆巨人[6]之類的。她心想：是哥雷姆或哥吉拉都無所謂，反正我只是想要一個山怪。

6. 猶太教傳說生物，以巫術灌注於泥土中使其能自由行動的人偶。

扣掉沒見過的艾法隆，巨石是所有英雄中體格最大的一個，朱成璧目測他至少有三公尺高。他的裝備很簡陋，只在腰上纏一塊苔綠色的破布，手上拿一支白鐵做的大狼牙棒。他的肌膚──或者稱為「甲殼」比較寫實一些──是鼻涕灰的顏色，粗糙堅硬，上面長滿了一粒一粒的疙瘩，以外型來說，毫無討喜之處。

朱成璧完全無視山貓的批評，只是冷酷地在隊伍頻道說：「我要普利斯姆和妖精尤班，你們自己分配一下。」

安娜說：「我選普利斯姆吧！」

雖然不明白朱成璧選了大山怪的理由，但另外兩個角色可都是了不起的戰力，魔法人偶普利斯姆能操縱冰晶與暴雪，他的魔法雖不是以殺敵為主要目的，但在牽制戰場上能發揮很大的作用。

至於「世界樹的火焰．妖精尤班」──

「啊！」山貓忽然發出一聲短促的驚呼，朱成璧轉過頭去，發現尤班不知何時已經從台座上消失了。

「我選尤班……」老居低聲囁嚅。

尤班被先一步搶走了。

當然尤班在設計上是很吸引男人眼光的角色，泛著櫻花般薄紅色的雪白細緻肌膚、金沙一樣高貴的淡金色長髮，還有深邃眼窩中鑲嵌著一對祖母綠寶石一樣的眼珠，就連身為女人的朱成璧都有一瞬間感到動心。

但尤班最吸引人的特質並不只在她的美貌。

朱成璧剛才細心比較過每個英雄的技能和初始能力值，扣掉妾身不明的艾法隆，尤班大概是裡面最強的角色。她的攻擊火力明顯高出其他角色一大截，雖然防禦力和血量稍微弱勢，但她是擁有靈敏身手的妖精，移動速度比其他種族快，只要操作的玩家技巧夠好，根本可以從一開始就避掉傷害。

尤班沒有治癒的法術，但如果回到她的家鄉——世界樹森林的話，在那裡所有的精靈都會守護她。

簡單來說，尤班這個角色被踢出去並不意外——她太強了，幾乎沒有明顯弱點，已經嚴重破壞整體遊戲的平衡性。

朱成璧有些猶豫，腦中思路飛躍馳騁——是不是要設法勸服老居換角呢？沒有尤班多少會有一些影響，但要是她太明顯露出想要尤班的態度，反而可能遭他們為難。

就在她左右不決的時候，忽然聽見山貓冷笑了一聲。

那聲音實在非常小，沒有注意是聽不見的。安娜卻像和她預演好了一樣，忽然道：「笑什麼？」

「沒事。」

「有……有什麼好笑的？」

老居有些焦躁地開口。

「就說沒事。」

「妳覺得……我選尤班很好笑嗎？」

「沒有。」

「還是妳覺得我選尤班很噁心？」

山貓也有點意識到自己的笑聲令老居不快了，忙說：「我沒有這個意思。只是……尤班在一對一時應該最好用的選手沒錯啦，但我們又不是要在PvP決鬥，挑這種金牌選手有意思嗎？我們也不會那麼笨，選PvP場合對你們下手啊！」

尤班在一般情況下確實稱得上王牌沒錯，但比賽的規定是要在PvE內殺死對手，犯規的話兇手組可是全員出局，因此不論尤班在普通戰鬥中多活躍，都沒有任何意義。

朱成璧心裡暗暗叫了聲好，簡直是時機完美的助攻。

她立刻把握機會繼續澆冷水：「你們老大選艾法隆也是——聖騎士的話，一般都是各項數值平均、攻守能力都很優秀的角色吧！看起來你們還沒掌握到這場比賽的核心目標，想在PvE區域存活，要靠的絕對不是優秀的戰鬥力。」

果然老居沉默了下來：「嗯……」但語氣沒有了剛才的不悅，大概對他這樣性格的人而言，提出具體理性的批判，反而容易接受。

老居考慮了一會兒，說：「我選女祭司好了。」

尤班又重新回到台座上，穿著黑色緊身長袍，窈窕曲線畢露的美麗女祭司——「七星的奉祀者·艾妮索拉」則緩緩消失。

「等等！」山貓不可置信地大叫：「這種時候！不管怎樣都應該選女飛賊阿卡莉吧？」

阿卡莉身上的布料大概只有艾妮索拉的三分之一。

和冷豔的艾妮索拉不同，阿卡莉是有著東方面孔、充滿朝氣，肌膚曬成小麥色的嬌俏美女。

當然阿卡莉曼妙的身材也很吸引人，但老居選擇艾妮索拉的原因很簡單——以輔助法術為主要技能的艾妮索拉，能成為友軍有利的護盾。剛才朱成璧說得沒錯，在這場比賽中，他們要的不是快速擊倒敵人的優秀戰力，而是存活下來的實力。

「D和E……某種程度上來說已經沒差了啦。」

「閉嘴！妳這個外行女，妳根本不懂紳士的浪漫——啊！不過對A來說的話，果然C以上看起來都是一樣的吧？」

山貓不知為何義憤填膺，又忽然對朱成璧充滿了憐憫。

「我一點都不想在這種事上被妳同情！」

李詩莊不耐煩地打斷兩人：「好了，快點做決定吧！阿一、山貓，你們兩個要選什麼？」

山貓忿忿地說：「這還要說嗎？我當然要尤班！」

＊

H.A.的天空像鋪上了整面的玻璃帷幕，連浮在上面的薄雲都鍍上了一層寶石一樣的光，又像三月裡帶著春意的薄荷色湖面，飛鳥掠過天頂時，連一絲漣漪也掀不起來。

遠處群山雲氣漸淡，普利斯姆望著天際雲影斑駁，不由得道：「這些雲簡直像棉花糖拉成絲一樣，拉到天的那一頭就看不見了。」

他才說完，就有人立刻澆了他一盆冷水：「那應該只是遠方的特效不會預載進來而已，可以節省一點效能。」

真是一點浪漫情懷也沒有。

普利斯姆回過頭去，聲音的主人是一位身著雪白鎧甲的騎士，午後陽光像在他的鎧甲上刷過一層銀漆，炫目得讓普利斯姆幾乎睜不開眼。騎士的頭盔正中央嵌著一個非常特別的角飾，讓他看起來像一頭美麗的白色野獸。

無庸置疑，這一定就是被稱作「白銀獨角獸」的聖騎士、在剛才選角的十二人中唯一缺席的艾法隆。

巨石：「好難用！這個山怪好難用！」

就算是朱成璧這樣的高手玩家，也花了一點力氣適應巨石。艾法隆冷冷地看著他上竄下跳，說：「不滿意你現在可以打開操作介面，直接把角色刪掉——當然，我是不會補你一個的。」

朱成璧在機艙裡默默對他做了個鬼臉。

「走吧！難道你們想在這裡待二十四小時嗎？」李詩莊那冷嘲熱諷的說話方式和艾法隆冷冰冰的撲克臉倒是絕配。

所有人隨艾法隆回到村莊內，除了朱成璧等操縱的巨石三人之外，老居的艾妮索拉與阿一選擇的槍兵古坦也跟隨其後。

「還不錯，看起來朱成璧妳已經習慣巨石的身體了。」

在這一段短短的路程中，朱成璧已經漸漸習慣了如何操作笨重的巨石，不過因為巨石很難發出人類語言的音節，因此她幾乎不說話，真的需要說話時，就只在頻道裡輸入文字。

他們所在的是一個濱海的沒落漁村，人並不多，艾法隆決定選擇這裡做為比賽開始前，解說PvE基礎運作規則的地方。

「首先，我來說明H．A．中死亡的判定方式。死亡的定義非常簡單，當玩家『血量』這一參數歸零時，伺服器將判定玩家死亡。」

「叫出自己的狀態介面，可以看到畫面右上方有一道紅色長條，那就是自己目前的血量狀況。」所有人試著操作了一遍，艾法隆繼續說道：「那麼，接著我將說明PvE中傷害的判定方式。」他指著尤班，說：「過來。」

「我嗎？」尤班愣了一下，雖然不知道艾法隆要做什麼，仍朝著他走過去。

誰知艾法隆忽然揮舞手中巨劍，朝尤班腰間狠狠掃去。尤班倒抽了一口涼氣，本能地向後猛躍避開。妖精那驚人的彈跳力在PvE絲毫不受影響，她像體操選手一樣，在空中翻了個身以後俐落著地。

尤班露出驚恐的神情，盯著剛才被劍風掃過的地方看，本來那裡疊著幾口木箱子，都被艾法隆的暴虐之劍砍成碎片了。

不過——

「沒砍中？」

「不……」尤班說：「應該有，不過好奇怪，沒什麼感覺，也沒留下傷痕的樣子！」

艾法隆說：「嗯，應該是有打中的，我有揮到東西的感覺。不過，因為這裡是PvE，所以妳幾乎不會受傷。」

尤班再盯了一下自己的大腿，確實有一點擦傷的痕跡，雪白的肌膚泛起一片薄紅，但是那程度就像被人輕輕掐了一下而已，不仔細看根本看不出來。

艾法隆繼續詳細解說：「在PvE內，所有物理攻擊的表演效果幾乎都被弱化至最低，剛才的舉動與其說是艾法隆拿大劍劈妳，不如說更像李詩莊拿著鈍了的小刀在妳腿上輕輕拍一下而已。至於對玩家造成的傷害值，則一律是零。魔法師就不用說了，他們在PvE內無法施展任何技能，頂多就能拿著木杖敲妳腦袋而已。」

普利斯姆看了看自己的雙手，他甚至連個木杖也沒有。

巨石指了指那堆幾乎被砍爛的木箱，在對話頻道上提問。

巨石：「那——那堆箱子是怎麼回事？」

艾法隆說：「我還沒說完——剛才說的這些規則，全部只作用在『人物』這種物件上。」

「人物物件？」

「是，玩家以及所有非怪物的NPC[7]，都屬於『人物』物件。在PvE內，力的運算結果在他們身上都會減緩。箱子當然不是『人物』，並不適用這條規則，所以遭到外力波及時，他們該怎麼表現，就會怎麼表現。」

＊

「在遊戲中可以隨時呼叫世界地圖，並看見其他人大略的位置。」

這次負責扮演裁判的孫承禾向朱成璧仔細說明道：「紅色小點是你們三個，綠色是詩莊他們。這是特別加上去的輔助工具，方便你們知道彼此的位置。另外，H.A.裡面有兩百多個城市，為了避免你們活動範圍太廣，我們就縮限了這次比賽的場地。大致來說，接下來你們必須先穿過北方的烏葛爾要塞，包含烏葛爾城在內，那附近有大量PvE集落，你們可以先好好考慮自己的戰術。」

講解完死亡判定的規則以後，李詩莊三人因還有繁雜工作在身，便各自登出。朱成璧她們則在H.A.中文閒逛了一會兒。到中午時孫承禾過來看看三人狀況，李詩莊交代過所有人，朱成璧他們若有任何疑問，務必都要詳盡解釋，給予所有他們需要的資源。

在這一點上，李詩莊倒是非常大方，也可以說是很有自信吧！

朱成璧在正式就職前兩週，就已經先來試玩過H.A.，當時也是由孫承禾負責招待引導，因此兩人不算陌生。在等安娜和山貓換衣服的途中，兩人就在機艙室外閒談起來。

「說起來，Ｈ.Ａ.到底是什麼的縮寫啊？問了一百次，我還真沒聽過一次重複的答案的。」

「誰知道啊？大概是Horrible Account（悲慘的帳單）吧！」

朱成璧忍不住笑出聲來：「是真的慘得可以。」

孫承禾聳聳肩，又說：「不過……這麼荒謬的挑戰妳都敢接下來，看來還真的是對詩莊的提案非常反彈啊！」

「你們會讓他拿出那種提案，我才覺得不可思議呢！」

孫承禾長長地嘆了一口氣。

「那個人是不太聽人說話的。不過，要往他那個方向調整也並不是不行。」

「你真的這樣覺得？」

「是啊！技術取向的ＶＲＭＭＯ在市場上又不是吃不開。倒是妳，明知道全PvP這條路並非不能走，卻還是反彈到不惜搞了這種比賽，我才覺得奇怪呢！」

「我很不想要讓Ｈ.Ａ.變成那種遊戲啊……」

朱成璧有些消沉似的垂下了頭，孫承禾吞了口口水，試探道：「果然還是因為那個……吧？『魔女的槍尖』。」

朱成璧像忽然被針刺了一下一樣，肩膀小幅度地跳了一下。

孫承禾看她深深吸了一口氣，像要說什麼卻又說不出口，忙擺了擺手說：「抱歉，我提這個實在有點失禮，剛才的話就當作沒聽見吧！」

隨即他又迅速帶開話題：「只是詩莊太理想化了，改成這種路線以後，玩家客群會不符改

7. Non-Player Character，非玩家操控的角色。

變，更不可能單靠復活一個收費點來營利，勢必還是會做大幅調整，走上他最不想要的那條路。」

「他很執著於不破壞他老師的遺願啊！」朱成璧說：「你見過齊教授嗎？知道李詩莊耿耿於懷的那個『設計初衷』到底是什麼嗎？他根本自己都說不清楚，我也沒地方著力。」

上回和李詩莊不歡而散以後，朱成璧很在意他所說的「遺願」到底是指什麼，於是就仔細調查了Ｈ.Ａ.的來龍去脈，才知道原來前製作人是李詩莊的恩師——齊百歲教授，是人工智慧領域的大師。

「我比詩莊還晚來，雖然認識齊教授和于老師，不過我從來沒有聽他們特別提過這些。」

「于老師是？」

「于善老師，是負責寫Ｈ.Ａ.背景世界的作家，是齊教授欽點來的。兩個人關係也很好，常一起討論遊戲裡的細節。」

「哦……」朱成璧心想，她倒還沒特別去查過這個人，如果于善是齊百歲欽點來的，那應該不至於會寫出違背齊百歲初衷的故事吧！

正想著應該找時間去和這位于善接觸時，身後忽然傳來安娜的聲音，他說：「我知道于善老師，他是一位非常好的作家。」

「你認識于善？」

安娜已經換好衣服，披上他那件像烏鴉翅膀似的黑色大衣，孫承禾這不是第一次看見他，記得有一次在公司大廳好像碰過他來接朱成璧，他對這個極高而削瘦的男人印象頗深。

安娜說：「不，我不認識他本人。不過我讀過很多他的作品，他是一位極優秀的青少年文學作家。」

「青少年文學啊……」

「是，這麼早就過世，是文壇的一大損失。」

「什麼？于善已經過世了？」朱成璧驚呼一聲。

「啊……我剛剛沒有告訴妳嗎？齊教授出車禍的那一天，于老師就坐在他的副駕駛座上。」

原來兩個最重要的核心人物同遭不幸了。

「剛剛我還想著去見這位于老師一面，聽聽他的意見呢！」

「小璧小璧，你們在聊什麼？我也要聽！」這時山貓也出來了，蹦蹦跳跳湊到兩人身後。朱成璧便向孫承禾介紹道：「這兩人是我的隊友，安娜和山貓。」

「初次見面，我是H.A.的總執行製作孫承禾。」孫承禾朝山貓伸出手：「安娜妳好——」

「不……」山貓尷尬地笑了一笑：「那邊那個才是安娜，我是山貓。」

＊

第二天，朱成璧八點準時進了辦公室。

朱成璧的辦公室在十樓，是獨立的隔間，關上房門以後從外面沒有辦法看見內部的情況。朱成璧叫出螢幕，一面從皮包裡拿出簡單的麵包和紙盒牛奶。

「給我比賽場地的所有PvE區域。」

「說明烏葛爾城的背景。」

「標記附近所有的交通方式。」

她一邊喝著牛奶，一邊研究投影在牆上的地圖，心裡產生一種不可思議的感覺。

朱成璧十多年前剛出社會的時候，語音辨識還沒有做得這麼好，或者說中文的語音辨識還不夠成熟，VR遊戲和其他遊戲相比，就只是差在景色稍微立體了些，和遊戲內人物的互動仍是陽春而枯燥，與如今不可同日而語。

就在這麼短的時間內，朱成璧的生活習慣已經因為一次又一次的科技革命而產生重大改變，然而對生活的基本需求還是一樣——一個麵包，一杯牛奶。

她想：人類真是既複雜，又單純的一種生物。

九點五分。

她喝掉最後一口牛奶，將剩下一半的貝果收進保鮮餐盒裡。

抵達機艙室只花了五分鐘，李詩莊正解下領帶，他的西裝大衣掛在衣帽架上，和筆挺的襯衫一樣找不出半條摺痕，只有額上略長的劉海破壞了他那神經質般的整潔感，也說不上凌亂，大概就是剛長長了還沒來得及剪。

「早。」

朱成璧掃視室內一圈，有兩台機艙亮著，朱成璧剛剛在衣帽間裡看見了安娜的大衣和另一件男人的羽絨夾克，大概是老居或阿一其中一人。

李詩莊把領帶仔細穿過收掛架，拉到兩頭並齊，那種強迫症一般的仔細讓朱成璧嘖嘖稱奇。

「因為接下來要進機艙三個小時，還是盡可能保持舒適休閒的穿著比較好。」李詩莊收好自己的衣物以後，轉過頭來打量了朱成璧一眼，慢條斯理地說。

「所以——妳穿成這樣是想做什麼？」

今天沒有股東會議，朱成璧照例穿得像動物園裡的觀賞鳥。

朱成璧哼了一聲，說：「你先鬆開第一顆釦子再來跟我討論休閒舒適的問題吧！」脫下十二公分高的粗跟鞋丟在機艙門口，朱成璧砰的一聲甩上了艙門。

＊

再睜開眼時，眼前已是H．A．那片薄荷色的天空。

朱成璧下意識地想提起裙襬，才發現自己現在已經是一個大塊頭山怪了。他在原地先做了幾個揮拳的動作，再度適應一下這具身體。

人類適應的能力其實非常好，玩了這麼多年的VRMMO，就算是體型相差這麼大的怪物，朱成璧也只需要花幾分鐘左右就能完全習慣。

她打開私訊頻道，確認普利斯姆的消息。

巨石：「安娜，在哪？」

普利斯姆：「我在村外的河邊。」

巨石：「你幾點來的？」

普利斯姆：「早上八點吧！李先生幫我們把出入手續都辦好了，所以進艙房很容易。」

巨石：「真了不起，該叫山貓和你學學才對。」

普利斯姆：「我也沒有做什麼，只是想趕快適應這具身體。」安娜平時玩的遊戲比較少，不能像朱成璧一樣上手快：「順便確認一下普利斯姆有的技能[8]。」

巨石：「有哪些技能？」

8. 技能是指英雄角色能施展的魔法或其他戰鬥招式。

普利斯姆：「平常揮動法杖可以射出冰箭，這是普利斯姆的基本攻擊方式。」
巨石：「普利斯姆有法杖？」
普利斯姆：「嗯，是小型的水晶杖，集中精神時就會具現化在手中，不過在PvE裡面叫不出來。」
巨石：「其他呢？有沒有什麼比較特別的？」
普利斯姆：「普利斯姆有很多牽制技，像是能隱身的、能反射敵人傷害的、還有能把敵人凍結定身的魔法。另外就是大型空間魔法，例如『暴風雪』，可以引起二十五秒左右的超大型風雪。」
巨石：「經典款式啊！範圍大概多大？」
普利斯姆：「範圍普利斯姆還是可以控制的，最大可以到半徑六、七百公尺吧！」
巨石：「一會兒試試看？」
說著這話的時候，普利斯姆已經出現在眼前。
抬眼望去，遠方瀑布朦朧在一片薄霧間。晨光之中塵影紛亂，普利斯姆獨自一人佇立在河邊，靜靜凝視著河面上細碎的波光。
巨石無聲地繞到他身後，拍了拍他的肩膀，誰知普利斯姆像通了電似的整個人跳起來，回頭惡狠狠瞪著他。
「痛死了，這裡是PvP，麻煩妳拍小力一點！」
巨石恍然大悟般縮了一下身子。
巨石：「對了，先組隊吧？」
他慌慌張張揮著那雙象皮一樣滿布疙瘩的手。

巨石：「不然等等我被你打死了就麻煩了，我可沒什麼抗寒能力。」
「規則裡有說弄死自己的角色會怎樣嗎？」
巨石：「會被李詩莊嘮叨一頓。」
普利斯姆忍不住笑了一聲，又問：「組隊就不會受傷了嗎？」
巨石：「嗯，昨天確認過了。」
H.A.畢竟不是以技術型玩家為設計取向，因此盡量放寬對玩家的操作能力要求。施放大範圍技能時，隊友即使在攻擊範圍內也不會受到傷害。
巨石：「不然對H.A.的訴求客群而言，太難進行團體作戰了。大致上就是類似PvE的做法吧，傷害值據說是直接降到零。」
說完，巨石便朝普利斯姆伸出手。
普利斯姆的手指修長纖細，泛著淡青的手掌薄而堅硬，彷彿水晶雕像一般，巨石輕輕握住他的手心，唯恐多施一點力都要將他給碰碎了。
普利斯姆耳邊響起了系統提示音：「是否接受來自『巨石』的組隊邀請？」
握手是遊戲內默認的組隊請求手勢，普利斯姆靜靜頷首，瞬間一股溫暖的感覺流過身體，他睜開眼，看見醜陋的巨石也微笑著，晃了晃他的手。
巨石：「請多指教。」
普利斯姆垂下頭微微一笑，然後他輕聲念誦了幾句話，雪花繞過他纖細的手腕，隨即一把水晶色的短柄權杖浮在他雙手之中。
巨石：「哦！好厲害！這是你的武器嗎？」
普利斯姆揮動法杖，瑩白色微光包圍住權杖頂端的藍寶石，巨石聽見他口中喃喃念了什麼，一瞬間，周遭的空氣都凝結了。

溫度急遽下降，彷彿忽然被人推入大海之中。

數秒後周遭開始颳起一陣狂雪，人躺在機艙裡的朱成璧也不由得感到惡寒，意識變得一片混沌，像在雪地落單的旅人快要失溫一樣。

好冷，好想立刻就推開機艙逃跑。

不過這痛苦的感覺並沒有持續太久，很快她的意識恢復清明，又重新主宰了巨石這具身體。

為了遊戲安全，H.A.並不會直接施予溫度、壓力在玩家身上，只是會模擬疼痛或冰冷的訊號透過連結器送入腦中。

當然，這些模擬訊號的強度也都在控制範圍內，能讓玩家最低限度地體驗擬似的疼痛感卻不致危及性命。

視線重新聚焦，巨石張望四周，方才晨霧中溫柔的河畔景色已不復見。

只見瀑布與河流被凍做一片冰川，腳下的土地刷上了一層薄霜，才一張口，呼出的空氣立刻凝為一縷霜華。

「現在這片空間已經低於零度了。」

其實也只有半徑幾百公尺內而已，不過溫度畢竟是具連續性的因子，周遭數公里內多少都受了些影響吧！

過了一會兒魔法的效用終於結束了，巨石長吁了一口氣，靠著一棵大樹想坐下來，誰知道才靠上樹幹，就聽見「喀」的一聲，樹幹早已因凍裂而脆化，一碰就倒下了。

這時普利斯姆問道：「要繼續試別招嗎？」

巨石：「不，還是不要了。」

巨石忙拒絕他。

普利斯姆點點頭，又說：「不過，這種天氣魔法，就算在PvE以外的地方施放，還是會影響到PvE。假如說我們在靠近村莊的地方施展暴風雪，是不是就能間接給裡面的人帶來傷害呢？」

巨石：「暴風雪只能持續二十五秒，無法造成什麼大災害的。」

「被天上的冰雹砸死之類的……」

巨石輕嘆了口氣。

巨石：「其實你說的這個我問過了，魔法效果在靠近PvE邊界五十公尺處就會開始遞減削弱，就算氣溫很難完全不受影響，但傷害仍依循PvE原則：一般物件——例如植物和房屋可能被凍裂而破壞，但人物只會感到寒冷而已，而且不會受傷。」

巨石：「另外一點就是——這麼粗暴的方法一眼就會被識破了。」

兩人沉默了會，他們都很清楚——這不是一場「決鬥比賽」，而是一場「解謎比賽」。

比賽規則並不是設計來當擺飾用的，當初會加上「解謎」的限制，就是怕被朱成璧抓到什麼驚人的漏洞，轟一聲把對手全隊幹掉。

因此「解謎」的限制就是保護偵探組的但書，警告兇手別用太粗暴、一眼就能看明的手段，也最好不要把雞蛋放在同一個籃子裡，以免被一次擊破。

當然，要在PvE這面程式碼築起的銅牆鐵壁當中，找出三條漏洞，對兇手組而言是很重的負擔。

所以規則也同樣保障兇手的權利，讓比賽以場次的方式前進——只要偵探解決不了第一道難關，兇手就不必再費神設計第二道謎題。

兩人回到村莊時，已經上線的尤班早在村莊裡等得不耐煩了。

「太慢了！太慢了！朱成璧，每天只有三小時可以待在H.A.的妳就這樣浪費二十幾分鐘在散步嗎？」

巨石：「到底是誰先遲到的！」

「我是去爭取重要資源！」

說完她把一大袋錢幣全都砸到普利斯姆身上：「安娜負責拿，錢很重的。」

「為什麼是我……」

「你是我們裡面唯一的男生吧？叫你扛點重物也要抱怨嗎？」

「我現在是普利斯姆，又不是安娜……」

「囉嗦！那你是要告訴我普利斯姆是男是女了嗎？」

袋子裡除了H.A.的貨幣，也有一些基本的物資，像是能快速回到村莊入口的傳送符咒、藥水、食物等等，此外還有尤班為自己準備的兩百枝箭。

巨石：「這些東西是哪來的？」

尤班冷笑道：「當然是去跟孫承禾要來的，不是說了我們要什麼都得全力支援的嗎？」

巨石：「除了傳送符咒以外全部扔掉，初期以我們的等級不需要藥水，箭也只要留五十枝就夠了。」

巨石冷淡地下令，尤班聽了氣得跳腳：「什麼？我好不容易才要來的！」

巨石：「增加多餘的負重沒有益處，我們現在開始要趕路了！」

＊

固若金湯的要塞——烏葛爾城，這是第一場比賽的起跑點。

為了避免偵探組天南地北地跑或完全避開PvE區域，做為裁判的孫承禾嚴格地限制了比賽場地，烏葛爾城就是其中必經的一個PvE定點。不穿過這座城的話，沒辦法前往下一個區域。

換言之，只要抓準時機，在那裡一定會和偵探組的人會合。

那之後連續數天，所有人都只是專心往烏葛爾城趕路，為了避免有人使用傳送魔法快速抵達九狼城，孫承禾要求暫時將遊戲內所有快速傳送手段都關閉，只留下方便返回最近村莊的符咒，並且只限於曾經抵達過的村莊。

在比賽開始一週以後，三人終於抵達烏葛爾城南方的礦山。

烏葛爾是一座典型的山城，周圍群山環繞，只有朝南處打開了一個缺口，而鎮守在這缺口的，就是令人聞風喪膽的烏葛爾要塞鐵騎。

然而從三個月前開始，烏葛爾因政局動盪的緣故，全面封城。

如今若要避開要塞進入烏葛爾城的話，似乎只剩穿過礦山一途。

東南段的礦坑已經廢棄多時，據說是坍方後沒有多餘人力搶修，因此廢墟就一直扔在那兒沒管。他們沿著礦車的軌道走，盡量避開坍方嚴重的路段，坑道陰暗且低矮，部分區域已經開始積水，巨石必須彎著腰才能通行。

三人手中只有一盞在入口撿到的老舊礦燈，微弱的光圈甚至照不清眼前五米的路，一會兒普利斯姆終於忍無可忍，熄了礦燈，說：「這裡是PvP吧？」

「是啊！」

「妳會什麼魔法？有沒有能點火的？」

「要我當火柴嗎？」尤班大笑道：「沒問題，我的魔法有一半都和火焰相關，我可是『世界樹的火焰』嘛！」

巨石：「住手！尤班的火焰一沒控制好會把這裡燒垮的。」

普利斯姆無奈道：「可是也沒辦法，前面沒路了，這裡好像是坍方段。」又說：「再走回去不知道要花多久時間，我們方向大致上是對的，不如讓尤班試著把這些落石炸開？」

巨石慌張地擺擺手表示反對，又動了動一雙石柱般粗壯的胳膊。

巨石：「還是我來吧！我來試著把這些落石搬開。這頭大山怪沒什麼好處，就是蠻力特別驚人。」

說完他便掄起水泥磚一樣的拳頭，朝土礫堆撲去——

這時，忽然身後傳來一聲驚呼，只見兩個穿著泥黃色鎧甲的騎士提著礦燈朝三人趕來，怒鳴道：「你們在幹什麼！快住手！」

但已經太遲了，巨石已經搬起好幾塊大石頭，引起礦坑內一陣令人不快的震動。那兩個騎士咂舌怒罵了幾聲，尤班見兩人拔劍，立刻從背後解下長弓，普利斯姆也做好了迎擊準備。

然而這都沒有意義——

只聽見猛然「轟」的一聲，地底發出令人膽寒的怒吼，尤班倉皇回望，只見坑道像被一雙巨掌捏碎一樣在眼前扭曲。那兩個騎士見勢頭不對，只能尖叫道：「快跑！快跑！」

礦坑以肉眼可見的驚人速度全面坍塌，三人沒有任何選擇餘地，幾乎是憑本能跟著那兩名騎士狂奔起來。那兩人對礦坑內的道路駕輕就熟，暗道隱身何處都瞭若指掌。

在這樣的混亂中，坑道反而靜得不可思議，一切嘈雜作響彷彿自動從腦中隔離，只聽得見坑頂水珠一滴、一滴落進水窪裡的安定節奏，以及幽狹通道內倉皇無序的急喘聲。

死亡就像後頭坍方的土石一樣，以緊迫盯人的速度追尾而來。

巨石彷彿能聽見自己——不，或者該說朱成璧的心跳聲。那對長年玩遊戲、慣於這樣無數次虛幻死亡的她而言，是陌生而驚喜的。

「安娜！」忽然巨石驚呼一聲，將普利斯姆撞倒在地。兩壁坍方的碎石朝兩人砸去，巨石拱起身軀，用自己的身體護住普利斯姆。

「小璧！」

「我沒、事！」巨石快速捲起普利斯姆，像拎小貓一樣提著他往前急奔，尤班朝他吹了聲口哨，叫道：「小璧帥翻了！」

「從這裡往下跳！」這時黃鎧的騎士停下腳步，回頭朝三人大喊。他們前方有一個巨大的下陡坡，尤班朝下一望，立刻感到一陣暈眩。

「跳！」那兩人雖然這樣喊著，倒也不是直接往坑底跳，事實上兩人只是很快攀著岩壁往下爬，但是尤班衝得太快，來不及收手，她一面尖叫抱怨道：「到底為什麼要嫌遊戲收不到錢啊！這個死亡率不是超高嗎？」一面閉著眼睛往下使勁一跳。

「別這麼冒失地跳！會摔死——」

但並沒有預期中的失速感，尤班只覺得像倒著方向朝空中飛翔，墜落的同時尤班感到身體不可思議的輕盈，她幾乎想都沒想的在空中翻了個身，以非常漂亮的姿勢落在石壁上。

站穩腳步以後，尤班立刻掌握到了跳躍的訣竅，立刻保持這樣的節奏，持續翻身往坑底跳，一面興奮地尖叫：「好棒啊！這就是擁有發達運動神經的感覺嗎？」

巨石使勁朝她大吼：「閉嘴！」

他和普利斯姆就沒有這麼幸運，兩人身手都不靈活，巨石只能將普利斯姆護在懷中，狂吼一聲，像顆大石頭般朝山下滾去。尖銳的石礫擦過他粗糙的皮膚，倒不怎麼覺得痛，這大概就是當山怪最大的好處吧！

巨石再爬起來時，那一頭的坑道已經接近全毀，遠遠望去只剩一片黑壓壓的暗影，普利斯姆從他懷中脫身，踉蹌地站了起來。

「安娜，還好嗎？」

「右邊……腰有一點痛……」

雖然在巨石的保護下少受了大部分的衝擊，但普利斯姆是三人中最不擅長正面迎戰的角色。他的身體素質不好、防禦力差，血量大概也只比尤班多一點，但和尤班那儼然野生動物的運動神經根本不能相比。

尤班這回幾乎是毫髮無傷的落地，普利斯姆卻摔了個坑坑窪窪。

「我看。」尤班拉開他按住側腹的手，普利斯姆被她一碰傷口，發出微弱的呻吟：「山貓，小力一點，會痛。」

普利斯姆右側腹被石礫割傷，珍珠白的腰帶讓他墨藍色的血液染花了一片。在大型創傷上H.A.不敢做得太過分，但這種一下一下的小抽痛上卻做得格外寫實。安娜本人雖然沒有受傷，疼痛的訊號卻持續透過連結器送入腦中。

巨石：「安娜，普利斯姆血還有多少？」

普利斯姆叫出操作介面：「幾乎只剩三分之一。」

巨石：「嘖！PvP果然不好混水摸魚啊！」說完他拉過普利斯姆的手，隨即普利斯姆感到身體一陣溫暖，血量的標高也立刻回到了頂點。

「咦？成璧，妳有治療的魔法嗎？」

巨石：「不算治療的魔法，不過巨石可以把目前自身血量的一半分給周圍的隊友。」

說完巨石叫出血量介面給他看，果然他的血量也少了一大截。

「巨石滿血是八千四……八千四的一半都比我滿血還高！」

普利斯姆的血量比較少，只有三千。

巨石：「那就只會給到滿而已，超過的部分不算。H.A.的血量限制這點做得滿嚴格，不會讓現有血量超過血量上限。」

「還是很大方！」

巨石：「也不算大方，還是有距離限制，而且也要付出一點代價，接下來我受傷的話，會從你身上開始扣。」

「什麼？這樣聽起來反而我吃虧吧？」

巨石：「借你多少就扣多少，又不會多扣。」

普利斯姆還想反駁些什麼，但還來不及開口，那兩名黃鎧騎士已經滿面兕光地走來。

「你們到底在做什麼！瘋了嗎？」

裡面個頭比較高的騎士朝三人劈頭就罵：「大個子！是哥雷姆巨人嗎？你聽得懂人類說話嗎？你他媽是腦子哪裡不對勁敢在礦坑裡——」

尤班跳出來反駁道：「那裡不是被落石堵住道路了嗎？我們也是想盡早離開礦坑啊！剛才要不是巨石先出手，就是我召喚流星打爛這個礦坑啦！哪種情況你覺得比較友善啊？」

「做了這種事還敢強詞奪理！」

「兩邊都先冷靜一點吧！」

這時另一個騎士也過來了，他的個性顯然溫和一些，只說：「總之大家都平安無事太好了，你們要到哪裡去，怎麼會往這裡走呢？」

巨石立刻在私訊頻道發出指示。

巨石：「跟這兩個人道歉，並友善地示好。」

尤班：「什麼！我才不要！」

巨石：「少囉嗦！我才是指揮官！」

尤班仍舊滿臉的不情願，大概尤班、巨石還有普利斯姆這三人很明顯都不是人類，那兩名騎士都露出警戒的神情。

普利斯姆倒不很介意，先向兩人道歉了。因為側腹仍一下一下抽痛著，所以他一直按著自己的傷口：「我們急著要去烏葛爾城，但是要塞封住了不放任何人通行，只好抄礦坑的近路。」

那兩名騎士面面相覷，高個的騎士狠狠盯著兩人，問：「你們去烏葛爾城要做什麼？」

因為理由實在一言難盡，普利斯姆也很難回答他，只得反問道：「你們知道去烏葛爾城的方法嗎？」

矮個子騎士點點頭，說：「當然知道了，我們就是要塞的騎士啊！」

＊

「所以說，那兩個人是AI嗎？」

「應該是吧。」

山貓露出不可思議的神情：「連兇巴巴的樣子都做得好真喔！簡直就像壞脾氣同事一樣，根本分不出來是真人還是電腦。」

「你說到『壞脾氣同事』的時候可以不需要一直盯著我。」朱成璧冷冷地說：「以前就聽說H.A.在業界大概是這方面最強，可以算是學術級水準，但沒想到可以做到這種地步。說實話，我也不明白李詩莊還想要添購新機器的理由。」

從和騎士的對話中，大約可以知道烏葛爾封城的理由。

烏葛爾城現在政治局勢很不安定，國王重病，暫由要塞的柯賽特將軍攝政，王國內很多重臣對軍系出身的他很不滿，想藉機把他推翻。無奈柯賽特軍權在握，其餘派系老臣只好設法從外調兵進城。

偏偏要塞是烏葛爾城唯一的出入口，而裡面的騎士本來就都是柯賽特這一邊的，為了全力防堵反叛軍見縫插針，自然就形成了封城的局面。

如今所有出入者都受到嚴格盤查，因為也有人想抄礦坑近路繞過要塞，因此要塞的騎士經常在礦山巡查。像巨石三人這樣特別可疑的，更會帶回要塞進行仔細調查。

對朱成璧來說，被帶往要塞反倒是件好事，至少省了自己尋路的功夫，反正到時候艾法隆他們鐵定也會在要塞被攔下。於是出了礦坑以後三人就暫時登出遊戲，玩家下線以後會有暫置AI取代，暫置AI的功能負責將玩家的角色引導到最安全的地方，一般情況下就會去找最近的PvE。以目前的情況來說，就是會順從地隨著騎士回到烏葛爾要塞。

安娜稍微比她們晚一點才出來，朱成璧注意到他臉色不太好看，便問道：「怎麼了，還有哪裡不舒服嗎？」

「不會。」安娜搖搖頭：「但是那種感覺好像還在。」

「像幻肢痛[9]那樣？」

9. 患者感到自己被切斷的肢體仍在，且在該處發生疼痛。

「類似。」

「你還好嗎？要不要先去休息一下？」

安娜搖了搖頭，說：「也不至於那麼嚴重。他們的痛覺做得恰到好處，不會難受，卻足以讓人冒出一身冷汗。」

朱成璧笑道：「我現在裝在這個大塊頭裡面，痛覺非常遲鈍。」

三人簡單收拾了東西，正準備去用一頓午餐時，忽然聽見機艙門打開的聲音，李詩莊和他的隊友也下線了。

＊

結果就演變成六人一起吃午餐的情況。

開口邀請他們的人是阿一，李詩莊雖然立刻露出慌張想阻止他的表情但遲了一步。朱成璧也不是很想答應，他們雖然不至於關係惡劣到這種程度，畢竟還是獵物與殺手之間的關係，一起用餐總是有一點尷尬。不過對方都開口邀請了，拒絕似乎更難堪。

就在猶豫的時候，阿一說：「別這樣嘛！雖然我是詩莊這邊的，不過我也是『槍尖』的玩家喔！」

一瞬間，機艙室裡的空氣彷彿凝結了。

就連李詩莊都注意到氣氛不自然的變化，老居也刻意避開了他們的眼神。過了很久，朱成璧才回過神來，微微一笑，說：「是嗎？有點意外呢！」

「那時候你們主打的也是ＡＩ嘛！我做這一塊的當然要去看看。」

說著他指了指身後老居：「不過graphics[10]方面你們就稍微規避了一下正途，所以我記得那時候老居應該沒玩吧？」

「什麼規避正途？普通的做法根本無法表現我的世界好嗎？」山貓不服氣地哇哇大叫，

朱成璧笑道：「這位是山貓，是我們的場景原畫。我承認當時我們確實受限於技術，只好採用比較風格化強烈的做法，避開這個最大的弱項。」

「什麼！妳是《槍尖》的場景原畫嗎？」

「幹嘛，那什麼不可置信的眼神？」

「山貓和安娜都是我以前Solar-S的團隊成員。」

安娜朝阿一微微頷首，雖然比賽已經進行一週以上了，這還是他們頭一次好好地打招呼。阿一看著眼前高個子的男人，心想怎麼會取這麼個綽號，一面笑著一面朝他伸出手道：

「安娜你好，之前也在《魔女的槍尖》團隊裡嗎？」

「嗯，安娜是劇本。」朱成璧說。

阿一的眼神很明顯地跳了一下，手像被熱鍋燙到一樣立刻縮了回來。安娜像已經習慣了這樣無聲的責難一般，依舊保持面無表情的樣子。

隨即阿一注意到自己的失態，立刻又換上一副微笑，緊握住安娜的手大力晃了晃：「久仰久仰，《槍尖》真的是一套很棒的遊戲。」

安娜嘴角扯出一個難看的笑容做為招呼，看不出是他在嘲諷阿一，或他認為阿一在嘲諷自己。

「我有去玩，你們的美術表現很好。」老居在後頭低聲咕噥：「只是我不太習慣那種玩

10. 主要是指電腦圖學方面，此處即指遊戲內的畫面成像。

法……和整個遊戲的氣氛，所以沒玩下去。」

再也沒有比這更糟的收場了，朱成璧那一方的人表情全部僵掉，六人立刻陷入死寂之中。

李詩莊沒有玩過《魔女的槍尖》，根本不曉得他們在說什麼，但即使是他也能感覺出這個話題不適合再繼續下去，於是便打斷道：「你的腰怎麼了？」

「啊？」

「從剛剛開始，你就一直按著右邊的腰，哪裡不舒服嗎？」

安娜這才注意到自己右手不知何時已慣性般貼在上頭。

「不……也不是這樣。」

「啊？難道是剛剛受的傷，還會痛嗎？」山貓驚呼。

「什麼傷？」

「剛剛我們在遊戲裡受了點小傷，安娜有傷到側腰。」她一五一十爽快地說：「不是吧？真的受傷了？」

「不，不會痛……」安娜細聲說：「只是一直有種很奇妙的感覺。」

阿一像要挽回剛才的失分一樣，積極說明道：「我們的痛覺做的很特別吧！雖然只是模擬神經訊號，但還做了一些小功夫，讓你痛一次就永生難忘！」

山貓皺眉：「別用那麼卑劣的表情講。」

李詩莊說：「我們有做部位破壞，你可能有被擊中內臟，所以那種不舒服的感覺會比較強烈一點。」

「內臟？部位破壞？」

阿一繼續說明道：「哦，在H.A.裡面，傷害特定部位的話會有額外的效果加成。例如砍斷腿的話，就算不死亡也無法繼續移動；砍斷手的話部分職業可能無法使用技能，破壞到內臟的話，對血量的傷害還會有一定程度的加成。」

李詩莊也說：「如果傷到身體比較重要的地方，除了損血比平常更嚴重外，痛覺的訊號我們也做過特製，會比一般……更令人印象深刻一點。」

阿一立刻說：「就像初戀分手特別痛一樣。」

安娜若有所思的按了按腰間：「原來如此。明明知道傷口好了，痛覺卻好像還在這裡縈繞不去呢！」

李詩莊完全不理會兩人：「當然這些效果也適用於怪物身上，遇到飛行類怪物時，先把它的翅膀砍下來，就可以有效限制它的行動能力。」

又說：「不過，人類的考量畢竟還是有限，無法全面模擬完全的部位破壞。比方說，遊戲裡就算你的鼻梁被敲斷，還是可以聞到味道的……很難做這麼細，大部分只好表現在損血加成上。」

「損血加成，像哪些部分呢？」朱成璧開口問。

「部位破壞實現時，我們不考慮玩家本身的攻擊力和防禦力。如果確實砍斷四肢，直接損失總血量的百分之二十，並連帶引發技能失效和降低移動速度，不過如果不需要雙手也能施放技能的職業就例外，像妖精吟唱魔法只需要出一張嘴。」

說完他瞄了朱成璧一眼，朱成璧感覺他話裡總是有點夾槍帶棍的冰冷惡意。

「內臟依位置不同，損失總血量百分之三十到六十。」

「一箭穿心怎麼樣？會死嗎？」

「心臟最高加成是到百分之六十，因為很難準確斷定心臟的位置。我們的Avatar[11]並沒有實作內臟，所以不需要表現得這麼細緻。事實上，除了醫學類教材或一些生化類遊戲外，沒有任何遊戲實作內臟。」

「我知道啦，你不用講那麼詳細。」

朱成璧像很倒胃口似的說，看見她委靡的神情，李詩莊莫名感到愉快。

「不過，妳想要的一箭穿心，倒也不是沒有。」

「喂！」阿一用手肘撞了撞他，提醒他別得意忘形，但李詩莊的嗜虐心既被挑起，早就停不下手。

他指指自己的脖子，笑說：「把頭砍下來的傷害加成是百分之百，即死哦！」

「在這個遊戲裡殺掉艾法隆最快的方法，就是把他的腦袋砍下來！」

＊

這絕對是一種挑釁。

要把艾法隆的頭砍下來，是嗎？

巨石睜開眼時，躺在一張鐵皮小床上，他巨大的身體幾乎舒展不開，水泥灰的屋頂上汙跡斑斑，屋內窄小陰濕，霉味撲面而來。

巨石小心翼翼爬下床，湊到架著鐵欄的窗邊向外望，外頭是一片蟹殼青的沉悶初曉。雖然不曉得下線後發生了什麼事，但大概是暫時被留置在要塞內嚴格調查了吧！

房門倒沒有鎖，出去是一條長得像看不見盡頭的走廊，從剛剛在窗邊看見的景色推斷，這裡大概是烏葛爾要塞內的城塔某處，走廊上清一色同樣規制的房間，他順手敲了敲隔壁的房門。

一會兒門開了，出來應門的是尤班。

尤班睡眼惺忪，平日束起的長髮像金沙一樣披在肩頭，她眯著眼打量巨石，問：「做什麼？」聲音比往常低而悶一些，但很清澈，像敲響水晶的聲音。

原來這才是尤班正常的聲音，優雅而清澄的——巨石心裡忍不住想，平時聽慣山貓那精力過剩的吵鬧，都快忘了尤班是怎樣美麗高貴的妖精了。

他打了個手勢，比了比城外的方向，意示要尤班和自己一起出去。

山貓不在線上，巨石和尤班之間是無法以私訊頻道對話的。巨石雖然不是不能說話，但要發出人類語言的音節不是很舒服，因此他盡量避免開口。

尤班的暫置ＡＩ很聰明，明白他打的手勢是什麼意思，就像觸動了什麼機括一樣，尤班眼底有一簇火焰跳了一跳。

隨即她冷冷回道：「我沒什麼興趣，你自己去吧！」砰的一聲便將門摔上。

果然。

代替玩家的善後ＡＩ，設計大前提是絕對不會離開安全的地方。一旦提到要離開PvE的烏葛爾要塞，尤班立刻就擺出冰冷的姿態。

不過這也算是在預期中的事，巨石沒有太失望，順著螺旋梯離開了城塔。

相較塔內，室外的空氣非常清爽，往遠方望去是一片濃綠的針葉林，在漸明的朝色中隱隱約約。巨石繞了城塞漫步一圈，在東邊的駐防塔附近看見了那位帶他們來要塞的騎士。他抱著膝屈在城門邊，似乎是守衛輪值。

11. 即指遊戲內玩家操縱的虛擬角色。

看見巨石的時候，他的肩頭很明顯顫了一顫，露出警戒的神色，巨石擺了擺手表示自己沒有惡意，然後他指了指一旁的空地，示意能不能在他旁邊坐下。

「坐吧！」

巨石屈起身子在騎士身邊坐下來，清晨空氣很冷，騎士吐了一口氣，化成霜白色的煙圈。

「不好意思啊！」他鼻頭凍得有些發紅，輕輕笑說：「也沒什麼道理，就把你們攔截下來。實在是最近反叛軍動作大，我們不得不全面升級警戒。」

「為什麼、他們要、反叛？」巨石艱難地開口。

騎士似乎嚇了一跳，大概他沒想到哥雷姆巨人也會對人類的事情有興趣。

他思考該如何解釋比較容易讓巨人理解，但自己也不是長於此道的人，因此想了半天只勉強擠出幾個字：「知道我們的柯賽特將軍吧？將軍目前在王城中擔任攝政。」

巨石點點頭。

「怎麼說呢？雖然烏葛爾的漢札國王正處於重病狀態，但城內仍有王室血脈，也就是國王的獨生女艾莉西亞公主。雖然公主年輕，也沒有執政經驗，但總是王族正統……」

巨石靜靜側耳傾聽，像受到他專注神情的鼓勵一般，騎士繼續滔滔不絕：「城裡也有很多人認為應該由艾莉西亞公主接位，將軍只要在旁輔佐便是。但將軍並沒有迎公主出來化解人民的疑慮。」

「事實上從國王病倒至今，還沒有人見過艾莉西亞公主，外面都謠傳我們將軍殺了國王、軟禁公主，想自己起來稱王。」

騎士露出非常沮喪的表情，巨石沉默了一會兒，緩緩開口。

「你怎麼想、你們將軍、為什麼不請、公主、出面呢？」

「我……我不知道，可是我絕對相信柯賽特將軍。」

「這樣也、相信他嗎？」

「當然相信！將軍是世上最不可能背叛王室的人！」

巨石看著他的面孔，十七、八歲大的少年，一雙眼睛湖水一樣的綠，讓他聯想起終端機上一行一行螢光綠的程式碼。在那些冰冷理性的反覆符號當中，是寫入了什麼樣的感情，能讓少年付出如此忠誠無條件的信賴呢？

「嘿嘿……」大概那騎士自己也有些不好意思，搔了搔腦袋說：「輪班的人差不多要來了，你還是先回去吧！我知道你們是很好的種族，但有些人還是很怕哥雷姆巨人的。」頓了一下，又說：「謝謝你聽我說這些，你真溫柔啊！簡直就像人類一樣。」

朱成璧簡直啼笑皆非。

＊

下線以後，朱成璧去找孫承禾，向他要了烏葛爾城的所有設計文件。

H.A.開始運轉至今大約只有五年左右，不過設計的故事線包含現行時間點前後十年的歷史，烏葛爾算不小的王國，資料複雜的程度就算花掉一週大概也很難讀完，朱成璧只能挑重點的王家故事線來看。

「怎麼會突然對這個感興趣呢？」

「找些靈感吧！」朱成璧隨口應和。

「有決定第一個目標是誰了嗎？」

「當然是李詩莊，他不是要我把他的頭砍下來嗎？」

孫承禾也聽說了李詩莊當面挑釁的事，笑道：「詩莊雖然很幼稚，但妳知道砍掉一個人的頭，要花多大的力氣嗎？」

「不知道，又沒砍過。」

「又不是武俠小說，在現實生活中要砍人頭已經很不容易了，H.A.的PvE裡就更不用說了，起碼要多花上幾百倍的力道吧？搞不好要比拉開馬德堡半球的力道還大。」

「總是會找到辦法的。」朱成璧漫不經心地說，她一面翻閱資料，一面又問：「這些都是于善老師一個人寫出來的？」

「當然不是，這麼大的城市，羅馬也不是一天造成的啊！」孫承禾笑道：「烏葛爾城裡大概有六萬人，歷史事件也先規劃了十年左右的長度。這種規模的資料，怎麼可能是單靠一個人來完成呢？于善老師的遺稿大概是這些部分——」

孫承禾湊過去操作她的螢幕，專門挑出于善經手的部分給她看：「設計整個王國的背景啦、民風啦，然後就是主要的幾個故事和人物。」

「我們會以這些故事為主軸，設計出一批核心人物，為了增加整個世界的戲劇性，也會添加一些特定的事件。不過這些事件並不是線性的，只是許多零碎獨立的故事，根據NPC的不同行動而有機會被觸發。怎麼說呢？就像命運一樣吧！比方說，最近烏葛爾城不是在鬧政爭嗎？雖然這是我們一開始預設的許多事件之一，但如果國王的AI那時決定做個賢君的話，命運就會走上截然不同的一條路。」

動態與靜態的事件互相交錯，就構成了這個栩栩如生的世界。

朱成璧飛快瞄了一下，柯賽特將軍和艾莉西亞公主是于善寫的故事，但只描述了一個梗概、和柯賽特與艾莉西亞的性格簡述，並沒有寫結局。

朱成璧心裡想：于善想將故事的結局，交給電腦運算的結果來決定嗎？

「這些人物是怎麼做出來的？」朱成璧問道：「六萬人的NPC，也不可能是一個一個設計的吧？」

孫承禾笑道：「啊，我們大量蒐集人類的『性格』，再隨機製造他們。」

「蒐集人類的『性格』？」

「嗯，主要來源是大型社群網站、交友網站、電信業者等提供的數據，透過分析一個人留下的大量言論來建立他的性格模型，再在這些模型裡做配種、突變，最後就會形成一個『人格』的初胚，放進H．A以後幾年，隨著與其他人物的互動和遭遇不同的事件，這個『人格』就會成長得更完全。」

隨即他又慌慌張張地補充：「上面說的全部是合法開放的數據，都是通過使用者同意的。」朱成璧暗笑，猜想多少也是有一些非法來源，他才會這麼慌張。

孫承禾看她浮出那意義不明的笑容，知道自己說太多了，有些焦躁地把話題拉開：「像柯賽特這個人物，于老師留下的設定滿明確的，所以一開始我們就要找和柯賽特性格類似的模型。妳猜猜看，這個柯賽特是用誰做的？」

朱成璧愣了一下，不明所以。孫承禾露出神祕兮兮的笑容，說：「嘿嘿！柯賽特的原型就是詩莊啊！」

＊

因為封城的緣故，巨石一行人被卡在要塞好幾天了。

但朱成璧並不是很著急，畢竟可以隨時透過世界地圖監看艾法隆的位置，他們還沒到要塞，這段期間朱成璧就拿來仔細研究烏葛爾城的歷史和H．A．的各種機制。

託此之福，朱成璧也更瞭解烏葛爾政變事件的來龍去脈。

原來的國王漢札是一位賢達的明君，但就像歷史上許多晚節不保的聖王一樣，漢札到了晚年時變得昏庸殘暴。在他病重之際，柯賽特挾著優勢軍力控制了王城，並成為暫時的政治代理人。

考慮到柯賽特手中握有整個要塞的軍力，如果只是城內派系爭鬥，烏葛爾其實根本不需要做到封城的地步，最大的問題還是出在柯賽特自己身上——

嚴厲的柯賽特非常不得民心。

烏葛爾城內的現象是一件很有趣的事，所有人說起晚年變得暴虐的君王都餘悸猶存，可是想起現任領導者柯賽特的鐵面無私，又忍不住回憶起國王當年的好處，於是這份愛屋及烏的心情，就連帶著加蔭到了艾莉西亞公主身上。

要是柯賽特能早日還政給公主該有多好？艾莉西亞從來沒有執政的經驗，人民卻一廂情願地相信她能成為一位明君。

「因為是國王的血脈啊！」

這些ＡＩ連健忘這一點也做得和人類那麼像，百姓被馴養得已經沒有思考能力了。在烏葛爾王稱病消失了整整一年以後，他殘虐形象的記憶漸漸變得模糊，朦朧的部分看起來總是特別美麗。

就在城裡百姓也隱隱瀰漫著一股反動氣氛時，本來單純的政爭變成內憂外患的夾擊，柯賽特不得已只好暫且封城，將烏葛爾鎖入銅牆鐵壁之中。

就在第二週即將步入尾聲的週五，事情發生了轉機。

接近正午時分，驕陽熾熱高懸中天，艾法隆騎著高大雪白的駿馬領在前頭。

「不過，他們還真是信賴你啊……」

「是啊！你們沒好好讀過艾法隆的背景嗎？」

事情發生轉機的主因，是艾法隆一行人終於抵達了烏葛爾要塞。

艾法隆是北方大國、也是這次遊戲終點——九狼城出身的騎士，可以說這場比賽就是一趟艾法隆的返鄉之旅。被稱作「白銀獨角獸」的艾法隆是聞名全大陸的騎士，不但與烏葛爾要塞的高階騎士都照過面，據說與如今在城中攝政的柯賽特將軍也頗有私交。

本來被當作疑犯對待的巨石三人，在艾法隆的庇蔭下立刻翻了身，不但得到進出烏葛爾城的許可，要塞還出借了五匹馬給他們。巨石因為體格的關係沒有適當的馬，只能步行。不過艾法隆很好心的刻意等他，沿途不曾疾馳，只是徐徐縱馬前行。

烏葛爾是典型的山城，愈近主城，坡度變得愈陡峭，能乘馬省了不少力氣。山道風光秀麗，抬眼望去能看見環抱烏葛爾城的群峰。

城後是岩山群，一座座孤峰巍峨錯落，崖壁植被稀薄，只能看見硃砂一般赤紅的光裸岩地。遠山一道雪白飛瀑，就懸在烏葛爾城正後方，像女神垂降的裙襬一般。

抬頭向上望去，只見烏葛爾城層層疊疊沿山而上，城景盡收眼底。那是一座宛如象牙雕成的高城，在最高峰處，一座螺旋而上的巨塔擎天而立。

那就是烏葛爾的王宮。

*

托艾法隆的庇蔭，三人不但得以離開要塞，還有機會踏入烏葛爾的王宮。

一聽說艾法隆抵達城中，柯賽特就立刻命人邀他進來王城。本來艾法隆大可把他們三人扔在城裡就好，但尤班直吵著想進去看看，艾法隆就連巨石他們三人一起帶進去了。

王城內畢竟也是PvE，到底該說他是大方呢？還是輕敵呢？

但也正是託艾法隆的福，他們終於初次見到了這位傳聞中的柯賽特。

柯賽特有一頭淡金棕色的頭髮和一雙寶石藍的眼睛，面孔方正，線條凌厲，感覺上也是嚴肅不易相處的人。他和艾法隆年齡應該不會相差太大，但大概是飽受壓力摧折，他的臉色很不好，顯現出強烈的疲憊感。

見到故友艾法隆，柯賽特顯得很高興，立刻給了他一個大大的擁抱。隨即他向艾法隆身後的每一個人打招呼，及至看見尤班時，柯賽特忽然臉色一變。

那絕說不上是對尤班本人的惡意，只是像看見什麼很稀罕的東西似的露出困惑的表情，一面盯著尤班一面他還看了艾法隆幾眼，像要尋求他的解釋。

「他盯著我看幹什麼？」尤班也不可能沒注意到，私下不悅地跟兩人抱怨。

其實不只是柯賽特，從進王城時朱成璧就注意到這件事了，所有人看見艾法隆時都是一臉崇敬，但一轉眼看見尤班就立刻露出困惑訝異的表情。開始時朱成璧也想他們或許是難得看見「白銀獨角獸」身邊跟著女人，帶著等花邊新聞的心態看熱鬧。

可是要說女人的話，旁邊的艾妮索拉一點也不遜色於尤班啊！但並沒有人以奇怪的眼神盯著她看。

但這個疑問沒能獲得解答，柯賽特熱情地辦了一場接風宴招待眾人。說是接風宴，其實規模很小，就是朋友之間一頓普通的晚餐而已。以柯賽特的身分和烏葛爾城的國力來看，確實嫌寒酸了些。

不懂得適時討好人心，這也正是他一板一眼的地方，朱成璧心想，這點倒是和他的原型李詩莊有點像。

大概柯賽特多少也戒備著艾法隆外的其他五人，接風宴上完全沒有提及如今烏葛爾的困境，只是聊些無關緊要的內容。已經在遊戲中耗了一整天的朱成璧沒有太大興趣，決定先下線休息，李詩莊等人則繼續留在遊戲裡。

正好也是下班時間了，一出機艙室就碰到準備要離開的孫承禾，朱成璧跟他打了聲招呼，幾人決定一塊去吃頓晚餐。

席間正好提及剛才在烏葛爾王城的事，朱成璧就順道問他柯賽特和尤班之間是否有過節：「從一進王宮開始，所有人都拿奇怪的眼神盯著尤班看。」

「哦，那個啊！」孫承禾笑道：「不是的，和尤班個人應該沒有關係。要說的話，大概是因為尤班是妖精吧！」

「妖精有這麼罕見嗎？」相較之下，普利斯姆和巨石都是更罕見的非人種族。

「不是妖精本身罕見，而是艾法隆會和妖精走在一起罕見。」

山貓氣呼呼道：「妖精哪裡不好了！難道艾法隆有種族歧視嗎？」朱成璧倒是想起了另一件事，沉吟片刻以後說：「我記得艾法隆這個角色的設定，不是帶有妖精血統嗎？」

朱成璧其實沒有很仔細觀察過艾法隆，可以代表妖精的特徵有兩項，第一是尖而細長的雙耳，第二是長在額上、左右兩側一對小小的犄角。艾法隆的頭髮長到肩頭，幾乎把耳朵完全蓋住，因此看不見。

至於犄角，傳聞則多一些。

他額上左右雖然沒有長角，但據說是因為他只有一半妖精血統，因此只長了一只，長在額心的正中央。艾法隆長年戴著一頂帶角飾的頭盔，這也是他「白銀獨角獸」這個稱號的由來，謠言說為的就是擋住他額心的犄角。
當然，沒人拆下艾法隆的頭盔來證明過，因此這一切始終是街談巷議。
「只是傳說而已。」孫承禾說，沒想到他立刻又補上一句：「不過這傳說是真的。」
「啊！什麼？」
「艾法隆真的有妖精血統。」
「你、你怎麼能肯定？」
「廢話。」孫承禾翻了個白眼：「所有角色都是我管的，我是執行製作好嗎？」又說：「這件事之所以一直保留在傳說的階段，是因為艾法隆本人不肯承認。」
「為什麼不肯承認？」
「這就和他的出身背景有關，反正他很痛恨妖精一族，也不認自己身上的妖精血統。因此眾所周知、恨妖精入骨的『白銀獨角獸』竟然會和一個妖精走在一起，當然引人側目了。」
柯賽特和他是多年（其實算起來只有五年）的好友，自然也知道這件事，所以才會露出那樣的表情。
朱成璧訝異地問道：「這也是于善寫的？」
「對，你們操縱的這些角色，都有自己本來的故事哦。」
「真是出乎意料啊……」
「出乎意料？」
「于善寫的故事，和我本來想像中的不一樣，好像更嚴苛一點。」朱成璧苦笑道。
安娜也插口道：「確實這個作品比較不像于善老師的風格。」
朱成璧問道：「你看過于善的作品吧！他大概都寫怎麼樣的故事呢？」

「因為是青少年文學作家，通常寫的是比較溫暖的故事。即使途中遭受到了挫折與艱難，但最後終會通過自身的努力與成長突破困境，一掃陰霾，迎來美好的結局。」

「也不能說H.A.的故事就不會迎來美好結局啦……」

安娜反駁道：「但是，于善老師將結局的選擇權交給了玩家不是嗎？」

兩人無言以對，安娜繼續說：「我有看過于善老師為H.A.寫的其他設定橋段，大概也都類似這兩個例子，是撕裂性比較強的衝突，和他以往的作品相比，是很罕見的。」

＊

回家以後，朱成璧猛然想起還有東西留在辦公室裡，看了看時間還沒九點，於是決定折回公司。

這時候多半已經沒有人留在公司，整座大樓的燈都熄了，只有朱成璧經過的地方會亮起感應燈。朱成璧快速刷過感應門，搭電梯前往十樓的辦公室。

電梯經過六樓時她注意到機艙室的方向還有燈光，不由得感到有些訝異。難道裡面還有人？但已經是這個時間了，柯賽特那個寒酸的接風宴能吃多久？她只猶豫了片刻，就按下開關停住電梯。

走進機艙室時，正好看見李詩莊披上外衣準備離開。

「妳怎麼在這裡？」

「有東西忘記拿了，你怎麼這麼晚？」

李詩莊無聲地嘆了一口氣。

「碰上什麼麻煩了？」

但李詩莊沒有回答她，朱成璧想了一會兒，指指樓上說：「我上去拿個東西就走，要去吃點消夜嗎？」

李詩莊沒有拒絕。

離開機艙室後燈也自動熄掉了，大樓沉入無邊的黑暗之中。他陪朱成璧上去十樓拿了她的皮包，然後兩人挑了最近的串燒店去小坐一會。朱成璧已經吃過晚餐了，所以只點了啤酒。

聽李詩莊把事情的前因後果說了一遍，朱成璧只覺得腦子裡空空的——和李詩莊下班後一起泡在燒烤店裡，為了NPC的政治生涯煩惱，這是她以前想都沒想過的事。

晚宴結束後柯賽特私下找了艾法隆一人深談。本來時間也很晚了，所有人都打算下線休息。但李詩莊不忍心放著暫置AI來應付柯賽特，所以決定留下來加班傾聽他遇到的難題。

大致的情形就和朱成璧所知道的差不多，柯賽特如今騎虎難下，身邊也沒有可以信賴商量的對象。明知道艾法隆也不可能替他解決內政的問題，仍像攀住浮木一樣地抓住了他。

「所以，你打算幫柯賽特嗎？」

「怎麼幫？」

「我哪知道？但你臉上就寫著『我想救柯賽特』幾個字啊！」朱成璧嘆道：「這也是沒辦法的事，柯賽特是拿你當原型做的人物，你當然多少有點介意吧？」

李詩莊露出像後腦勺捱了一記悶棍的表情。

「妳說什麼？為什麼妳知道這件事？」

「我什麼事都知道！不這樣怎麼跟你比賽呢？」朱成璧大笑了一會兒，隨即又正色道：「不過還是先說柯賽特的事吧！他的問題只有一個解決辦法，就是還政給艾莉西亞公主，自己早早退場。」

李詩莊瞪圓了眼。

「沒有……其他更好的方法了嗎？」

「正因為他是以你為摹本做的人物，所以解決辦法只有這個。柯賽特太不會做人，不光烏葛爾那些老將老臣，就連百姓都很討厭他，人人想著把他從高位上拉下來。他現在不自己退下來，以後就得是讓人很難看的拖下去了。」

李詩莊瞇起了眼，說：「妳是認真的在說，還是只是想調侃我。」

朱成璧不置可否地笑了一笑，沒有正面回答：「我是替柯賽特將軍著想。這個結局對烏葛爾城並不是最好的結局，但是對柯賽特是最好的結局。」

李詩莊愣了一下：「結局？什麼意思？」

「你有看過烏葛爾城所有的分歧事件嗎？」看李詩莊一臉茫然，朱成璧只好從頭解釋：「你知道在烏葛爾城正中央，南門噴泉廣場的那個地方，有一座處刑台吧？」

前往王宮時一定會經過那裡，李詩莊印象也很深刻，便點了點頭。朱成璧說：「那個斷頭台在這十幾年的歷史中，總共只有三次機會被使用。」

「三次？」

「處決暴君漢札、處決暴君艾莉西亞，還有處決篡位者柯賽特。」

李詩莊揚起了眉，露出驚愕的表情。

「當然這三件事不會同時發生，也不是說一定會發生，只是歷史的一種可能性。」朱成璧說明道：「漢札國王已經病得快死了，大概沒機會上斷頭台。姑且不論將來艾莉西亞會不會成為昏庸的女王，至少現在柯賽特退下來的話，就不會被以篡位者的罪名處死了。所以我說，還政給艾莉西亞是最好的選擇。不然以他的性格，最後一定是被眾人拋棄，走上自我滅亡之路。」

李詩莊嘸了口口水，沒有說話，只是猛喝了幾口啤酒。

一會兒，他說：「沒辦法的，柯賽特現在沒路可退了。就算他把王位還給艾莉西亞公主，結果也是一樣的。」

「什麼意思？」

「漢札國王……」李詩莊很艱難似的開口道：「因為是柯賽特親手殺死了漢札國王——艾莉西亞的父親。」

朱成璧那雙微微上揚的貓眼瞬間瞪得老圓，這一點倒是她始料未及。

現在的柯賽特沒有辦法交出一個國王來。然而他也不能向全城百姓宣布國王的死訊，否則就要讓艾莉西亞出來接受加冕，而這一點顯然也是他極力避免的。

如今的艾莉西亞必然恨他入骨。

「現在艾莉西亞被關在螺旋盾塔的最頂端，柯賽特當然不可能放她出來。」

朱成璧沉默半晌，說道：「李詩莊，別管這件事了，艾法隆管不動的。」

「跟他說你沒空聽他講心事，因為你正和討厭的女人進行職場惡鬥，趕著去九狼城，要是趕不及的話，你可能就要捲鋪蓋走路了。」

「不行！艾法隆絕不是這樣的人，在這種節骨眼上一走了之，我這樣哪對得起柯賽特、哪對得起艾法隆？」

朱成璧掩著嘴笑了起來，事實上在這之前她對李詩莊的印象壞到極點，想不到原來他也有可愛的一面。

「妳笑什麼！」

「沒事，只是覺得比起柯賽特，我們這群人應該更讓你煩惱才是。要說方法，當然不是沒有方法——」朱成璧伸了伸懶腰，說：「如果你要以『李詩莊』的身分出手幫忙，當然是幫得上啊，你和他們不一樣，他們是棋子，你是下棋的人，不高興的時候，甚至可以把整盤棋子都打翻……」

李詩莊截斷她的話頭：「我不喜歡妳這樣的比喻。」

「啊！」朱成璧偏著腦袋看他，喝了酒以後面上浮起一層薄紅：「李詩莊你該不會是因為很容易對故事裡的人物移情，所以才不太肯進遊戲裡，只躲在後面寫ＡＩ吧！」又說：「本來也是呢……對人的感情一點關注都沒有的人，怎麼可能想得出好的方法模擬人的感情呢？」

「妳很囉嗦！要講幫柯賽特的方法就快講！」

朱成璧嘻嘻笑了起來：「問我沒有用啦！我又解決不了這麼多人的心結。不過，你明明有很多人可以問啊！」

李詩莊浮出不解的神情。

「嗯……我不曉得烏葛爾政變這一段有沒有更好的可能性，不過你可以去問問看負責設計或維護柯賽特、艾莉西亞的設計師，看看有沒有能夠化解矛盾的平衡點存在。記得，你是H.A.的神明啊！」

「如果沒有那樣的平衡點……」

「敗給自己寫出來的小孩真荒謬。」朱成璧哈哈大笑：「那就看你要選擇袖手旁觀，或是橫空插手吧？反正你可以抽換艾莉西亞的靈魂，替她換個能了結此事的ＡＩ也無不可。」

李詩莊沉默了下來，朱成璧看著他豐富的表情變化感到趣味。他遲疑了一會兒，果然還是放棄了：「我還是……不要插手到那種程度吧！」

朱成璧對他露出了一個和緩的微笑。

＊

那天晚上李詩莊向孫承禾發了一封短訊，請他將烏葛爾城的設計資料全部發一份給他。孫承禾收到訊息的時候正在倒咖啡，結果全都倒在了白襯衫的袖口上。

他倒不是對週末還要去公司整理檔案不滿，而是他從沒想過李詩莊會提出這種需求。大家都知道李詩莊是H.A.的國王，他要整個H.A.都要繞著他的AI轉，他根本不在乎其他地方怎麼設計的，對他來說，那些設計都只是包裝用的精美包裝紙而已。

因為李詩莊也說不清楚需要的到底有哪些東西，最後孫承禾只好調閱了幾份厚部頭的檔案給他，裡面包含從于善初稿、到烏葛爾的設計原稿、概念原畫、人物配置甚至所有靜態任務的經緯。

李詩莊花了整個週末才把這些東西讀個概略，一整天他除了去倒幾杯咖啡之外幾乎就一直盯著螢幕看而已。即使如此，他真正讀進去的也不過是這座山城的輪廓罷了。

這也無可厚非，資料的深厚豐富程度遠超過李詩莊的預期，這些檔案也不是一個人做出來的，是六年多來傳承累積下來的東西。

李詩莊很驚訝，事實上他一直認為H.A.裡面的人物能夠這麼擬真，靠的是他們優秀的先端技術，卻不知道要做出一個完整的人，背後要有這麼多塑造一個「人」之所以為「人」的因素。

烏葛爾城的事件也有脈絡可循，但暫時看不出未來的發展或如何終局，還必須將柯賽特與艾莉西亞的性格一併考慮進去才行。

李詩莊就這樣昏昏沉沉地在家裡過了一個週末，連夢中都想著如何妥善解決艾莉西亞的問題。

當時的他大概沒有想到，只過了兩天，這個問題就再也不需要解決了。

有如噩夢一般。

＊

星期一早晨李詩莊踏入辦公室時，座位上的人幾乎空了一半，剩下的也都忙得焦頭爛額。

他直覺出大事了。

「詩莊！」

他還呆著發愣時，忽然聽見有人在背後大喊，他回過頭，只見四、五人匆匆朝他趕來，全部是伺服器部門的工程師。

H.A.內程式部門基本拆分成四組：客戶端程式組、伺服器端程式組、專門負責畫面表現的圖學組，再來就是李詩莊所屬的AI組。因為H.A.的運算量非常大，伺服器的工作天差地別，例如負責做AI運算的機器和其他提供遊戲內服務的伺服器就是徹底分開的，因此伺服器部門裡面又再分成好幾塊。

不過現在出現在李詩莊眼前的，幾乎都是不同小組的人，讓他一時無法辨別到底出了什麼狀況。

「剛剛H.A.發生緊急大斷線了。」

「斷線？」

李詩莊不可置信，他非常清楚H.A.遊戲伺服器的規格，更別說在這種只有內部測試的階段，是不可能過不了壓力測試而斷線的。

「不是伺服器撐不住。」伺服器部門的主管抱頭呻吟：「是你們ＡＩ的中央機房超荷熱當，引起一連串跳電。」

「熱當……跳電？」

「先是波及一部分遊戲伺服器斷線，但沒被跳電波及到的也沒好到哪裡去——你們那邊應該是全軍覆沒，所有ＮＰＣ瞬間死當，有幾台伺服器不是斷線是主程式整個crash掉。」

李詩莊聽見腦子裡一片嗡嗡作響。

「現在情況呢？」

「機器全部重啟中，後續會有什麼麻煩還不知道，總之已經嚴陣以待了。幸好現在只是內測階段，上線的話出這種紕漏，遊戲就完蛋了。」說完他嘆了一口氣：「我們還是第一次碰到這麼全面性的大當機，機器斷得很突然，緩衝做得也還不夠好，遊戲中的玩家被粗暴地強制驅離，應該生理上都不太舒服。」

這時李詩莊才注意山貓也在這裡，臉色慘白。他才要開口搭話，山貓擺擺手表示沒事：「不過安娜現在還在廁所吐。」

李詩莊急著追問：「怎麼回事？到底發生了什麼，我們的機器怎麼會超荷？」

「還能有什麼原因？當然是ＡＩ運算量爆炸啊！」

「查過log[12]了嗎？」

「剛剛有大量的ＮＰＣ忽然產生非常急劇的感情波動，同時湧入這種數量級的複雜運算超出了機器的負擔。」

李詩莊驚呼道：「是什麼樣的運算可以搞成這樣？」

「誰知道，還在查。不過，我想也不難猜得到吧？」他嘆了口氣，說：「太像人了……

一定是在做某種非常擬似人類的思想行為，深刻複雜的感情需要極大的運算量，這裡一直都是我們的弱點。雖然你一再提出新的做法，當然也有一定程度的進步，但是今天的情況太異常了，這種複雜運算同時湧入了將近上萬筆。」

「上萬筆？」哪來這麼嚇人的數字：「你是說有上萬個ＮＰＣ同時產生非常複雜的感情？怎麼會有這麼巧的事？」只要時間點上稍微有點錯開，機器通常還是可以負荷的。

「也不是什麼巧合，需求全部是從同一個區域發送過來的，應該是那一區發生了什麼事件，同時引起那裡所有ＮＰＣ的強烈情感波動——而且不會是單純的恐懼、憤怒或悲傷，而是更複雜的一種感情。資料還在調，有這麼多ＮＰＣ聚集的區域也不多，通常是大城市……」

李詩莊心裡有一種不祥的預感，他抬眼望向那一邊的山貓，山貓皺起了眉頭，露出十分侷促的神情，說：「烏葛爾城的艾莉西亞公主……」

「今天早上爬上那座白塔的頂端，然後從上面跳下來了。」

＊

嘩啦啦啦，流水的潑洗聲沖刷過耳邊，安娜抬眼看見鏡子裡自己狼狽的模樣，忍不住發出一聲冷笑。

他沒有吃早餐的習慣，多半只喝一杯黑咖啡，因此剛剛只是扶著水槽乾嘔了十幾分鐘，也沒吐出什麼。

反正臉色本來就很蒼白，誰也看不出他的血色盡失。

12. 伺服器的運作紀錄。

「真沒用。」

他拍了拍臉頰，像要把自己的軟弱全都從腦子裡拍出去，然而冰冷指尖才一拂上臉頰的溫熱，立刻又讓他湧起一股強烈的嘔吐感——彷彿那直墜而下的少女，刷過他指尖的鮮血的溫度。

安娜每天都是早上九點進機艙室，幾乎連週末也會來公司玩H.A.。

雖然他會盡心留意遊戲裡的各種細節，希望能幫上朱成璧的忙，但歸根究柢，要想出詭計的人是朱成璧，普利斯姆和尤班只是負責執行殺戮的棋子。

會這麼積極地待在H.A.裡只有一個原因——

因為安娜喜歡這個世界。

他以前就喜歡讀于善的作品，喜歡他筆下特有的一種氛圍。雖然H.A.的故事線和他一般的作品風格迥異，但整個世界的調性仍保有他獨特的風格——樸實、平靜、溫和的，像秋日午後的暖陽。

只有這一天與往常不同，風中浮動著一股不祥的氣氛。

一大早王城外忽然鬧起一陣騷動，普利斯姆當時也在離王城不遠的地方，回過神來時只見所有人都往王城的方向跑。他不知道發生了什麼事，只能跟著這些人一起沒命地狂奔，是要發生爆炸了？反叛軍殺進城裡了？

等趕到城下時，他才明白。

所有人都仰頭上望。

在王宮那座象徵權力的灰白螺旋塔頂端，有一個小小的身影。

太遠了，幾乎看不清那是什麼，只在風吹起時，看見一簾被風掀起的白紗裙襬。

普利斯姆腦中一片空白，他心想：要是現在尤班在身邊就好了，她是妖精，看得比所有人都遠，如果她在這裡，一定就能知道那上面是不是真的站著一個人，而那個人又在做什麼。那個人開始往塔邊移動，這時已有人開始哭喊：「求求你們救她、求求你們救救她！」救她做什麼？她發生了什麼事嗎？這些人看得見塔頂是什麼人嗎？這些問題才閃過普利斯姆的腦海，那個人就以自己的行動給了他答案——

她靠到塔邊，翻過了低矮的垛牆。

她的身影模糊不清，只能看見狂風搖晃她的身軀，她像要被打落離枝的纖弱花朵，風揚起那花瓣一樣的白裙。

但她不為所動，伸開雙臂，彷彿要擁抱天空——

一陣惡寒通過普利斯姆的全身，幾乎想也沒想他已經開始動了起來。不行、要救她、非得救她不可！

普利斯姆撥開人群直衝到塔下，意外的是他感覺自己擁有比平時更大的力量，人群像流水一樣不斷往兩側退開，狂風颳過他的面頰，像寒冰一樣凍結了他的五感。他一面嘶吼著狂奔，雪花包圍住他的右手，水晶權杖嵌入他緊握的拳頭之中。他本能往前方伸出法杖，群眾尖叫著四處倉皇逃竄，只見冰晶凝成的針山從地面突出，就像大地上忽然隆起了山脈，在狂風暴雨中不斷向上生長。

要趕上、一定要趕上！

普利斯姆不像尤班，沒有野生動物般的跳躍力，他只能踩著自己造出的冰山不停往上奔跑，只要再靠近一點、只要再靠近一點——

然後他終於看見了塔頂的人。

是一個少女，長髮黃澄澄的金磚一樣在日光下閃閃發亮，她的白裙因狂風灌入而鼓起，彷彿無數白鳥在瞬間展翅翱翔，刺目的血痕斑斕地染滿了整條裙子，像一片遲生的花海。

從他的身邊錯身而過。

那白鳥一般的少女緊閉雙眼，從他身邊墜下。

普利斯姆彷彿被定格的影片，站在冰雪的山峰上動彈不得。他聽見一瞬間世界都安靜下來，多少的喧譁嘈雜像被沉入大海之中，然後慢慢地融解。

只剩少女柔軟的手輕輕刷過他的指尖。

濕潤而溫熱。

那是血液的溫度。

＊

那時實在太慌張了，再加上之後忽然發生的大斷線令人措手不及，因此沒能察覺事情的不對勁。

為什麼艾莉西亞會在烏葛爾城裡摔死？

也不只如此，那時候普利斯姆想衝過去接住她，結果很自然地施放了魔法。但是，王城區域難道不是PvE嗎？

抱著這些疑問，安娜回到十樓找朱成璧。他畢竟不是UB的員工，因此除了六樓機艙室外，平常盡量避免走進辦公室，都只在玻璃牆外等。但是這一回電梯門才一開，他就聽見了兩方激烈的爭吵聲。

「我不知道……我不知道有這種事。」

「你這樣還算什麼製作人啊？遊戲裡的設計問你一問三不知！還是說這是一個bug[13]？」

李詩莊慌亂地說：「那裡真的是PvE嗎？會不會本來就是PvP？」

「是你們剛才查了說是PvE的啊！」

安娜愣在門口，這時忽然身後有個平靜的聲音說：「借過、借過，讓一讓，和事佬來了。」安娜回過頭看，是孫承禾。

「到底吵什麼事情？程式斷線，有我能幫上忙的嗎？」

「不是要找你談程式的問題，就在剛剛——」李詩莊重新確認了一遍時間：「在十點十三分的時候，艾莉西亞公主——你知道艾莉西亞是誰嗎？」

孫承禾想了一下，說：「是烏葛爾城的公主吧？我好像經手過她的一些東西。」

朱成璧暗暗讚服，又看了一眼李詩莊，忍不住覺得孫承禾搞不好還比較像H.A.的父親，李詩莊說：「她剛剛從四十幾層的高樓上跳下來了。」

「啊，這樣子啊，真可惜。」

但孫承禾只露出了像是聽到「超市大特價就到昨天為止」而已的平淡表情。

李詩莊啞口無言，事實上他也不知道這時候該是什麼反應才是正確的。孫承禾大概也看出他是最近才真正開始熟悉H.A.，笑了一笑說：「聽起來是自殺的吧？如果這是她自己的選擇，那也沒有辦法。」

「你們做這種內容在遊戲裡面沒問題嗎？」朱成璧咄咄逼人。

「死的只是NPC，又不是——」但看到朱成璧的眼神，孫承禾立刻把話吞回去了：

13. 程式錯誤。

「總之，這也不完全算是我們寫的內容吧，這是詩莊寫的ＡＩ引導出來的結果喔！啊——我不是要把責任推到詩莊身上的意思，不過艾莉西亞是自己做出這個決定的。雖然遺憾，但也無可奈何，我們並沒有在她的心中種下非要她走上絕路不可的因子。」

看見孫承禾認真的表情，朱成璧也明白他的意思，並敬佩他做為設計師，仍能拿捏自己對這個世界控制的底限。

「我明白了，艾莉西亞的事我也沒有太大意見。事實上，我想問的是另一個問題。」

「請說？」

「艾莉西亞竟然死在王城裡？這是怎麼回事？」

「哦，那個呀！那是『區域轉變』。」

「區域轉變？」

孫承禾爽快的說：「就是PvE有時為了配合事件，會短期轉變為PvP。」

這話一出，李詩莊和朱成璧臉色都變了。

「烏葛爾城南廣場那裡不是有一架斷頭台嗎？」

「那裡難道不是PvP……」

「不是，當然不是，整個烏葛爾城內都是PvE，不然多難處理。」孫承禾悠閒地說道：「當有人要被送上斷頭台的事件觸發時，斷頭台周圍就會變成PvP區域。雖然引起改變的時間有多長、範圍有多大、還有觸發點的定義，都依據事件而有不同，基本上影響範圍還是壓到最低的，也都有資料可查。」

朱成璧惡狠狠盯著李詩莊看，李詩莊顯然也有些狼狽，很快問孫承禾道：「這些變化一天大概會發生多少件？能很快查核到時間、地點、區域範圍吧？」

「多少件這個太難算了，會觸發哪些任務又不是我們能決定的，不過發生條件變化的時候都會有紀錄送到GM那裡，方便他們隨時監控情況。」

＊

至少要等到明天中午機器才能重啟完成，這還不包括接下來一連串密集的修復和報錯。

朱成璧雖然大概能想見發生了什麼事，但她沒有想到會引發這麼恐怖的斷線。原來H.A.人工智慧的弱點在這裡，她終於明白李詩莊要求更新機器的理由——李詩莊多少也是考慮過大量NPC同時進行複雜情緒運算的極端例子，但他大概也沒想到，這種誇張的情況竟然真的會發生。

艾莉西亞的身體幾乎摔碎了一半，全身都浸在血泊之中。

但她刻意穿了冬季的禮服，裙襬分了很多層，非常厚重，因此寫在裙上的血字保留得很清楚。

那上頭只寫了很簡單的一句話：「柯賽特弒君。」一遍又一遍反覆的書寫，直到密密麻麻地寫滿了整條白裙，彷彿詛咒的囈語一般。

就是這件事情徹底點起了人民的怒火。

公主以死為代價披露的訊息，再清楚不過了。

柯賽特謀害國王、軟禁公主，挾著要塞的兵力控制了烏葛爾城。

本來烏葛爾城的百姓就十分愛戴王室，雖漢札晚年昏庸，頗失民心，但人民仍寄望於漢札的獨生女艾莉西亞公主。

相較之下，柯賽特的新政苛刻、嚴刑峻罰更讓人民痛恨。

在那一片暗潮洶湧的寧靜怒火之中，不知有誰說了一句：「給公主報仇啊！」一傳十，十傳百，那個聲音愈傳愈響，到後來彷彿整座烏葛爾城都被那個聲音震動著。

普利斯姆覺得腦內一陣發熱，他開始注意到周圍情緒亂流帶來的不對勁。好難受啊！他心裡想，眼前的世界變得歪斜，身體彷彿不聽使喚。

忽然，所有人都不動了。

普利斯姆慌張起來，他注意到尤班人在王宮附近，其實離自己不遠，但她的情況好像也一樣，彷彿一具人偶般站在大樹下動也不動。

普利斯姆勉強邁開步伐朝她衝過去：「山貓、山貓妳怎麼了？」

然而尤班沒有回答，普利斯姆衝到她身邊扶住她的雙肩，瞬間世界的齒輪彷彿又被推動，普利斯姆感覺整片大地都震了一震，眼前的尤班化為虛空，就這樣硬生生從他眼前消失了。

他聽見身後傳來尤班的哭喊：「安娜、安娜我在這裡！」

普利斯姆像沒有上油的機械玩偶一樣勉強扭過頭去，看見尤班不知何時已在自己身後幾百尺的地方。這個尤班又是另一個幻影嗎？

普利斯姆張開嘴想發出吶喊，卻只感覺自己擠出了幾個破碎的音節——他甚至連那幾個音節都聽不見。

什麼也聽不見了。

像忽然故障了的電視一樣，沒有聲音，沒有色彩，大地在眼前快速分解扭曲。他像離水的魚，無助地張著嘴想吸取更多的氧氣，可是這個世界連氧氣也沒有了。

就到這裡為止。

故障的電視，這回連電源也切斷了。

＊

當時以為世界要崩毀了的那片混亂，其實只是斷線而已。

H．A．的斷線措施處理非常嚴格，因為收費點建立在死亡上，所以要盡可能避免斷線造成的死亡爭議。比起一般客戶端斷線後伺服器立刻拋棄玩家的做法，H．A．選擇保留三百秒——可謂極長的重新連線容忍時間，並信賴當時客戶端回傳的資料，藉此避免玩家資料回溯，有時玩家可能會連曾經斷線過都沒注意到。

然而，這次的斷線情況不同。

這次是大跳電引起的災害，部分伺服器進入強制關機狀態，是直接把玩家踢出去的。

機器的修復比預想中花了更多時間，隔天進度並不如預期的順利，重啟完成時已經接近午夜了。李詩莊收到系統信的通知，在深夜獨自一人匆匆趕到公司。

然而，正常重新啟用的只有運算AI的伺服器和遊戲主程式，登入伺服器仍處於關閉狀態。李詩莊並沒有開啟伺服器的權限，換言之，遊戲現在是禁止玩家登入的。

只剩下NPC的世界。

李詩莊不顧現在是凌晨兩點，撥了通電話給管理伺服器的人，要他給自己登入權限，卻難得地遭到嚴厲地拒絕。

「遊戲現在都還沒有完全修復，進去太危險了，你是有什麼事非急著進去不可？」

「你不要管這麼多，我會自己負全責。」

「李詩莊，要知道連結器可是裝在你的後腦勺、是連著你的大腦的機器，那天大斷線沒有人受傷已經是萬幸，要是出事了把你腦子燒爛了，你要負什麼責？你能負什麼責？你也給我差不多一點吧！」

說完對方就把電話切斷，切斷前還不忘罵一聲：「以後不要這麼晚打！」李詩莊聽著那一頭只剩冰冷的斷線機械音，心裡空蕩蕩的。

他想起如今獨自一人待在城中的柯賽特，人人都厭倦的暴君。

等H.A.正式重置完成，開放玩家登入已經是將近五天後的事。畢竟遊戲還沒正式上線，沒有那麼大的重啟壓力，團隊仍以安全性為最優先考量。不過這也表示從艾莉西亞死後的暴亂，至少已經進行五天了。

只過了短短幾天，也能強烈感受到整個烏葛爾城的氣氛都不同了。

空氣潮濕而冰冷，風中飄散著兵刃與血腥的鐵鏽氣息。陰鬱的天空垂雲黯淡，這是要下起一場暴雨的預兆。

因為城內百姓的暴動，柯賽特不得已只好調了要塞內的軍力回來鎮壓，沒想到適得其反，造成要塞空虛，反叛軍藉機突破要塞的防禦，加上城中百姓裡應外合，很快就攻陷了烏葛爾城。

如今所有暴動者的目標只有一個——就是待在王城裡的柯賽特。

王宮區域正式變更為PvP。

柯賽特隔著窗子望著底下混亂的景色，臉上一點表情也沒有，持續著壓抑的沉默。

六人之中，只有艾法隆和巨石自那天柯賽特的接待宴之後就沒有離開過王宮，因此現在也陪著柯賽特被困在王城之內。

艾法隆也曉得現在除了逃以外已經沒別條路了，一再勸服柯賽特趁現在王宮還未遭全面包圍，趕緊逃出宮去。但是柯賽特怎麼勸也勸不動，只是帶著落寞的神情望向城下。

「如果這是百姓要傳達給我的警語，我就要全盤接受。」

巨石心想：這哪是警語，這已經是死刑宣判啦！他對柯賽特的磨磨蹭蹭感到不耐，怒發出一聲低吼。

巨石：「不然我敲昏他直接帶走好了！」

艾法隆：「你等一等——」

可是巨石的動作比他更快，他不耐煩地直接往柯賽特後頸一敲，柯賽特哪受得了哥雷姆巨人的襲擊，立刻昏厥了過去。

艾法隆以不可置信的眼神瞪著巨石：「你知道敲昏一個人和敲死一個人要用的力氣是差不多的嗎？」

「柯、賽特又、不是人！」巨石如此強辯，但他的聲音像一團黏稠的糨糊，根本也聽不太清。艾法隆嘆了一口氣，他也知道現在不是爭辯這些的時候：「那接下來該怎麼辦？我們只帶著他衝得出去嗎？」

如今王宮已經變成PvP了，雖然艾法隆和巨石都是能力頂級的英雄人物，但外頭起碼也有成千上百的群眾包圍，單槍匹馬，要殺出去並不容易。

巨石：「我已經讓尤班和普利斯姆過來了，尤班的魔法能吸引大部分的注意力，普利斯姆有方便的魔法，可以帶著柯賽特逃——」

話還沒說完，巨石忽然「啊」的一聲。

「怎麼了？」

巨石：「普利斯姆到了。」說完他一把將柯賽特扛到肩上，在空曠的迴廊中沒命地奔跑起來，他鈍重的腳步聲，傳來清晰到令人焦躁的回音。暗雲密布的天空從窗外掠過，白石的欄柱染上了不祥的暗影。

三人來到螺旋盾塔的頂端，從窗外看去，隱約能看見天邊一片燒紅，那大概是尤班的火焰。

巨石說：「到西、面窗邊。」

「好！走吧！」艾法隆嚥了口口水，再次隨巨石繞著環形的長廊狂奔起來。來到西邊窗前時，看見普利斯姆正跨過窗子爬進來。

艾法隆不曉得他是怎麼爬到這麼高的地方來的，普利斯姆說：「把柯賽特給我。」巨石便將肩上的柯賽特移給他，普利斯姆看起來纖細，意外的力氣倒不小。他將柯賽特背在肩上，說明道：「我的『三稜鏡』是隱形的魔法。」

艾法隆驚呼道：「這樣應該有幾乎在不引起注意的情況下逃出去了？」

普利斯姆面無表情地說：「隱形只是暫時遮蔽自己的身影，並不是消失不見，外面這麼混亂，很難保不受攻擊。再加上隱形能維持的時間也不長，我需要有人替我引開注意。」

巨石：「只靠尤班還不夠，接下來才是關鍵。艾法隆，你要和我一起衝出去。」

說完，他忽然示意普利斯姆卸下背上的柯賽特，接著就開始脫柯賽特的衣服。艾法隆見了大驚失色，叫道：「你們在幹什麼？」

巨石：「少廢話，你也脫。」

普利斯姆補充說明道：「你的鎧甲和柯賽特很類似吧？」

艾法隆立刻明白兩人的意思，是要他暫且代做柯賽特的替身引開注意力：「可是我和柯賽特長得並不像，馬上會被識破的！再加上我額頭上的……」

巨石一面剝下柯賽特華貴的黃色鎧甲一面繼續說。

巨石：「差很多也無所謂，猛然看起來都是騎士就好了，我會盡可能在旁邊掩護你。」

普利斯姆這時也開始動手要脫艾法隆的鎧甲，艾法隆不習慣有人碰他，忙擺了擺手道：「好了，我自己脫就可以。」說完他快速卸下一身重鎧，當他拔下頭盔時，巨石和普利斯姆都轉頭過去盯著他。

艾法隆有些不自在：「你們看什麼？」

巨石：「沒事……只是驗證了傳說的感覺，滿奇妙的。」

艾法隆光潔的額心正中央，長了一只小小的犄角。

真的就像獨角獸一樣。

大約只比一根小指再長一些，艾法隆平時就是為了遮掩犄角，所以才戴上造型奇特的頭盔。他將長髮梳到腦後紮起，接過柯賽特的頭盔戴上，也能清楚看見他的耳朵尖而細長。

「原來艾法隆真的是妖精。」

艾法隆立刻說：「不是妖精，只是有妖精血統。」

朱成璧心裡不由得暗笑。

巨石：「你反彈這麼大做什麼，是艾法隆討厭妖精，又不是李詩莊討厭妖精。」

三人無話地繼續快速作業，終於對調了兩人的鎧甲。事實上只有艾法隆換上柯賽特的金甲，為了減輕普利斯姆的負重，柯賽特倒是避免再讓他穿上多餘護具，那身讓艾法隆被譽為「白銀獨角獸」的鎧甲就這樣棄如敝屣地扔在走廊一角。

換裝完畢之後，三人順著螺旋梯來到塔底，離開盾塔之後就要面對外面強大的火力了。

普利斯姆站在小窗邊，指著建築物廊簷下的陰影，說：「我的隱形只能撐一分鐘，大概只夠讓我逃到那裡。之後ＣＤ[14]要等上三分鐘。你們在我的隱形差不多失效的時候衝出去，替我引開注意。」

艾法隆頷首表示明白，這時，巨石朝艾法隆伸出了手。

「做什麼？」但不等巨石回答，艾法隆就明白了他的意思，畫面上跳出組隊請求。

巨石：「等等衝出去是不可能不動武的，我怕我誤傷到你，你該不會真打算蒙著頭被打吧？」

艾法隆說：「沒關係，我不介意。」

巨石：「你不介意我超級介意，你要是在PvP被我打死了，根據規則我們要全員出局耶！」

巨石看他的表情，大概也明白他的想法。

巨石：「我知道你不想和敵人組隊，還存著提防我們的意思。不過姑且不論這裡是PvP我不能出手，只要保持組隊的話我是無法傷害你的。或者我們現在修改規則，如果在PvP中誤殺的話，不算數。」

艾法隆沉默了片刻，終於還是接受巨石的組隊邀請。

普利斯姆說：「那我走了！」只聽見一陣狂風颳起的聲音，艾法隆感到背脊生冷，轉眼間普利斯姆已經不見了蹤影。

巨石：「普利斯姆已經衝出去了，現在換我們了。」

「我們要往哪裡衝？」

巨石：「設法離開王宮區域，往城裡跑，首先要設法離開PvP。」

「城裡不是PvP嗎？」

巨石：「只有王宮區域是PvP。」

「可是到了PvE反而對我們不利吧？我們無法傷害敵人，他們卻能有效利用人多勢眾來壓制我們。」

巨石：「沒錯，所以我們出城之後就放棄抵抗，立刻就逮。」

「啊？」艾法隆目瞪口呆。

巨石：「他們會把我們帶往一個安全的地方。」

「安全……什麼地方？」

巨石：「斷頭台。」

兩人之間陷入一陣沉默。

「什麼意思？」

巨石：「這幾天我讀過烏葛爾的檔案——在柯賽特引起民怨、叛軍被引入城中的這條路線上，有一件最大的高潮就是柯賽特的處刑。」

「處刑……」這件事李詩莊也稍有印象，他跟孫承禾調資料來看的時候確實有看過這段靜態任務。

巨石：「群眾憤怒的情緒高漲，要讓柯賽特付出代價，當柯賽特被帶往城南廣場的斷頭台時，處刑事件將會啟動，斷頭台附近會變成PvP。」

「所以說，當假扮成柯賽特的我被逮住的時候，人民會歡欣鼓舞地想將我推上斷頭台處刑。」艾法隆瞇起了眼，仔細地審視著巨石：「這不是你要陷害我的詭計吧？」

巨石：「你放一百個心好了，只有柯賽特這個人物——或者應該說，柯賽特這個『物件』進入斷頭台區域、且周圍有一定數量群眾時才會引發事件。」

14. 使用技能後無法立刻再度施放，必須等待一段時間。

艾法隆明白巨石的意思，區域是否轉變為PvP並非由群眾意志決定，而是被嚴格的條件限制、由程式進行判斷的。程式並不受激情影響，不管群眾再怎麼將艾法隆誤認為柯賽特，冰冷的機器只會判斷一件事：被押上斷頭台的「物件」，編號是否與「柯賽特」吻合？

「也就是說，如果被拖往斷頭台的人不是柯賽特，那麼最終斷頭台是不會變成PvP的。」巨石：「嗯，雖然不知道能拖多久，不過如果你被當成柯賽特押往斷頭台，總是能為他多爭取一點時間吧！」

確認普利斯姆的隱形大約失效了，巨石高舉手中板斧，發出一聲長吼，艾法隆按低頭盔，一陣風般隨著巨石捲了出去。

果然一身金鎧的艾法隆立刻引走了大部分人的注意，不知何時聽見有人叫喊了一聲：「柯賽特在那裡！」人群立刻朝他蜂擁而上。

「嘖！」

正合我意。

艾法隆雪白的佩劍自鞘中滑出，如蓄勢待發的捷豹準備一舉衝出。

眼前的風景化為激流，艾法隆的身手行雲流水一樣，爽快俐落得嚇人。

李詩莊未曾體驗過如此暢快的感覺，艾法隆的四肢與身體每一塊肌肉完全聽令於他，順著他腦中的每一個念頭行動。

轉眼他和巨石已經殺開了一條路，巨石一面怒吼著一面揮舞板斧，沒有武裝經驗的百姓被這個巨人嚇得四散飛逃，但受過精密訓練的反叛軍則很有組織性的包圍巨石，很快的兩人已被團團困住。

城門還那麼遠，遠得彷彿看不見盡頭。

＊

城南廣場前，數千人將斷頭台包圍得水泄不通，聲嘶力竭嚷著些艾法隆也聽不懂的怒吼。「柯賽特」已就逮、正押往刑場的消息傳得很快，處刑台周圍空了一大圈出來，像等著好戲上場的舞台。

艾法隆並不感到害怕，他環顧四周，沒有看見普利斯姆或真正的柯賽特。

柯賽特在哪裡？普利斯姆帶著他順利逃走了嗎？如果普利斯姆失手的話，真正的柯賽特想必也會被送到此處吧！

艾法隆按住胸口，明明「心臟」就不存在，但他卻彷彿能聽見自己心口一下一下的鼓動。

對了——他想：朱成璧說過，如果柯賽特被帶到斷頭台附近，就會觸發事件，斷頭台周圍將成為PvP區域。

要如何確認現在是PvE 還是PvP？

他握住腰間劍柄，閉上雙眼，集中精神默念自己的技能：「暴風斬——」只要能順利施展技能的話，就表示這裡已經成為戰場。

然而，什麼事也沒有發生。

還沒有，柯賽特還沒有事。艾法隆睜開眼，眼前是一望無際水洗一樣的藍天，飛鳥掠過，乾淨得連一絲雲氣也看不見。周遭繼續鼓譟著快點行刑，艾法隆卻置若罔聞，他也沒有想過如果群眾始終沒認出他不是柯賽特的話，這場荒謬的劇目要如何演戲下去。

逃掉，快點逃掉。

他心中只這樣虔誠的祈禱著。
然而就在這一瞬間——
他聽見遠方爆出一陣瘋狂的歡呼聲。
他感覺渾身的血液一瞬間結凍了。

＊

艾法隆以為自己會看見狼狽的柯賽特與普利斯姆，但來人卻大出乎他意料。
彷彿歡迎著英雄凱旋一般，人群發出尖嘯嘶吼，自動分成了兩半，讓出一條路來。而穿過這條歡迎大道的英雄，彷彿也很享受這一切般，朝空中伸出了手。
雪白纖細的臂膀筆直深長，緊握住拳頭時能看見優美的肌肉線條。
「劊子手！劊子手到了！」
艾法隆四處張望，只看見遠方劊子手一頭金沙般的長髮被風帶起，自信高傲的身影漸漸變得清晰，那美麗的女人像踏上專為自己準備的舞台一樣，邁開大步走向斷頭台前的空地。
「沒錯！為我歡呼吧！」
她朝空中打了個響指，撮起嘴吹了一聲高亢的哨音，數秒之間獵鷹破空而來，穿過大海一樣的晴空，停在她的肩頭。眾人受此鼓譟，又開始歡呼起來。
「可別又當機了啊！他們還要好好為我慶祝呢！」她披著劊子手的紅衣，狂放地大笑：「我是英雄！我是處刑柯賽特的英雄！」
「怎麼是妳……」
艾法隆完全沒理解過來發生了什麼事情，只見劊子手那雙翡翠般的眼珠轉向自己，露出了一個古怪的微笑。隨即她冷澈的視線越過艾法隆，向後投去。

然後她再次揮起了手，但這次不是朝著向她歡呼的群眾，而是朝著自己身後的某人：

「唷！大個子！任務順利完成了喔！」

「當、然！」

艾法隆聽見身後響起粗嗄沙啞的不協調音。

在開始遊戲的數週內，他非常少直接聽見這個聲音說話。

「這場、表演可缺、不了我。」

「各位、各位不要躁動，請各歸原位，自己挑一個視野最好的位置，準備好你的爆米花和可樂，處刑的盛宴就要展開啦！」

艾法隆明顯察覺到氣氛不對勁，一股強烈的恐懼感攫住了他。

他僵硬地回頭，看見一個巨大的陰影籠罩而下，巨石那張沒有表情的臉孔不知何時掛在自己眼前，他偏著頭顱，用那彷彿黏液般濃稠而粗糙的怪聲怪調，說：

「李、詩、莊？」

艾法隆幾乎是憑本能想往後逃開，但隨即一雙有力的臂膀將他鎖住，像要將他胸口壓碎一般緊緊將他抱住。

艾法隆身體發冷，腦中一片空白，只剩一個不斷重複呢喃的聲音——

會死。

巨石要殺我。

虛擬英雄並不因為操作者的情緒而影響身體能力，然而他現在被巨石緊緊抓住，根本動彈不得。

他想施展衝刺型技能直接撞開巨石，衝出一條路。然而不論再怎麼集中精神，技能也無法順利施展。

這是理所當然的，在柯賽特出現在斷頭台之前，這裡都是PvE啊！

在PvE中，所有的戰鬥技巧都派不上用場，有的就是純粹力量的比拚。不論艾法隆是再怎麼強壯的戰士，也不可能比哥雷姆巨人的力氣還要大。

推不開，再使勁全力也推不開，艾法隆喉頭發乾，被壓迫的胸腔使他無法呼吸。

「柯賽特！柯賽特！」

民眾忘情地呼喊，艾法隆看著他們的眼睛，眼底什麼也沒有，只有一片憤怒的混濁。他想向他們說明自己不是柯賽特，他們被這兩人欺騙了，但緊鎖的喉頭發不出半點聲音。

「柯賽特在這裡！就在這裡！」而那美麗的劊子手——尤班指著狼狽的艾法隆，彷彿很享受般地發出清脆的笑聲。民眾瘋狂地持續叫囂，並漸漸包圍向斷頭台。

「別靠太近囉！不然我要怎麼表演呢？」

艾法隆不斷掙扎，然而巨石就像抓著貓的後頸一樣拎著他，將他的身體按到了斷頭台上。

「看著、啊……李、詩莊、這、裡可是……」

巨石用全身將他壓住，那顆滿是皺摺、泥漿灰色的醜陋臉孔垂下來看著他，艾法隆這是頭一次清楚地看見巨石的眼睛，和朱成璧一樣，是彷彿寶石般的午夜藍：「是我、為你……精、心準備、的……最相襯於、白、銀獨角獸的……處刑台哦？」

忽然叮的一聲，艾法隆聽見自己的隊伍頻道跳出訊息。

巨石：「時間到了的話，就射出妳的響箭吧！妖精！」

尤班：「ＯＫ！」

「殺、掉、艾法、隆——」

巨石朝空發出一聲狂吼，一瞬間一切的嘈雜聲都靜了下來，艾法隆渾身冰冷，彷彿也感覺不到巨石的重量了。他想回頭看壓在身上的巨石如今是什麼表情，身體卻因僵硬動彈不得。

好冷，原來這就是死前的感覺嗎？

恐懼與無能為力的絕望感包圍著他，眼前只能看見尤班優雅地挽起長弓，對著遠方無法直視的太陽射出了破空之箭。

那雙碧湖一樣清澄的眼眸，直直望向斷頭台的頂端——

箭尖精準地穿過斷頭台上方，切斷了懸著橫梁的繩子，屠刀狂風一樣落下。

艾法隆連死亡的聲音也聽不見，只看見一陣炫目的閃光——那是刀刃反射的日光，在他眼中閃爍。

下一刻——

世界忽然一百八十度大旋轉，他正以奇特的角度仰躺望向天邊，血霧染花了他海藍色的天空，飛鳥仍泰然自若地在天上飛馳，艾法隆平靜地望著這一切，甚至感覺不到半分疼痛。

他忽然感到很可笑。

原來在H．A．裡死亡是這麼奇特的感覺，眼角餘光能看見巨石的頭顱也像輪子一般，古碌骨碌地轉啊轉。

他想好好看看巨石的死狀，但只剩一顆頭顱的自己動彈不得，就連眼珠好像也轉不動了。

世界沒有聲音。

好疲憊啊。

然後，眼前完全陷入了黑暗。

＊

「頭被砍下來的感覺怎麼樣？很棒嗎？」

朱成璧下線以後，只對李詩莊說了這樣一句話。

算是做為對他挑釁的回應。

間幕・艾法隆事件：偵查期

七天的偵查期，正式開始。

門外傳來鈴響，李詩莊從神遊太虛中醒來，孫承禾沒有等他回應，已經自動走進他的辦公室裡。李詩莊也沒有不滿，只問他：「麻煩你整理的資料都處理好了嗎？」

「啊……某種意義上來說應該是差不多了吧！」

「嗯，應該很夠用了。」

嬌小的朱成璧不知何時跟在孫承禾身後，探出腦袋來。

李詩莊看見她立刻變了顏色：「妳來這裡做什麼？」

雖然賭氣太小心眼了，但面對昨天才把自己頭顱砍下來的女人，李詩莊實在擺不出好臉色。

「來監視你不要作弊囉！」

「作弊？」

「你跟承禾要了資料吧？」

李詩莊愣了幾秒，才知道她指的是什麼。

「原來妳說的是那個。」李詩莊說：「我拿的並不是什麼作弊用的資料，只是一些很基本的東西而已。」

「我們決定過哪些東西不算作弊用的資料了嗎？」朱成璧說：「我記得我們的協議說的

只有不准調閱電子資料而已。」

「我調閱的是——在艾法隆死亡那段期間，烏葛爾城的區域狀態，確認哪些地方是PvP、PvE。」李詩莊也沒有要隱瞞的意思，向朱成璧坦然道：「總不是連這個都不能讓我調查吧？」

「沒錯，這個也不行。」

「這算什麼！」李詩莊憤怒地揚起了眉：「妳的意思是說，如果妳偷偷做了手腳，實際上是在PvP裡面殺掉我們，連這種事我都不能查嗎？」

「是呀！就是這個意思。」

「就算是推理小說裡怎麼神通廣大的偵探，至少也得確認死者死在什麼地方吧？」

「照你這樣無限擴大解釋，豈不是想調什麼資料都可以了？我也提醒你一次，這場比賽既和現實的兇殺案不同，也和小說裡的兇殺案不同，因為兇手的每一個行為都被寫在伺服器的電磁紀錄裡，就像有一份答案卷鎖在老師的櫃子裡一樣。別人面對的是一片空白的證明題，你卻想開櫃子直接拿答案卷出來抄答案？你是偵探的同時又是死者——你擁有的資訊已經夠多了，再要更多就是不可理喻！」

李詩莊覺得不可理喻的是朱成璧，回吼道：「妳這麼緊張是怕什麼？不能在PvP動手，這是這個遊戲最基本的立足點吧？」

「你當然可以質疑我操弄手腳，把烏葛爾城的斷頭台變成了PvP。」朱成璧說：「但證據呢？我把它變成PvP的方法呢？」

「方法很多，現在才要開始慢慢找……」

「錯了！你先證實了斷頭台是PvP，然後才開始回頭想我是怎麼做的。這跟你先看推理小說先翻到最後一頁證實兇手是我，再回頭檢視我所有可疑的蛛絲馬跡有什麼不同？」

李詩莊一時竟被她駁得啞口無言。

不對，這是歪理！

「你說會有很多方法，那說幾個來聽聽啊！H.A.的設計規則白紙黑字列在那裡，除非柯賽特那時候人在斷頭台，否則斷頭台就是鐵板釘釘的PvE。我們都不是技術人員，不可能從你的程式碼裡動任何手腳，如果真的有把斷頭台變成PvP的方法，那就是你要找出來的答案。」

李詩莊冷笑一聲：「就像妳說的，這有什麼不可能？只要把柯賽特帶到斷頭台附近……」

「是嗎？那時候柯賽特真的有可能出現在斷頭台嗎？你要不要先確認一下事實情況？」朱成璧揚高聲音道：「只要你能找出可能的做法，就儘管當作答案提出來。」

她的聲調熾熱高昂，但眼神卻是冰冷的：「到那個時候，我就會提出伺服器的紀錄來打你一巴掌——記住了，電磁紀錄不是你的劍，而是我的盾啊！」

偵探可以提出各種天馬行空的可能性，但犯人只要找出一條證據反駁就可以了。證據也不必犯人多加費神，遊戲內留下來的每一條log就是強而有力的武器，是絕對不容質疑與推翻的「鐵證」。

與現實世界不同，這個世界提供的證據若不是1就是0，單純而唯一。

「妳……」一直到這一刻，李詩莊才算真正明白了這個遊戲的「玩法」。

「我可是很好心地把最佳助手找來給你了哦！」朱成璧將孫承禾往前一推：「天底下應該沒有這麼好心的嫌犯了吧？」

「呃……所以我可以當作你們已經達成協議了吧？對吧？」孫承禾被兩人夾在中間，大概也很難選邊站，只好再三確認：「總之，我是帶資料過來了，不過不是詩莊你要調的烏葛爾城區域變化紀錄，而是烏葛爾城中有列案的所有靜態任務——我寄到你的空間了，你自己去看一下。」

李詩莊覺得自己氣得肺都要炸開了，但他仍捺住性子快速瀏覽了一輪所有事件。

會讓烏葛爾城陷入PvP狀態的事件大約有十幾件，但都只是區域性變化，例如政變事件會造成王宮的變化。其中區域變化鎖定在斷頭台上的只有三件，柯賽特的處刑即是其一。

而另外兩件，李詩莊其實也很清楚。

「漢札國王的處刑……還有艾莉西亞女王的處刑。」

孫承禾說：「不過，因為漢札和艾莉西亞都已經死了，所以故事不會走到這個發展，可以視為死路了。」

李詩莊皺起眉頭。

「那沒有其他方法能讓斷頭台變成PvP了嗎？例如刻意引發大型衝突之類的……只有內定的事件才會引發這種效應嗎？」

孫承禾兩手一攤：「我們的設計就是這樣，如果有例外那是你們寫的bug喔！」

到這種程度還糾纏下去也太不像話了，李詩莊暫時關掉螢幕，說道：「我曉得了，謝謝你的資料，接下來的事情我會繼續調查的。」

朱成璧嘻嘻笑道：「這麼拚命？要不要一起去吃個午餐？尤班和普利斯姆也一起來喔！」

李詩莊想起他眼中最後倒映的景色，就是揚著弓英姿煥發的尤班，感到一陣厭惡：「不了，我現在要進H.A.。」

「啊？為什麼要進H．A．？午餐時間了喔！」
「現在就開始去現場蒐證。」李詩莊沒好氣的白她一眼。
「那交給你的隊友去做不就好了嗎？」
「他們兩人那時候都不在斷頭台，不會比我更瞭解情況。」
「可是你要怎麼進去呢？艾法隆已經死了，角色也從你的帳號中刪除了。」
「再加回去就好了。」
朱成璧嘿嘿一笑：「這樣好像是犯規喔？」
「犯規？」
「忘記了嗎？我們說好的，偵探組的人死了就死了，沒有復活機會喔。」
李詩莊猛然感到背脊一寒。
確實，規則中是有這個協定。
對兇手組來說，盡可能的消滅掉愈多敵人對己方愈有利，因此偵探組的人途中被害的話，就不能再以本來的身分登入H．A．。
艾法隆的頭已經被砍下、已經死了。
「不吃午餐就算了，不過要登入H．A．還是省省吧！都被砍頭了的艾法隆要是又活生生出現了的話，應該會嚇壞不少人吧！」
她踏著輕盈的腳步往電梯的方向走，忽然像想到什麼似的又回過頭來，說道：「啊！不過我倒是可以拋棄大個子山怪了。剛剛我跟承禾又申請了一隻新角色，這次是超可愛的美少女！」
為了將艾法隆壓制在斷頭台上，巨石確實也同歸於盡了。

「什麼？為什麼妳可以——」朱成璧只是朝他笑一笑，沒有說話，電梯的玻璃艙門迅速關上，朱成璧像心情很愉悅似的朝他揮揮手。

孫承禾尷尬地說：「兇手並沒有被圈算進剛才說的規則。」

這是當然的，因為一開始根本沒有人會想到兇手也會死啊！

＊

總之，也只能走一步算一步了。

雖然不能調閱任何伺服器的紀錄，李詩莊還是擬定了初步的調查方向，並找來了他的兩個隊友，還有孫承禾。

孫承禾身為裁判，除了訂定規則、確保兩方遵守外，也有義務提供給兩邊的人一樣多的協助。在合理範圍內，偵探組要求調查的資料，他都要開放給予。

「首先要從哪裡查起呢？」

「要先確認柯賽特的死活。」他說：「如果活著就確認他人在哪裡，直接向他詢問。如果死了，就調查他是什麼時間點死亡的。」

「什麼？為什麼要查這件事？」阿一驚呼道：「不是應該先查朱成璧用了什麼武器砍下艾法隆的頭嗎？」

「要先把PvP的狀況徹底排除才行。」

在能引發斷頭台PvP事件的三人中，柯賽特外的兩人都是一條死路，這是一目了然的事情。因此範圍可以更加限縮，集中在柯賽特身上。

艾法隆死後，至今也不曉得柯賽特的去向，被普利斯姆帶走的柯賽特，在那之後又發生了什麼事呢？

如果能證明柯賽特當時有可能被帶往斷頭台附近，就能提出調閱Gamelog 的請求，最好的情況甚至可能一舉撂倒朱成璧。

因此當務之急，是確認柯賽特的不在場證明。

除了調查以外，事實上他也比誰都在意柯賽特的行蹤——那傢伙不曉得有沒有逃掉啊……他心裡想。

孫承禾說：「原來如此，如果在行刑之前，柯賽特就死在王宮裡的話，那麼就不可能引發斷頭台事件，也就不必往這個方向查下去了。」

阿一沉吟道：「確實柯賽特如果沒有順利逃出王宮的話，基本上活下來的機會不高。但為了確認還是姑且一問——如果是帶著柯賽特的屍體來到斷頭台，會引發事件嗎？」

眾人都露出凝重的神情。

李詩莊答道：「理論上不會。判斷事件的發生與否，看的是物件編號，人物死了以後會轉為一般物件處理，所以編號也會更換。」

「柯賽特的屍體，不能算是柯賽特嗎……」

「可以這樣說沒錯，所以你擔心的狀況可以排除。」李詩莊轉頭問孫承禾：「怎麼樣，能查嗎？」

「不太好辦啊！首先，除了調閱電磁紀錄外，我沒有辦法直接知道遊戲中某角色現在是死是活。」

「你剛剛不是說不論我想調查什麼，你都能有頭緒的嗎？」

孫承禾笑道：「不能直接查，總能間接查嘛！腦子要更靈活一點。砍下來的腦袋是艾法隆的，不是柯賽特的，這種事情根本紙包不住火。柯賽特的死活，現在H.A.裡面，有個人可能比你還更想知道。走，跟我一起去問問他？」

「是誰？」李詩莊愣了一會兒，又說：「可是我已經失去艾法隆了，不能再進H.A.裡。」

孫承禾說：「你不能用艾法隆的身分進去，可以用別人的身分進去啊！」

＊

這是艾法隆死後，李詩莊第一次登入遊戲中。

新的身體讓他很不適應，並不是操作上的困難，而是整個人物和艾法隆的落差感。再也沒有誰能有艾法隆那樣高貴凜然的氣質，一想起這一點李詩莊竟然有點失落，是他沒有好好珍惜艾法隆。

三人在烏葛爾的王城中重新碰面，彼時烏葛爾王城已完全在反叛軍制下，從他們初抵烏葛爾的短短幾天內，王城裡已經換了一批完全不熟識的新面孔。

就連自己，也換了一副身體。

李詩莊頓時竟有些滄海桑田之感。

艾妮索拉和古坦則愣愣地望著眼前這副完全陌生的臉孔。

「新的」李詩莊——或說反叛軍首領拉茲一臉苦惱的說：「別這樣看著我，我也就只用這七天。」

孫承禾扮演他身邊的參謀，笑嘻嘻地說：「這可是我幫你們找出來的漏洞，詩莊要感謝我的話請幫我加薪。」

索拉妮亞訝道：「那之後呢？換回艾法隆嗎？」
古坦道：「一開始就說好了吧！偵探死掉的話是不復活的。」
拉茲說：「不過沒有規定不能用其他帳號登入。」
「那艾法隆不就等於……」
「對，死了。」
拉茲長嘆一聲，眾人也都沉默下來。
但很快李詩莊又打起精神，說：「拉茲現在是整個H.A.裡最想找到柯賽特的人了，就這一點來說我和他利益一致，他也擁有最多資源。」
李詩莊取代拉茲之後，迅速掌握了後來王宮戰場的狀況。
尤班只是來做做樣子，事實上她很快離開了王宮，前往刑場協助巨石。而普利斯姆少了尤班的掩護後，沒多久就被人發現。王宮內也有不少叛徒，相較逃到城裡的艾法隆和巨石，認得柯賽特模樣的人反而更多。
因此普利斯姆與柯賽特便遭到逮捕，當時反叛軍還沒控制王宮，如果他們在的話，可能會選擇收押柯賽特，堂皇地辦一場公開判決，細數柯賽特種種罪刑，再將他處死。
然而當時王宮內一半以上都是混亂的群眾，看見柯賽特落網只令他們體內嗜血的怪獸喧囂沸騰，柯賽特遭五花大綁，送往刑場。普利斯姆則被視作同黨，雖然眾人並未有共識是否要殺他，但也上了銬鐐一併押往現場。
「普利斯姆沒有抵抗？」
孫承禾說：「根據我的調查，到目前為止完全沒有。」
李詩莊心裡暗恨，當時王宮再怎麼說也是PvP，普利斯姆擁有大型魔法，稍微抵抗一下說不定還是有機會救柯賽特的。

孫承禾大概也知道他在想什麼，笑說：「現在沒有，不代表等一下沒有。正是因為他抵抗了才叫你橫死呢！」

「因為沒有人記得準確時間，所以很難定義柯賽特是在你們之前或之後被壓往刑場的。不過那之後發生了一些狀況，我直接找了相關的人過來說明給你們聽，比較快。」

這段期間內，李詩莊又提出另一個問題。

「除了身處PvE以外，還有什麼情況會造成無法施放技能？」

「為什麼忽然問起這個？」

「我被巨石架在斷頭台上的時候也曾試著反擊，按理說十二隻英雄的平均戰力是差不多的，艾法隆不可能毫無招架之力。但實際上我完全無法抵抗巨石，他的力氣太大了——只能想見當時情況是艾法隆和巨石進行的是單純的力量比拚，艾法隆再怎麼樣都是血肉之軀，被一個三公尺高的怪物按住後頸不可能掙脫吧！」

「說起來……艾法隆有受傷嗎？照理說被巨石那種怪物直接按住後腦勺，頸椎搞不好都被掐碎了？」

「不知道……那時候也沒怎麼感覺到痛，不過現在艾法隆的屍體也已經被系統回收了，大概也沒辦法驗屍吧！」

「死者證言這麼不可靠沒問題嗎？」

「我也沒辦法，H.A.的規則本來就是這樣啊！」

「那你有注意到巨石、或其他任何人施放了技能嗎？」

「尤班發了一箭射斷鍘刀的懸繩，不過以妖精尤班的本事來說，那應該不是發動技能，只是普通的攻擊罷了。PvE的規則只適用於人物，因此射向懸繩的那一箭，威力不會有任何影響。巨石雖然勒住我，但應該也只是普通的蠻力而已。」

「這樣啊……那確實就沒什麼線索了。再回頭來說你剛剛提出的問題，一般來說能立刻想到的就是被中了沉默之類的狀態吧？」

「禁言法術嗎？」中了禁言咒的人物將無法吟詠魔法——這規則不只適用於魔法師，也適用於所有角色的技能。

不過，非技能的普通攻擊就不會受到影響。

「對，還有一種可能就是沒有武器，例如部分魔法師要施法必須使用魔杖，妖精要射箭必須使用弓箭等等。」

「先說武器，雖然艾法隆換上柯賽特的鎧甲，不過佩劍還是在身上，這一點我倒是可以百分之百保證。難道裝備不齊全也可能導致技能無法施放嗎？」

「不，應該沒有這種事。」

「再來就是你所說的中了禁言咒，這倒是不無可能。不過，對方的英雄有這種類型的技能嗎？巨石沒有輔助魔法，我也不記得在斷頭台附近，尤班有對我做過什麼。」

艾妮索拉說：「或許在王宮的時候就中了咒語？」

李詩莊否定道：「可是在抵達斷頭台之前，途中城內都是PvE。在PvE中所有負面效果都會直接被取消。例如中毒造成的持續損血、身體冰結造成的麻痺……回到村莊就會立刻停止。」

孫承禾也補充道：「我們的沉默表演做得很仔細的，中了禁言咒的話，應該不只是無法使用技能，角色甚至連講話都有困難，關於這一點，你有印象嗎？」

關於這一點李詩莊就無法下定論，畢竟他已經想不起來艾法隆在那段時間內有沒有說過話了。

古坦說：「上面這些討論，全都是建立在當時斷頭台是PvP的前提之下。還是先設法證明斷頭台到底有沒有可能變成PvP吧！」

這時候外頭傳來規律沉緩的叩門聲，孫承禾說：「你們想知道的答案可能就在這裡了。」

被帶進來的共有六人，是當時將柯賽特押往刑場的士兵之一。他們都是反叛軍的成員，也很清楚柯賽特的長相，因此說的話應該是足以信賴的。

「你們大概是什麼時候抓到柯賽特的？」

「那時候情況很混亂，大概是剛過正午沒多久。」

李詩莊心想，和他們逃出王宮後被抓的時間應該差不多。

「立刻將人帶往廣場行刑了嗎？」

「不……首先是為了確認柯賽特的身分，就花了不少時間。因為當時城裡也傳來抓到柯賽特的消息，讓大家很疑惑。」

李詩莊驚呼一聲，如此時間就稍微可以聚焦一些了。

城裡傳來抓到柯賽特的消息，無疑是指艾法隆被誤認的事。當時他們被民兵包圍、毆打、到被拖往處刑台，大約前後不過十分鐘。

「找來王宮裡的侍臣確認，但他們大概也怕將來生什麼變數，因此拖拖拉拉又浪費了很多時間。確認之後，大家又開始吵鬧要如何處置……」

「到底花了多久？」

「總之，大概過了四十分鐘左右吧！」

幾人面面相覷，心裡都倒抽了一口涼氣。

假設兩批人馬走的路線差不多，那麼對方起碼落後了他們三十分鐘以上才出發。就算押解艾法隆的隊伍前進速度不快，但三十分鐘也是不短的距離。

李詩莊回想當時的情形，被押解到處刑台之後，尤班華麗登場，在群眾氣氛鼓譟下又大鬧了一場，雖然在那之後艾法隆因混亂而使時間感變得曖昧不明，不過再多也不會超過十分鐘，艾法隆就被押上斷頭台、砍下了腦袋。

勉強當作對方全力趕路，但二十分鐘的落差，真的這麼容易追上嗎？

李詩莊私下問孫承禾道：「在斷頭台附近多遠的範圍是觸發PvE轉變為PvP的極限？」

「中心點半徑起算，約五十到七十公尺內吧！一般的事件大部分都是這個規格，當然中心點可能不只一個，不過以這個例子來說，中心點確實只有斷頭台而已。」

沒得打折扣，看來只有可能是普利斯姆抄了捷徑。

「那從王宮到城南廣場，有什麼比較快的路線嗎？」

「就算有，他們也不見得會走啊！」孫承禾說：「你還是聽他把當時情況說完吧！」

李詩莊不得已，只好板起了拉茲的面孔，說：「繼續說下去，尤其是普利斯姆的行動，有任何一點不自然的地方都要報備。」

那人面露難色，一方面是這些事情拉茲應該都已經掌握得非常清楚才對，他不明白為什麼還要複述一遍，另一方面也是因為接下來這一段情節是他十分不願重提的。

「其實一開始也沒有什麼奇怪的地方，普利斯姆很順從，完全沒有反抗。」

「『一開始』是什麼意思？」

「雖然普利斯姆束手就縛，但他畢竟是能自由操縱風雪的魔法師吧……我們對他非常戒備！但是普利斯姆從頭到尾都沒有多說什麼，柯賽特也是視死如歸的樣子。一直到我們要穿過噴泉廣場時，他才忽然開口提了一個要求。」

「什麼要求？」

「他說他和柯賽特要……喝水，請我們帶他過去噴泉那裡。」

所有人都露出奇怪的表情。

「確實他看起來是渴得快死的樣子了，我們也沒有什麼理由反對，就往噴泉的方向走。快到噴泉附近的時候又有人提異議，說既然普利斯姆是魔法師，說不定是利用噴泉做什麼危險的事，大家又吵了一陣，最後決定由我們派一個人去噴泉那裡裝一點水過來，誰知道……普利斯姆一聽說我們不讓他過去，忽然就發難，抓起柯賽特的手往噴泉衝。」

「你們沒攔住他？」

「因為那時已經離噴泉很近了，大家又多少有點忌憚普利斯姆，一時都被嚇住了，完全沒反應過來。」

「接著呢？接著發生了什麼事？」

那人的臉皺成一團，像回憶起了什麼苦澀的事情一樣。

「普利斯姆拉著柯賽特的手衝進噴泉裡，然後忽然就這樣不見了。」

*

因為再問下去也沒有新的資訊，加上時間也很晚了，於是李詩莊決定先行下線。阿一對普利斯姆的神奇消失之謎胸有成竹：「鐵定就是利用這個瞬間帶著柯賽特到斷頭台附近了。」

孫承禾笑說：「要有一分證據，才能說一分話。」說完，他就調出了烏葛爾城的全景圖，投影在李詩莊辦公室的牆面上：「就算不親自去試試看也不難想像，能讓人平空消失的方法也不多，噴泉大概就是烏葛爾城的傳送點之一了。」

一座像烏葛爾這樣規模的城市通常都很大，為了節省玩家的時間，多半會在城鎮各處設下傳送點，方便玩家往來城內各處。當然入口通常都設計在比較隱蔽的地方，另外ＮＰＣ的ＡＩ中也會植入避開傳送點的本能。

「但是，並不是想傳去哪裡就能去哪裡。一般城鎮的傳送點通常只會提供四個定點，也就是一座城的東、西、南、北四個出口。烏葛爾城的例子比較特別，因為是山城，所以只有向南一個開口——」孫承禾在地圖上用紅點標註了城門口的位置：「也就是城南門。」

「離城南廣場好近……」

孫承禾微笑著說：「表面上看起來是這樣的，不過這張圖只顯示了平面距離，並沒有將立體因素考慮進去。烏葛爾是山城，其中坡度最大的一段就是城門口到廣場的路段，過了之後才是較平坦的緩坡。城門這一段的坡度平均在百分之八左右，說不上很陡，但是要爬上去也很費力，要花的時間絕對比你想像得多。更不用說合理推斷在這個時間點，艾法隆應該已經在斷頭台附近了。」

隔天上午李詩莊登入遊戲，親自試了一遍這條路線。

以一支押解部隊的行軍速度來算，從王宮走到噴泉附近大概已經要花掉二十分鐘，算上他們落後艾法隆的三十分鐘，這時艾法隆應該早已抵達處刑場了。

噴泉如預料的是傳送點，直接將他們送往南邊的城門入口。

李詩莊操縱的拉茲和古坦兩人使出全力朝城南廣場的方向衝去，但完全如孫承禾預言的一般，在上坡狂奔遠比預想的費時，最後衝到斷頭台時也花了快半小時，這還別說兩人的身體素質應該都比普利斯姆強。

不行了，這條路完全行不通。

柯賽特根本沒有辦法快速抵達刑場。

這時H．A．內已近黃昏，夕照之下，斷頭台染上了明霞之色，彷彿浸潤在血光之中一般。

通常刑場附近會有衛兵看守，要這麼近距離觀察斷頭台是不可能的，但城內現在一片混亂，已經沒有多餘的人手來看管刑場了。

那一天染上的艾法隆的鮮血早已拭淨，上頭看不見任何的痕跡，好像多少死亡轉眼間都會風化成幻影，斷頭台事不關己似的靜靜矗立在暮色之中。

望著這坐落於廣場正中，宛如華麗裝飾品一般的斷頭台。李詩莊心裡忍不住痛苦地想：難道朱成璧會是在PvE中堂堂正正地使用了這架斷頭台，將艾法隆的頭顱砍下嗎？

*

第三天早上李詩莊有一場推不掉的會議，因此只能將搜查排定在下午。

這時候他才覺得，比起兇手，偵探其實並沒有更多優勢。七天的時間這麼短，能搜查的時間實在太少了。

歸根結柢，就是自己當時太輕慢了，根本不相信朱成璧能有什麼辦法違逆遊戲的規則殺人，所以才花了一堆時間逗留在烏葛爾城。

拖著一身疲累結束會議，李詩莊回到辦公室替自己沖了一壺熱咖啡，門鈴聲又響了，但來人從來不等他回答就會進來。

「怎麼樣，有什麼新發現嗎？」孫承禾笑咪咪地問。

「這是我要問你的才對吧？」

「我只是負責搜查的棋子，可不是偵探喔！說起來，我也提供給兇手一樣的服務，所以不要把我當成自己人比較好。」

李詩莊在一臉疲憊中也難得浮出了笑意：「是嗎？那朱成璧問過你哪些問題，要不要透露一點給我知道？」

「真卑鄙啊詩莊！不過她問的問題太多了，大部分也都是遊戲的基礎規則，所以我實在無法給你什麼幫助。」

李詩莊也很清楚，只是把咖啡壺也推給他，笑著不說話。

「不過做為代替，我給你準備了些好東西。」

「什麼？」

「那三個人的技能資料，我全部調過來了。」

李詩莊打開資料，嚇了一大跳：「怎麼這麼多？」

「廢話，那三個人都是頂級的英雄，技能只有幾招難道像話嗎？先說結論，三人都沒有禁言咒，這是理所當然的，事實上十二位英雄中，擁有這項法術的只有輔助系的女祭司艾妮索拉而已。」

算是意料之中的答案，當然艾妮索拉是自己人，沒道理對他施咒。

「有類似功能的道具嗎？」

「有這樣的藥，但要誘使對方先吃下去才行，在你還能說話的最後時間裡，你有記得自己什麼時候被灌藥了嗎？」

李詩莊皺起了眉，他當然沒有任何印象，看來如果要一口咬死當時是PvP的話，就要先解決艾法隆無法施展技能的疑問。
「還是先看看他們三個人的技能吧！」
首先是尤班。
【尤班：職業泛用攻擊】
箭雨：十五秒快速射出一百～一百五十枝飛箭，有效攻擊範圍……
退避疾射：快速與敵方拉開三～五公尺距離，並快速設出一箭反擊，有效傷害……
射擊精通：強化戰場中英雄的命中率、攻擊力與貫穿力道。
E絕對命中：使英雄下一箭必定命中標的。
E一擊必穿：使英雄下一箭的貫穿力道提升百分之百。
魔光箭……
雖然只簡短列出名稱，內容仍多得讓李詩莊眼前晃了一晃，孫承禾大概也看出這一點，就暫時停止捲動螢幕，解說道：「這裡都是尤班做為弓箭手的技能，大部分和射擊有關，不過這應該都不構成能在PvE中殺死你的理由，因此職業技能我先略過。」
他翻到下一頁
【尤班：元素魔法攻擊】
火球：小型火焰攻擊，可造成傷害……
火箭：二十分鐘內，英雄發出的每一箭上都將點燃火焰，並附帶火焰傷害……
火牢：在前方立出一道火牆，踏入火牆內的敵人將遭受灼傷，維持時間……
炎爆衝擊：範圍內引發大型火焰爆炸，傷害範圍……

火焰精通：一定時間內，提高戰場中英雄火焰傷害強度百分之三十。
火焰吹息：一定時間內，提高戰場中英雄普通攻擊強度百分之十五。
隕石術：呼喚隕石雨進行大範圍攻擊，範圍以英雄為圓心半徑內一公里，攻擊傷害……
「尤班是妖精，因此也能操縱元素魔法，主要以火系法術為主，這也是她的外號『世界樹的火焰』的由來。其中，裡面的『隕石術』——又被大家稱為『流星雨』的，是整個遊戲內範圍最廣、傷害也最大的破壞魔法。」
「不過你在死前，應該連一點火星也沒看見吧？我自己是覺得尤班的法術可以不必考慮了。」
「普利斯姆呢？」
「雖然也是元素使的身分，但和尤班不同，普利斯姆主要是操作冰雪的魔法師。由於冰雪的用途並不只定於破壞上，因此普利斯姆的技能要多元一些。」
【普利斯姆：元素魔法攻擊】
寒冰箭：發射小型冰箭，可造成傷害……
寒冰之矛：以無數細小冰晶射入敵人體內，將對命中敵人造成每秒……持續傷害，傷害效果持續時間……
女神加護：一定時間內，提升戰場中英雄血量上限百分之百。
冰雪障壁：一定時間內，提升戰場中英雄防禦力百分之百。
寒冰精通：一定時間內提高英雄冰雪傷害強度百分之三十。
絕對零度：以英雄自身為圓心半徑一百公尺內，將戰場溫度降至零下四十五度。
暴風雪：呼喚隕石雨進行大範圍攻擊，範圍以英雄為圓心半徑內七百公尺，附帶造成冰結與凍傷，攻擊傷害……

E三稜鏡：使場上英雄周圍擁有六十秒的隱形空間，冷卻時間一百八十秒。

E萬花筒：在英雄周圍築起反射冰牆，能有效反彈敵人傷害百分之六十，持續時間……

李詩莊已經看到眼睛都花了。

孫承禾簡短地做了結論：「相對火焰而言，冰雪造成的傷害比較低，但後續可能會引發凍傷和麻痺的現象。另外普利斯姆的攻擊魔法相對尤班而言較少，大部分用於輔助或控場。」

「這麼多啊……」

李詩莊露出頭痛的表情：「對了，從剛剛我就想問，前面標註著E的是什麼意思？」

「表示這個技能在PvE時仍能奏效，多半是提供正面效果的技能。」孫承禾說：「像中毒這種持續傷害，或是沉默、混亂、暈眩這些負面狀態，只要進入PvE中，就會全部自動終止效果。但如果——」

「像這個……」李詩莊指著普利斯姆的「寒冰精通」：「也是提供正面效果啊！為什麼在PvE裡不奏效？」

「有一些提升的是戰場內的能力，例如血量、防禦力，這些東西進PvE也沒什麼用處。不過，如果是持續治療、加快移動速度……這種普遍性較高的類型，我們就不會刻意拿掉——再來看巨石的技能。」

「巨石也有技能嗎？」

孫承禾瞇起了眼睛，說：「你看人能不能不要只看外表？」

【巨石：職業泛用攻擊】

狼牙怒吼：揮舞狼牙棒毆擊對手，造成傷害……

碎石劈：以自身為圓心高速旋轉，破壞周圍……

「巨石的攻擊招式大部分是普通物理傷害，所以我想也可以跳過。」孫承禾快速翻到下一頁。

【巨石：哥雷姆生存天賦】

鬼怒：一定時間內，提升戰場中英雄攻擊力百分之兩百，同時下降防禦力百分之百。

E再生：使英雄恢復滿血狀態，冷卻時間一千八百秒。

狂暴：提升戰場中英雄攻擊力百分之五百，但玩家將失去對英雄的控制。

E共生：英雄提供自身血量百分之五十給予隊友，但受傷時將由隊友為其承擔傷害，直至隊友損血已超過英雄提供之血量為止。

碎甲：一定時間內，英雄對敵人的攻擊將無視其防禦力。

E厚甲：四十五秒內，英雄將進入物理無敵狀態，免疫一切物理攻擊。

「這裡面沒有半招，可以有效禁止艾法隆施放技能吧？」李詩莊來來回回看了這些技能幾遍，最後下了這樣的結論。

「嗯，我完全同意。」孫承禾笑道。

「你是要來勸我放棄PvP這個想法的？」

「不，倒不是這樣。」孫承禾說：「但這裡面也許有哪一招，可以讓斷頭台產生夠大的力量，把艾法隆的頭砍下來的？」

＊

大概因為這件事是他自己傲慢地提示給朱成璧的，所以李詩莊潛意識裡一直不願意去想這件事。但是終於窮途末路，李詩莊還是不得不回頭來面對這個可能性。

朱成璧選擇斷頭台的理由，是什麼？

艾法隆的血量有足足五千二，就算在逃出王宮的路程中受了一些傷害，但在PvE中，不論進行怎樣的攻擊，傷害數值判定都是趨近於零。想在PvE中削掉他那麼多的血量，根本就是不可能的事。

除了一個破壞規則的玩法——

斬首。

不論造成的傷害是多少，斬首都將直接判定為死亡。

即使砍下艾法隆頭顱的那一刀帶來的物理表面傷害是零，程式仍會直接判定艾法隆死亡，這或許是朱成璧唯一能以小搏大、一次翻身的機會。現在回想起來，朱成璧會選擇用這個方法，並且誰都不殺，偏偏挑中艾法隆，肯定是對他那時挑釁的深刻報復。

確實，在以中古世紀為背景的H．A．中，並沒有電鋸、切割機這種方便的工具，如果沒有受過劊子手的訓練，再怎樣鋒利的名刀，想要一刀砍下人頭也不是那麼容易的事。

這時烏葛爾城出現了那麼方便的一架斷頭台，真可說是千載難逢的機緣。再說以斷頭台來處刑也帶有一些炫示的意味，考量到朱成璧的性格，要說她是為了給自己一場盛大的報復而選中斷頭台，也沒什麼奇怪。

然而在PvE中，物理力道也會受到相當程度的削減。換而言之，即使是使用斷頭台，只要是在PvE的場合內，造成的力道仍十分有限，大概就像被二樓落下的小石子敲了一下腦袋而已。

真的有什麼辦法，可能讓斷頭台產生足夠大的力，將艾法隆的頭顱切下來嗎？

或許PvE並不是真的殺不了人，可是殺人要付出的代價太大。

那麼，這個代價到底有多大呢？

＊

隔天，老居就把這個答案告訴他了。

「我們的物理減免啊……」老居說：「有點像累進稅制一樣，放過小的，懲罰大的。」

「你可以說得具象一點嗎？」

老居笑了一笑，說：「雖然是會檢查PvE裡面所有的力道運算，但我們還是希望盡量維持整體的自然性、真實性，並不是所有的『力』都是具有惡意的。比如說在村子裡拍拍你朋友的肩、輕輕推他一下……這些力道都減縮的話，多少是有點奇怪。」

「所以通常極小力道我們不做縮減——當然會考慮到施力體和受力體的性質，也就是會將武器的重量、鋒利程度、尖銳程度也列入考慮——至於愈大的力道，就會進行愈高比例的弱化。」

「謝謝你的清楚說明，我大概明白原則了……那，你能不能直接告訴我，要用那架斷頭台砍掉艾法隆的頭，大概要用到多大的力？」

老居露出有些困擾的笑容，大概是他也很清楚，接下來自己要說出口的答案，絕不是李詩莊想聽見的。

「七千萬牛頓。」

「對不起，再說一遍。」

老居嘆了一口氣說：「也不是做不到啦！大概就是引爆一點五公斤左右的黃色炸藥，或是讓一輛時速七十公里的……」李詩莊以手扶額，匆匆打斷他：「這是一種什麼樣的誇張概念啊……」

反過來說，如果不是砍在腦袋上，就算能施加到七千萬牛頓的力，恐怕也不能帶給對方半點損傷。

李詩莊實事求是，又去調查了裡面破壞力最強的巨石的能力數據，顯示的結果巨石就算將所有能力提升到極限，能施加的最大力道也只有四千牛頓左右。相當於將一輛小客車以每平方秒一公尺的加速度往前推出去。

李詩莊腦中甚至花了幾秒去想像這輛小客車多久以後會超過高速公路的速限，隨即他將自己從沒完沒了的思考中拉回來，不論怎麼想都不可能，自己已經陷入瘋狂邊緣了。

「雖然以人力來看是不可能辦得到的，但是別忘了這裡面都是英雄級的角色，甚至足以操縱大自然的力量。」老居像要安慰他似的這樣說道。

從天上砸下來的隕石，破壞力總該也是天文數字級的吧？

然而尤班的隕石術要怎麼藏？艾法隆的雙眼總不會騙人，那一天尤班在他面前唯一做出的舉動，就是揚弓、搭箭、射斷懸繩。

而且說起隕石，也讓李詩莊想起另一個問題：如果真的是利用七千萬牛頓的力來砍下艾法隆的頭顱，那麼別說斷頭台了，城南廣場的土地應該都會直接被劈成兩半吧？

他絕望似的抬頭望向老居，說：「這世上有著能將七千萬牛頓瞬間化為零的方法嗎？」

*

毫無突破地進入第五天。

接下來如果再沒有半點進展，製作人的位置恐怕真的要交出去了。滿腦子想著這件事的李詩莊，在經過朱成璧辦公室的時候，愣然發現裡頭燈是暗的。

「朱成璧人呢？」

「哦，今天排休吧？今天不是禮拜五嗎？朱成璧好像去東部玩了，三天兩夜花東小旅行之類的。」

「她才進公司不到一個月耶！好意思排休假？」

「哎呀！也不是很過分啊！反正現在你們的人也不會繼續前進，今天七樓的機艙室也在維修，她又沒得練習。何況，她再怎麼說也是高級主管，一年的年假很多的。要是這場比賽輸掉的話，這些有薪年假就通通用不上啦！這樣想有沒有舒服一點？」

李詩莊還要抱怨的時候，忽然愣了一下。

「七樓的機艙室維修？」

當然不可能是六樓了，剛剛李詩莊還經過那裡，阿一和老居今天事情比較少，所以就進去替他查公會的事。

「對啊！」

七樓也有一些機器，不過基本上是給QC和測試人員用的，配備沒有六樓那幾台那麼好，隱私保護做得也比較隨便，另外機艙的設計比較舊，不適合長時間遊玩，朱成璧最開始試玩H.A的時候應該就是用那裡的機器。

「她是用六樓的機器吧？」

「也有用七樓的。」

「為什麼？兩邊的帳號應該沒有互通，六樓的我專門開來登入英雄帳號用了？」

「她不是登入英雄帳號啦，是登入自己之前的帳號。按照規定，她現在也不能用六樓的帳號前進吧？」

「自己之前的帳號？」那指的應該是先前朱成璧開始試玩H.A.時用的普通玩家角色：「等等，這樣做公平嗎？」

「呃……我哪知道？」孫承禾偏著腦袋：「看你們規則怎麼訂的吧，好像沒說不可以操作其他帳號？她的角色應該也沒有去干涉你們的比賽吧？我想她應該是想測試各種狀況吧！」

「那她為什麼不用巨石測試就好了？再說你怎麼知道沒干涉比賽？說不定她七樓的角色有禁言術啊！」

「氣什麼……你也太鑽牛角尖了吧，大偵探？就算她有禁言術又怎麼樣，你不是證明了根本不可能準時把柯賽特帶往斷頭台嗎？再說，那天普利斯姆、尤班和巨石三個人都在啊，誰來登入七樓的帳號？」

「說不定找了幫手啊！說好三對三的，如果有第四個人存在，這絕對是違反規則！」

孫承禾看李詩莊像炸毛的貓一樣，覺得很好笑：「她拿的都是普通的一級角色耶！可不是六樓帳號裡的這種大英雄。而且，她平均每隻只花一天左右使用，又不能做什麼，應該也學不到禁言術或什麼厲害的招式吧！」

「平均每隻是什麼意思？她不只一個帳號？」

「帳號是同一個啦……不過一直來跟我要新角色。」

「為什麼？是要不同的職業嗎？」

「我沒問耶！我不知道是不是測其他職業。」

李詩莊沉默了片刻，然後他說：「我要查這個帳號的紀錄。」

「等、等等等等，詩莊，你終於要跨過這條禁忌的線了嗎？這可不行啊！我是中立的裁判者，調閱電磁紀錄是——」

「我只被限定不准調閱六位英雄角色的紀錄，這個帳號不是啊！」

他這樣說好像也沒有錯……

孫承禾在自己心中的道德天平掙扎了一下，只見李詩莊大有一副魚死網破的氣概。確實，先開始咬漏洞鑽的人是朱成璧，李詩莊充其量只能算試著踩線一回——何況只是踩線，也不算越線。

「詩莊真卑鄙呀……」多半李詩莊自己心裡也是這樣想的，所以表情有點陰沉。不過孫承禾自己衡量一番以後，認為根據規則判定，李詩莊的行為確實不算違法——如果朱成璧在這裡又另當別論，她大概有辦法搬出一百種禁止李詩莊這樣做的理由吧？

不過她既然請假，那就沒辦法了。

孫承禾默默連上GMTool，開始調閱資料。翻了一會兒大概找到了，孫承禾念出一串編號，牆上的玻璃螢幕開始飛速跳出一道道螢光綠色的訊息。

彷彿一捲監視錄影帶般，在這些紊亂而暗號化的文字中，記載著朱成璧操作的眾多角色所有的行為。

「這些都是raw data，我等一下匯出分析過的——」

「不用，我直接看就可以。」李詩莊瞇起了眼，盯著牆上那些訊息看。

並不是他讀訊息的速度能追得上系統印訊息的速度，而是朱成璧的眾多角色提供的訊息太單純了——單純到，甚至可以說像在對著他吶喊，而且只喊著一件事而已。

「怎麼搞的啊……一個角色的壽命平均不到二十分鐘？」

那些角色就像她的免洗筷一樣，除了最初幾個以外，後面的幾乎從創角到登入遊戲壽命只有二十分鐘，因為什麼都沒做，所以訊息自然就短得可憐。

每一個免洗筷最後的訊息幾乎只有兩種：

Abort。

Dead。

這是兩種不同的死亡。

Abort不是自然死亡。

「她砍帳號？」說砍帳號不太精確，所謂的Abort指的應該是直接刪掉角色，為什麼要刪掉？是因為她想測試的事情已經測試完畢了嗎？

Abort的角色大概只有兩三個，剩下的都是Dead。

Dead代表的是角色的死亡，雖然活得久一點，但基本上訊息也差不多一樣短——走到最近的PvP區域，然後自殺。

「哦……難怪跟我要角色要這麼兇，基本上這些角色都被她當成日拋隱形眼鏡了嘛！」孫承禾戴上自己的眼鏡，也仔細看起這些資料來。

李詩莊盤算起來，有什麼是一進去就立刻能測試、但一個角色只能測一次的訊息？如果想再體驗一遍，就只能重新創角……

他盯著上頭的訊息看，在誕生到死亡這段期間朱成璧都做了什麼呢？可是那些訊息卻冷清得悲哀，甚至連一次對話的紀錄都沒有，大部分都是一出生就立刻被刪除角色或賜死。

簡直像為了死亡而生似的。

李詩莊一瞬間明白了。

「那麼……她想測試的，就是『死』這件事本身嗎？」

明明用了二十幾個角色，紀錄卻短得讓李詩莊足以在十幾分鐘內瀏覽完畢。朱成璧總共Abort掉三個角色，自己動手殺掉了二十個以上。雖然只是操縱虛擬人物，但想起朱成璧是抱著怎樣冷酷的心情拿武器刺進自己的胸口（或砍下自己的頭顱，那樣應該最快），李詩莊仍感到不寒而慄。

「是想測試一定能砍下腦袋的方法嗎？」

「難道朱成璧試著去死了一百遍，就能夠把鍘刀變鋒利嗎？」

孫承禾大笑說：「那就試試看吧！」

＊

李詩莊先登入遊戲，操縱反叛軍首領拉茲將處刑台周圍全部淨空，接著立刻登出，改到七樓開啟另外的測試帳號。

「剛開始的出生位置就設定為烏葛爾城……給我斷頭台的座標。」

「GMTool沒有這個功能啊！」

「我前幾天加了。」

「啊！真方便，這就是所謂的球員兼裁判吧！」

「囉嗦。」

斷頭台邊迅速出現了一個樣貌普通的男人。

他自己走到斷頭台架上趴著，面無表情地說：「之前還沒試過呢，總之先用這個砍我的頭試試看吧！」

「這種台詞一生還真沒幾次機會說啊！」

幸好附近的人都被拉茲先行驅離了，因此沒有人會看見這宛如邪教儀式的古怪測試。孫承禾在外面負責提供開啟新帳號的協助，阿一和老居則登入遊戲中做助手，這回由古坦來擔任劊子手。

不像尤班可以直接射斷懸繩，古坦只能老老實實地操作側邊的滑輪。雖然不太熟悉，總算是順利放下了刀刃，台架兩側有細細的溝槽，每天都有仔細上過油，因此刀刃非常順暢地落下——

但是，砸下來的東西就像一面輕得能單手舉起的保麗龍板一樣，貼著李詩莊的後頸，連一道印痕也沒留下。

李詩莊自己伸手把刀片往上推開，刀片的重量倒是沒有改變，他像舉重選手一樣費了很大的勁才稍微推開一吋，古坦見了慌慌張張地拉動滑輪將刀片升上去。李詩莊從刀片下爬出來，看了看自己的雙手，雖然按住了鋒利的刀緣，但沒有任何傷口。

也算是預料中事，李詩莊並沒有感到失望。

「好，這次試著真的去死一遍。」

「那麼，去城外？」

烏葛爾城的範圍非常大，就算走到傳送點再出去，起碼也要花個半小時，古坦和艾妮索拉都露出了有些懶散的神情。

「不，先試試朱成璧試過的第一種死法吧！」李詩莊說：「Abort，她直接刪除角色了。」

李詩莊叫出系統面板，在H.A.中，一個帳號可同時擁有複數名人物，為了讓玩家能順暢在眾多角色中切換，因此在系統選單內就可以進行人物管理，要刪掉角色也可以。

「我現在把自己刪掉，會發生什麼事呢？」

「該不會直接消失在空氣中吧！」

「試試看吧！」

李詩莊深吸了一口氣，按下「刪除角色」鍵。

「確定要刪除您的人物嗎？」

系統提示音響起，李詩莊按下確定。

一瞬間眼前的風景像被捲入漩渦中一般急劇壓縮破碎，和艾法隆死時的感覺很不一樣，李詩莊立刻就失去了知覺，睜開雙眼，意識已經回到了現實的機艙中。

「確實……艾法隆死的時候還維持了一段時間的意識。」

被切斷的頭顱滾落台下，從被壓制著俯視地面到翻轉了一百八十度仰望天空的那種奇異感，至今他仍無法忘記。

但這回感覺就像雲霄飛車快速下墜一樣，除了心臟快速收縮一下外，反而沒什麼不愉快的感覺。

他摸摸後頸，泛著一層薄汗，大概是七樓的機艙內空調溫度比較高的緣故。

他解下身上所有裝備，先發了一則訊息給遊戲裡的兩人。

「結果怎麼樣？我消失了嗎？」

「不，屍體就這樣堆在地上，我們也覺得有點困擾……」

「這樣嗎……不過根據H.A.內的規則，大概半天內就會被系統回收。」

阿一咆哮道：「這半天裡要是有人過來這附近，我們也很難開脫啊！你的拉茲有好好下令淨空斷頭台附近了吧？我們可不想在H.A.裡變成殺人犯啊！」
老居似乎對此倒不很在意，只問：「你那邊呢？自己Abort有發現什麼特殊的現象嗎？」
「說不上來……跟自然死亡的感覺是不太一樣，但我不明白朱成璧試這個做什麼？」
「還有不一樣啊？那自然死亡的感覺是什麼？痛嗎？」
「痛是說不上，其實沒什麼感覺。但被砍頭的瞬間覺得很恐怖，好像被拿著刀的兇徒追殺一樣，身體也會反射性地起生理反應，那不是訊號能模擬的，是真的感覺害怕。反而自己刪除帳號要和緩一些，因為立刻就和遊戲斷開連結了，好像玩高空彈跳那樣，只有下去的一瞬間會心跳加速。」
「被砍頭的時候不會立刻和遊戲斷開連結嗎？」
「不會，因為那裡是要接復活選項的地方。託這一點的福，我清清楚楚盯著自己被砍掉腦袋的身體看。」
「那這次要試試看讓你害怕的自然死亡嗎？」
「嗯，這次的出生點直接設定在野外的PvP區域吧！」
這回李詩莊請孫承禾替自己準備了一把鋒利的匕首，想到自己費這個工夫準備一把方便自殺的工具，心裡真是說不出的複雜滋味。
比起朱成璧新創的角色會在PvE區內誕生，還必須費工夫走到遙遠的郊外，李詩莊替自己修改GMTool，讓他一進遊戲就能立刻測試死亡，方便許多。
不過畢竟自殺也不是這麼容易的事，李詩莊還是在心理上做了一些掙扎，最後才深深吸了一口氣，拿起匕首穿過自己的胸膛。
正中心臟部位，再往腹部的方向狠狠一拉——古代所謂「切腹自殺」大概就是類似這樣的動作。

不過李詩莊可沒有餘力再拿刀子在自己腸胃裡胡攪一番了。

傷口處難堪的刺痛一陣一陣跳躍著，像吃壞肚子一樣全身冒著冷汗，四肢虛浮，那時候將死的恐懼感又重新浮了上來。他拚著最後的力氣輕輕叫出操作介面，血量提示浮在眼前一公尺左右的地方，能看到上面的水準線急速墜落、墜落——然後歸於虛無。

他雙腳一軟，正面著地倒了下來。

死了。

他已經分不清死前的無力與恐懼，到底是自己的本能反應或是系統模擬的訊號了，他的牙齒鑿進土裡，視線中能模糊的看見自己吃了滿嘴的泥沙和青草，可是聞不到土腥味或青草的香氣，他勉強想轉動眼珠也做不到，看不見現在天空是怎樣的顏色，也聽不見周遭有什麼聲音。

「死掉的感覺……好寂寞啊！」

他腦中最後只剩下這個念頭，大概過了十秒左右，眼前的世界終於完全灰飛煙滅，沉入無邊黑暗的大海之中。

＊

李詩莊又試了幾遍烏葛爾城的斷頭台，當然沒有找出突破性的方法，也就不會有任何結果。

大約過了二十分鐘，李詩莊回到六樓，阿一和老居也都先暫時下線出來休息一下，阿一看見他臉色不是很好看，說：「還好吧？下次換我跟老居死死看？」

李詩莊搖了搖頭，在更衣間外的長椅上頹然坐下。

「死掉真有這麼恐怖？」

「也不是，就是有一點虛脫的感覺。」

「有得出什麼結論嗎？」

「沒有，和艾法隆死時的感覺差不多。這麼不舒服的事，朱成璧還真是面不改色的做了二十幾遍啊？」

直到這時候，李詩莊才開始打心底有些欽佩起朱成璧來，看來她是為了達成目的，很能忍受痛苦的那種人。

到底想試出什麼？

總覺得找出這個答案，一切就結束了，可是腦中仍只有一個模模糊糊的輪廓。沒有結果。

很快到了中午時間，李詩莊自己主動說：「先去吃飯吧！」

雖然這樣說，結果席間還是都在討論如何讓七千萬牛頓的力消失、或讓斷頭台的鍘刀能擁有一點五公斤黃色炸藥的威力。

午餐用畢，老居從袋子裡取出自己的飯後水果，是一顆拳頭大小的鮮紅蘋果，他緊接著又取出一把自備的塑膠小刀，開始熟練地把蘋果皮削掉。

「老居，你好健康啊！」

「嗯，外食很容易攝取不足蔬菜水果。」

「皮都連在一起耶！真厲害，我只會用刨刀而已。」

「因為很習慣了。」老居有些靦腆的笑了，接著迅速挑掉了蘋果核，剩下的部分切分八等分，削成一朵漂亮的蘋果花。

「要吃一點嗎？」

「啊！謝謝。」

阿一和李詩莊都伸手去拿蘋果，老居的手藝確實厲害，八瓣蘋果幾乎一樣大小，切面也很工整。李詩莊自己連拿水果刀都切得歪七扭八的，他只拿一把塑膠刀就能做到這樣。

老居吃東西慢又優雅，蘋果分了八瓣還不夠，他接著還把蘋果切成三段小丁，一面解釋道：「我牙齒不好，這樣吃比較輕鬆。」

阿一一面咬著蘋果，一面看那把鋒利的塑膠小刀，感嘆道：「啊啊，原來塑膠刀也有辦法切蘋果啊！」

「比水果刀還好用哦，因為不用怕切到手。」

「明明看起來像模型玩具一樣，真厲害。」

李詩莊自嘲道：「是啊，跟PvE裡的斷頭台一樣！」

阿一笑道：「這比喻真不錯。」

又抱頭長嘆：「啊啊，要是能把人變成蘋果就好了啊！」

李詩莊聽了難得露出一個笑容，他正要開口說什麼，忽然整個臉色一變，一對細長的眉毛垮了下來。

「怎麼了？」阿一也注意到他的表情不對勁，慌張地問：「哪裡不舒服嗎？」

李詩莊沉默了幾秒，用很嚴厲的表情望著他：「你剛剛說什麼？」

「呃……我說，你難得講了個不錯的比喻……」

「不是，再後面那一句。」

「我說如果能把人變成蘋果……」

李詩莊整個人彈了起來，驚呼道：「就是這個！就是這個！你說的完全正確！」

「等等，怎麼一回事啊？什麼完全正確！」

「對！還有這個方法……我們完全被耍了！」

李詩莊忽然跳起來大喊著不知所云的話，吸引了店裡不少側目的眼光。阿一和老居慌忙拉著他坐下，李詩莊飛速掏了卡結帳，說：「再讓我回去看一遍所有人的技能，應該能找出答案！我猜我可能知道朱成璧殺死艾法隆的方法了！」

大概這句話更不適合在公共場合大聲嚷嚷，現在周圍的人以看著罪犯的眼神偷瞄他們。阿一和老居尷尬地朝眾人笑笑，匆匆拖著李詩莊離開餐廳：「你到底在說什麼啊？你怎麼忽然就知道朱成璧的方法了？」

「蘋果！就是蘋果啊！」

兩人面面相覷，李詩莊大叫道：

「並不是鍘刀變成寶劍，而是人變成蘋果了！」

＊

朱成璧愉快地結束為期三天的小旅行，回到辦公室時，看見桌上擺了一顆漂亮的紅蘋果。

「哎呀！這是什麼人送的啊？難道是要慶祝我終於拿到製作人的位置嗎？」

但是蘋果上插著一把鍍金的拆信刀，一張字條讓刀子釘在蘋果上，寫道：「到六樓來，第一場比賽結束了。」

算算時間，今天也正好是偵查期結束的第七天。按照規定，今天偵探組如果不提交解答，製作人的位置就是她的了。

她微笑著拔下拆信刀，將紙條收進外套口袋裡：「這還真是老派的作風啊！」

朱成璧來到六樓，機艙室裡並沒有人在，但有六台機器是亮著的。大概包括孫承禾在內，所有人都已經到齊了。

「要在遊戲裡面說明啊？」她換下礙事的披風和高跟鞋，悠閒地登入H.A.。

睜開眼時，自己站在一座繁盛的大城市中。

正好是入夜時分，城裡飄蕩著死寂的氣息。

「烏葛爾城啊……怎麼會出現在這裡？」朱成璧喃喃自語：「哦！不過好輕盈的身體啊！比巨石好多了。」

這是巨石死後，她第一次試著操作新角色。

比起上回笨重遲鈍的巨人，朱成璧這次重新選擇了一個靈巧的人物——女飛賊阿卡莉。

阿卡莉的特色在身手機敏，雖然不會使用魔法，但身上帶了許多暗器，光是在腰間的皮帶上就藏了十二把飛刀，是操縱這些東西的能手。

「他們在哪裡呢？」她考慮了一下，向隊友發送了訊息。

阿卡莉：「大家早安~我是成璧！不好意思今天晚到了，你們現在在哪裡？」

尤班：「哦哦！這就是妳的新角色啊？是女生？」

阿卡莉：「對，是女飛賊阿卡莉。」

尤班：「啊！我記得，是那個身材很好的美女！」

朱成璧沒有理會她。

普利斯姆：「妳在哪裡？」

阿卡莉：「應該在烏葛爾城吧？不過不確定這是什麼地方。你們呢？」

普利斯姆：「聚集在斷頭台前面。」

阿卡莉：「怎麼挑這個時間，這裡現在沒什麼人了。我看看能不能找到誰問個路，一會兒過去吧！」

頓了一會兒，她又忍不住發了一封訊息。

阿卡莉：「怎麼樣，李詩莊那一群人看起來像要提出什麼了不起的答案嗎？」

普利斯姆：「誰曉得呢？」

＊

現實時間十二點整，姍姍來遲的阿卡莉終於現身於斷頭台前。

古坦、艾妮索拉、尤班、普利斯姆，還有一對沒見過的、面目蒼白的少年少女，除此之外，斷頭台附近一個人都沒有了。

雖然現在H.A.內是午夜，但能淨空到這個地步，當然也是借用了反叛軍首領拉茲的力量。

斷頭台的刀鋒與木架染上了月光瑰麗的色彩，與夜色斑駁的豔紫和深青。

「嗨！我是孫承禾。」其中的少年擺出和藹可親的笑臉朝她招招手。

那麼旁邊那個板著臉的陌生少女就是李詩莊了吧？

果然那少女擺著一張極不悅的臉，冷著聲說：「妳就是朱成璧的新人物嗎？妳也太晚到了吧？」

「沒辦法，誰叫你挑這個時間？城裡都沒人，我找不到路呀！」阿卡莉懶洋洋地打了個呵欠：「所以李詩莊，你現在是要講解我的手法了嗎？」她指了指斷頭台：「重播一遍？」

「那倒很遺憾，我是沒有能力重現的。」

阿卡莉聳了聳肩。

李詩莊說：「因為我沒有那把真正下殺手的刀。」阿卡莉像準備說出些尖酸刻薄的嘲諷，李詩莊卻又說：「倒是妳處心積慮擋在這把刀之前的西洋鏡，我現在就能拆給妳看。」

阿卡莉這時才稍微收斂起她那嘲諷的笑容。

「說實話，我還真沒想到，妳竟然花了這麼多力氣，去做一件對犯行本質毫無幫助的表演。」

「說這什麼話呢？」阿卡莉笑道：「所謂的密室殺人，殺人的本質都是一樣的，真正的重頭戲是為了表演而造出來的密室不是嗎？」

「是嗎？」李詩莊說：「我怎麼覺得是妳捨不得拋棄斷頭台這個舞台呢？因為無論如何，妳都想回應我那一天的挑釁、都想砍下艾法隆的腦袋，不是嗎？」

阿卡莉只是微微一笑：「暴君好像稍微可以開始感覺到臣下的怨懟之情了。」

李詩莊聽見「暴君」兩個字眉頭一挑，但沒有回應她，只繼續說明道：

「但也正因為砍頭這個印象太強烈了，所以我們不由得就走上了這條妳鋪好的路——利用部位破壞的規則，只要能砍下艾法隆的腦袋，就能殺死他。」

「可是，即使斬首這個行為能在遊戲中一口氣削掉玩家所有血量，但代價卻也大得異乎尋常——以烏葛爾的斷頭台來說，至少要花上七千萬牛頓的力才足以在PvE砍下一個人物的腦袋。」

「七千萬牛頓！」阿卡莉忍不住驚呼出聲，大概這個數字太大了，反而充滿一種荒謬的喜感，阿卡莉顫著雙肩狂笑起來：「對不起，我無法想像七千萬牛頓是一種怎麼樣的規模，是差不多兩顆星球對撞的力道嗎？」

艾妮索拉低聲說：「沒那麼誇張，差得多了，大概只是個大規模爆破的程度而已。」

李詩莊冷眼看著她：「看妳這個反應也是，妳大概完全沒考慮過斷頭台要砍掉一顆人頭得花多大代價。要是這數字小一點，也許我們還會被耍得團團轉，但根本不可能上哪找出對斷頭台施加七千萬牛頓的力的方法。於是，這個論點就徹底陷入僵局了。」

「是嗎？既然陷入僵局，那你還開這場會幹嘛？你也講了快三十分鐘了，差不多該放我們下線吃飯了吧！」

李詩莊微笑道：「不必急，開場就快結束了。」

「我們循著妳鋪好的『部位破壞』這條路往前走，走錯路不可怕，最可怕的是這看起來是一條有方向性的單行道，因此我們完全沒想到逆行的可能。」

「方向性？」孫承禾疑惑道：「什麼意思，什麼的方向性？」

「思維的方向性。」李詩莊說：「如果能從高遠的地方來看，就會發現事實單純得可笑。我們陷入僵局的原因，是因為我們的思維方向正好反過來了啊！」

「思維方向？」

阿卡莉這時不再說話了，只是面上浮出了微笑。

「『只要能砍下艾法隆的腦袋，就能殺死他。』」李詩莊複述了一遍自己剛才說過的話：「只要將這個前提徹底逆反過來，那麼答案就出現了。」

「這次的事件，並非是因為砍下了艾法隆的腦袋，才殺死了他——而是因為殺死了艾法隆，所以才能砍下他的腦袋啊！」

包含古坦和艾妮索拉在內，孫承禾三人都瞪大了眼。

「這是……什麼意思？」

朱成璧知道至此大勢已去，李詩莊已經看穿了事件的本質，因此也沒什麼聽下去的興趣，想直接對他說聲：「好了！就開始下一場比賽吧！」

不過，若是這樣做，李詩莊或許會很生氣吧！而且他也不一定找出其他細節的做法了，因此阿卡莉兩手一攤，輕聲嘆息道：「是嗎？為什麼呢？」

果然李詩莊操縱的少女聲調立刻高昂了起來，蒼白的面上也浮起薄薄的血色。「因為只要艾法隆一死，他就不再是『人物』物件了。」

艾妮索拉與古坦露出恍然大悟的表情，李詩莊繼續解釋道：「人物死後，伺服器不需要再監視他的各項數值狀況，因此屍體會被當作普通物件來處理。艾法隆死掉的瞬間，成為一件普通的『屍體』。鍘刀落下的那一瞬間，砍下的既然不是『人物』物件，自然不需要遵守什麼七千萬牛頓的定理……就僅僅像是拿著水果刀，將蘋果切成兩半而已！」

「這不就表示刀子落下去的時候，艾法隆已經、已經——」

「對，艾法隆已經死了。」

「這、這是怎麼回事啊！」孫承禾也顯得十分驚愕：「艾法隆明明是親眼看到刀子落下……」他忽然像咬到舌頭一樣的噤聲了，大概說到這個地步，他也知道這之間發生了什麼事。

「很巧妙啊！結果艾法隆的記憶就是最大的騙局，死者的證言反而成為了迷惑眾人的萬花筒。這也沒辦法，畢竟我們誰也沒有真正在H.A.裡死過一次，所以很自然地就會被日常生活的經驗所左右——可是H.A.的死亡，和現實生活中的死亡完全不同。」

「在H.A.裡，玩家宣告死亡後，將會出現提示視窗，詢問玩家是否要付費復活。而這個讓玩家做選擇的時間，總共有十二秒。」

「然而，H.A.還沒正式上線，金流也還沒接上，因此這時候並不會有付費視窗跳出來干擾玩家。於是這段時間就變成了微妙的空窗期，玩家躺在地上靜靜經歷了十二秒的死亡，等待真正消滅的到來。就在這空白的十二秒內，尤班盡責地完成了她的表演——真是精準啊！射斷懸繩，讓鍘刀切斷已成了屍體的艾法隆的腦袋。」

「等等，照你這樣說，一起被斬首的巨石豈不也就……」

「對，那時候巨石也已經死了。」他停頓了一下，說：「這裡就是朱成璧耍的第二個小手段，艾法隆和巨石的死亡時間幾乎相差不到幾秒，在巨石死去的那數秒內，事實上我或許是有機會掙脫的，但我並沒有發現這件事。」

這也是理所當然的，當時他完全陷入將死的恐懼中。

「數秒以後，艾法隆也隨之死去。因為並不是受到外力傷害而死亡，因此沒有感受到疼痛，也就沒有注意到自己已經死了這件事情。我的意識雖然還在活動，但身體已經無法動彈了——而自始至終，我都一直認為那是因為巨石挾制住我的原因。」

「等等。」古坦慌忙地說：「詩莊的解釋我完全理解了，可是這樣不就回到原點了嗎？艾法隆到底怎麼死的？巨石也是一樣的死因嗎？」

「不，巨石的死亡只是艾法隆死因的導火線。在鍘刀落下時，既然斷頭台是PvE，那巨石有一併赴死的必要嗎？巨石非死不可的原因只有一個——那就是巨石不死，無法殺死艾法隆。」

「這是什麼意思？」

「接下來我先說明艾法隆真正的死因吧！這裡就必須回溯到更早之前的事——也就是我在普利斯姆與巨石的協助下，送柯賽特逃出王宮的時候。」

「那時發生了什麼事？」

李詩莊看向阿卡莉，彷彿透過她還能看見巨石那龐大的身軀。

「我和巨石組了隊。」

「什麼？為什麼？」

「當時我假扮成柯賽特，與巨石一同殺出重圍，如果不組隊的話，巨石施放技能時也可能傷到我。遊戲規定一旦兇手在PvP殺死偵探的話，就直接出局了，因此巨石拒絕冒這個風險。」

「等等，可是組隊的話，反而他有什麼招式都傷不了你吧？」

「正好相反，巨石傷不了我，卻能保護我。」

「保、保護？」三人都露出困惑的神情。

「巨石有一招很有趣的技能，叫做『共生』，可以在PvE使用。」李詩莊非常詳細地說明：「『共生』會將當時巨石身上血量的一半直接加在隊友身上，但是並不是白借——將來巨石受到攻擊時，傷害也會由隊友來承擔，直至隊友已損血超過跟巨石借來的血量為止。雖然要施展技能只能在PvP內，但這個buff[15]在PvE中仍會持續發揮效用，期間巨石無法自動解約。」

「你就是那個『隊友』？」

「對，艾法隆在處刑台上時，身上幾乎所有的血都是巨石給的——那麼，如果一瞬間巨石的血量歸零，會發生什麼事呢？」

不用李詩莊多加說明，眾人也知道後果。

15. 增益效果，指可以增強英雄某些能力的正面效果。

古坦反駁道：「不對啊！這個技能的規則不是說得很清楚嗎？巨石借多少血出去，就只能讓隊友還多少血。假使巨石借了艾法隆兩千滴血，那不論是不是代替巨石承擔的傷害，只要艾法隆損血超過兩千，契約就自動結束了吧！」

孫承禾直接提供數據：「艾法隆的血量五千二，巨石的血量則是八千四，最多他可以借給艾法隆四千二的血。」

「根本沒有超過艾法隆血量上限啊！」

只要艾法隆受傷超過四千二血量，契約就會自動結束。巨石死前到底損了多少血，根本不會再對艾法隆造成影響。

孫承禾補充說明道：「而且那應該是在艾法隆本來血量低於一千的情況下，巨石才會出借這麼多血。以當時的情況來看，艾法隆和巨石組隊時應該是滿血狀態吧？這樣的話，巨石幾乎一滴血也不會借給他。」

「本來應該是這樣的。」李詩莊說：「但是還有另一個魔法，破壞了這個規則。」

說完，他看向普利斯姆：「那就是普利斯姆的技能『女神加護』。」

「女神加護？這個技能是做什麼用的？」

「普利斯姆的血量很少，因此才有這個自保技——在女神加護的二十分鐘效力期間，英雄的血量上限會提高一倍，當然，只是上限提高，並不會自動幫你把血補滿。」

「你是說，普利斯姆偷偷對艾法隆施放了『女神加護』，讓他的血量上限翻倍？」

「對，所以那時候艾法隆的血量上限就變成一萬零四百，血量五千二雖然不變，但血槽立刻就空了一半，給巨石操作的空間。」

幾人在心裡盤算了一下，艾妮索拉說：「那也不對，就算巨石真能因此出借四千二的血給艾法隆，但還是沒有超過艾法隆本來的血量啊！」

不論怎麼樣，「共生」出借的血對受術者來說都是「賺到的」，沒有道理導致他們多負擔額外的風險。

「不是哦，巨石不只借了四千二的血給艾法隆。」李詩莊嘆了口氣：「事實上，普利斯姆的『女神加護』，也加在巨石身上了。」

「巨石的血量上限……」

「立刻暴增到一萬六千八百。」

「就算這樣，他的血量還是只有八千四啊！」

「不，巨石有一個非常方便的技能。」

孫承禾恍然大悟道：「是『再生』吧……」

「沒錯，『再生』的冷卻時間非常久，但是可以一口氣把巨石的血量補滿。所以當巨石對艾法隆使用『共生』時，他出借了八千四的血量給艾法隆。當然因為艾法隆當時接近滿血，因此正確地說，他大概只借給艾法隆剩下的那一半五千二百滴血而已。」

「艾法隆要還的債差不多就是五千二百滴血……」

「等等。」艾妮索拉打斷道：「接受了『女神加護』和『共生』之後的艾法隆血量應該高達一萬零四百吧？『共生』借來的血是『多出來的』，這個大前提是不會改變的！既然如此，就算巨石死了，最多也是損掉他多出來的那五千二百滴血而已，怎麼算艾法隆都不該死啊！」

「可是『女神加護』這個技能，有一個致命的漏洞……」李詩莊說：「這個buff效果，在PvE內並不奏效。」

「所以說，當艾法隆和巨石衝出王宮區域，進入PvE的城區之後……」

「『女神加護』的效果自動消失，血量上限恢復正常。此時系統判讀兩人血量，只會將艾法隆視為五千二、巨石視為八千四……」

多出來的部分，H.A.不會參考。

「可是欠的債還是在那兒，艾法隆直到耗盡五千二百滴血為止，和巨石的契約關係都還保持著。因此，當巨石死亡的瞬間，艾法隆也跟著被拖下了地獄——至於巨石又是怎麼在PvE裡讓自己血量瞬間歸零呢？」

陪著李詩莊測試了一整天死亡的三人再清楚不過。

「朱成璧……妳直接刪除了角色，對吧？」

李詩莊朝阿卡莉走近一步：「好了，我的推理就到這裡了，妳要拿出任何一條電磁紀錄來反駁嗎？」

朱成璧只是垂著頭發出悶悶的笑聲，要是這時候她真的提出什麼反論，李詩莊可就無路可退了。

但朱成璧笑了一會兒，卻緩緩地鼓起掌：「不錯不錯！我沒有什麼要反駁的，就這樣了。」

普利斯姆和尤班也都沒說話，李詩莊彷彿能聽見自己心臟狂跳的聲音。

過了！

順利解開朱成璧的謎題了！

古坦和艾妮索拉互相擁抱著歡呼起來，阿卡莉似乎也沒受到什麼打擊，仍是一派輕鬆的樣子，她看著古坦和艾妮索拉高興的樣子，擺擺手笑道：「你們怎麼笑得這麼開心？我們還有兩次機會，那代表接下來要死的就是你們其中一個，可別忘了這件事啊！」

「朱成璧！」

在阿卡莉背過身時，李詩莊朝她大喊。

「妳的謎題很精采！」

阿卡莉笑著說：「你的解答也不賴。」

李詩莊又叫道：「等一等，還有一件事我想問妳！」

阿卡莉這才停下腳步，回頭看了他一眼：「你的謎底解得很乾淨了，還有什麼不明白的地方嗎？」

李詩莊露出有些為難的表情。

「柯賽特……為什麼要帶走柯賽特？普利斯姆帶著柯賽特穿過傳送點是為什麼？柯賽特到底去哪裡了？」

阿卡莉似乎沒想到他會問這個問題，先是愣住不動，緊接著掩面笑了起來：「逃到城門口還能為了什麼？」

這是一張李詩莊不熟悉的面孔，但她卻露出了朱成璧特有的笑容：「我讓普利斯姆帶他逃離烏葛爾城，把他送回他要塞的騎士身邊去了。」

【第一幕・尾聲】

朱成璧發完了去花蓮帶回來的小禮物，正要往六樓機艙室走的時候，忽然被孫承禾叫住：「早啊！現在要進去H.A.了嗎？」

朱成璧停下腳步來看他。

「怎麼樣，新角色操縱得還順手嗎？」

「還過得去吧！比巨石方便一點。」

「這樣子啊……當初會選巨石，就是相中他的技能嗎？」

「嗯，差不多吧！」

「在比賽剛開始進行的時候，就考慮到這些很不簡單啊！尤班和普利斯姆呢？還有這次的阿卡莉呢？也都是看上了他們的哪一項技能所以選的嗎？」

對孫承禾連珠炮似的提問，朱成璧瞇起了眼睛，浮起不懷好意的微笑：「怎麼，刺探敵情啊？」

「不，只是好奇而已。而且，我不是敵人啊！」

「你還好意思說！這次是誰把我用七樓帳號做測試的事情洩漏給李詩莊的？」

「啊！我也是偶然說溜嘴的，可是那些應該不違反規則吧？」

朱成璧嗤了一聲：「說溜嘴？」

孫承禾低聲笑了起來：「我又不是故意提供情報，我也不知道妳的詭計是什麼啊！只是看詩莊那樣什麼線索都不能查，卡得你死我活，好像也有點可憐他。要是在第一關就全軍覆沒了怎麼辦，我還想看第二場、第三場的比賽啊！」

「老孫，你工作經驗這麼多年了，應該很瞭解在職場中選錯邊站是什麼後果吧？」

「哎呀！這麼有趣的遊戲，我當然想看久一點了。在選邊站的小職員之外，我更重要的身分是遊戲設計師呀！」

朱成璧啪一下把孫承禾本來分到的點心抽走，以茲警告：「既然是遊戲設計師，就請好好記得『觀棋不語真君子』這句話。」

「別這樣嘛！為了表示歉意，我提供一個重要情報給妳好了——趕快去收信，詩莊剛剛發了一封信給所有比賽的相關人員！」

朱成璧愣了一下，早上因為忙著發點心給大家，所以沒有注意到郵件的事。她打開收件匣，果然有一封訊息，收件者是參與比賽的六人，並副本了一份給孫承禾。

Dear All：

昨日已修正H.A.內的幾個基本Bug，為示公平，以公告方式通知。

一、原在PvE中仍可保留的正面buff效果取消，未來只要進入PvE區域，所有附加狀態會自動取消。

二、PvE內任何行為都將不會導致扣血。

Best Regards

詩莊

如孫承禾預期的一般，朱成璧像一陣暴風捲進了李詩莊的辦公室。
看見朱成璧衝了進來，他只抬眼瞄了她一秒，又繼續埋頭敲起鍵盤。
「這算什麼啊！」朱成璧大叫道：「你發那封信是什麼意思？」
「嗯，在你們的協助之下，確實發現了幾個現在不太適當的設計，因此就順手處理掉了。」
朱成璧咬牙切齒地說：「才不是順手——根本是衝著我們來的！」
「啊！不過就算那樣應該也沒有違反規則吧？」
善於利用規則中的小細節為難偵探的朱成璧，頭一次感覺被倒打了一耙。
她雖然有一肚子抱怨的話，卻只能吞在嘴裡無法反駁，確實這一點是她的漏算——她掌握這場比賽的規則，偵探方卻掌握這個世界的規則。
「哼……哼哼。」朱成璧冷笑幾聲，很快恢復冷靜。既然損害已經造成了，生氣也無濟於事，不如設法爭取補償。
「你應該知道你第二條規則改得有多卑鄙吧？」
「不過這樣比較符合PvE的原意。」
朱成璧冷笑道：「好吧，就當是你說的那樣。不過你臨時修改H.A.總是會對我們的戰略造成影響，既然如此，我也想提出一個小小要求做為補償，可以嗎？」
「什麼要求？」
「把世界地圖的功能拿掉。」
李詩莊沉默片刻。
「為什麼？」

「我們是兇手耶！出現在哪裡被你們掌握的話，還有什麼花招可玩？」
李詩莊想了一下，說：「好，可以，我同意。」
朱成璧乘勝追擊道：「但是，只拿掉你們的，我們還是要能看到目標的位置！」

第二幕

借星火為燈
引我渡
黃泉之河

深秋的天氣慢慢轉濃，H.A.內終於也步入了初冬，愈往北方走天氣愈冷，跨過橫亙烏葛爾城北群山的同時，H.A.內下起了第一場雪。

在那之後兩方的人都沒有碰面或互動，只是默默往自己的目的地前進。天氣變得嚴酷起來，旅程的速度卻沒有絲毫減慢。李詩莊在烏葛爾碰了個大釘子，再也不敢托大，指揮剩下的古坦兩人全速趕路。

「分開了啊……」

阿卡莉檢視著地圖上兩人的動向，忍不住長長嘆了一口氣，口中噴出了霜縷一般的白煙。

李詩莊雖然自作主張修正了PvE的規則，但總算還有一點運動家精神，允諾了對朱成璧的部分讓步。如今偵探組無法再知道兇手組的動向，兇手組卻能隨時監視偵探組的行動。

有得就有失……雖然對朱成璧而言，毋寧是單方面的得到了好處，畢竟使用過的伎倆也不可能再用一遍了。

朱成璧心想：但仍有一種和魔鬼做了靈魂交易的感覺呀！

尤班和普利斯姆也湊過腦袋來看，果然如阿卡莉所言，穿過了湖丘山脈以後，古坦和艾妮索拉不再一同行動，古坦開始往東邊走，艾妮索拉則往西。

「是想要分散戰力嗎？」

「大概李詩莊也察覺到我們的戰略了吧！」阿卡莉嘆了一口氣：「這傢伙，總算意識到這個遊戲的理性玩法了啊！」

想要在PvE殺人，看的根本不是個人的強悍素質或技術，而是巧妙繁複的機關。但想完成一道詭計，常常不是憑一己之力就能辦到的。

既然不是靠戰力，那麼就算分散了隊員也無所謂。然而兇手組卻可能無法分散自己的人手，假使集中狙擊了其中一人，那麼要趕到下一個人身邊就要花費更多的時間，存活者只要在那之前趕到九狼城就可以了。

雖然將規則改得更不近人情，然而如今的李詩莊已經完全是站在「朱成璧有能力在PvE殺人」的前提下，思考這個遊戲的玩法了。

從比賽中退場，反而讓他看全局看得更清楚了啊！

阿卡莉在地圖上不停比畫著，想找出兩人的必經之路。古坦往東走，那裡是一片險峻的山脊，幾乎都是PvP，尤其勢必要穿過險難重重的「星洞河窟」。

朱成璧預先看過星洞河窟的資料，那裡是坡度極陡的連綿山群，彷彿除了飛鳥以外誰也過不去，要通過的話只能穿過山體內的地下河穴，因為有以占卜為生的民族在洞穴裡發展了聚落，因此才被稱作星洞。

穿過星洞聚落時雖然要冒險讓自己暴露在PvE中，但若不走這條路，可能要花上四、五倍不止的力氣和時間。盡快抵達九狼城才是最終目的，阿一也不是笨蛋，兩人既然分開行動了，他不會冒險跟時間過不去。

既然如此，古坦的行動路徑幾乎已可預測，接下來只要仔細盯住或稍作引導就可以了，這裡的辦法之後再來想，比較麻煩的是艾妮索拉——

要往九狼城最快的方法，就是向北直行，直接穿過南方廣闊無垠的平原森林，最後取道世界樹森林，就能抵達九狼城。

然而反過來說，這條路線沿線上都是PvE村落，更不用說世界樹森林是H.A.中最大的一片PvE群集，而且裡面的妖精對人類非常不友善。以比賽的規則來看，持續待在PvE區是不智的做法。

如果艾妮索拉想避開PvE群村的話，就必須再往西，通過西邊的大裂谷。這裡雖然相對來說難度較高，也要繞路，但一旦她走這條路，朱成璧等人在途中幾乎拿她沒轍，只能等在九狼城截殺。

阿卡莉沉吟了片刻，尤班捺不住性子地先問道：「小璧小璧！怎麼辦，我們要怎麼做？要先鎖定其中一個嗎？」

「不，這樣一定來不及，雖然我們有三個人，集中火力殺掉一個之後，恐怕另一個已經快抵達目的地了。如果等著對方快抵達九狼城時才動手，要承擔的風險太大了。」

她仔細考慮了一下，又開口道：「我們分開行動，尤班去盯艾妮索拉，普利斯姆去追古坦。」

兩人都露出有些訝異的神情。

「這樣真的好嗎……」

「嗯，我會想出辦法的。普利斯姆只要死咬著古坦就好，總會有適當出手的時機。尤班的任務複雜一點，我要妳設法把艾妮索拉引到世界樹森林去。不過我自己也沒想到什麼好辦法，這件事能先託付給妳嗎？」

「哇哇哇！要動腦子的事我不行啦！還是叫安娜去追艾妮索拉，我去和古坦打贏面也比較高吧？」

「不行，要去世界樹的話非妳不可。」阿卡莉彷彿哀求般的看著她。

尤班受不了她的眼神，只好咕噥著翻起了地圖，說：「知道了，我會想辦法的。」又問：「那小璧呢？小璧妳要跟誰一起行動！」

「我嗎？」阿卡莉微微一笑：「我不會跟著你們一起走，我還有我要做的事。」

＊

星洞河窟是H．A．世界裡最長的一道山脈，從中部較低矮的丘陵開始，向北綿延數千公里之長，雖然並不算特別高，但群山連亙細而縱長，山脈異常陡峭。

因山脈群岩體特殊，因此源頭而下的雪水鑿穿山體內部，形成山中千坑萬穴的珍奇景觀，岩洞大小相距甚遠，有些岩洞甚至有一個村落那麼寬闊，因此在河窟內部也有數個聚落發展。

其中，最有名的就屬占星一族艾斯特。

這也是「星洞河窟」之名的由來。

艾斯特一族本來是典型遊牧聚落，長年在西北方漂泊，冬季牧草枯乏之際，就以占卜與歌舞維生。因洩漏觀星所見的天機，為世界樹的妖精一族所憎惡與殘殺，艾斯特一族只好往東方流亡。深冬嚴寒難避，最後只能在河窟內暫且棲身。

在那之後，艾斯特一族穿過綿延千里的洞穴，也改變了本來的生活模式，夏季時改在山間盆地耕作，深冬時就躲入洞穴避寒。

「觀星的天機啊……」

古坦一邊閱讀艾斯特一族的簡介，一邊喃喃自語：「真的好倒楣喔，那哪是什麼天機，這裡的星象全都是程式隨機亂算出來的啊！」

「那為什麼會算得準呢？」他百思不解，後來想起孫承禾曾說：「AI和這個世界的一切資訊本來就是一本同源，可以說森羅萬象就是AI潛意識一部分也不為過。」

利用這樣的特質來做占卜工作真好啊，簡直就是作弊，要是現實生活中也有這種事就好了。

「不過世界樹的妖精還真殘虐，不過就是偷偷讀了一下世界的真相嘛，這樣就要把人趕盡殺絕，難道他們是GM嗎？世界樹……世界樹在哪啊？」因為偵探組的世界地圖功能已經關閉，古坦只好看著最原始的羊皮紙地圖。

世界樹森林H．A．中最大的一片原始森林，也是最大的PvE區域，是妖精種族的原鄉，她就位在九狼城正南，與這座北方鐵騎之城僅以一道細細的河流隔開。

如果艾妮索拉穿過世界樹，說不定會被這群不講理的妖精為難。

於是他傳了一條短訊給艾妮索拉。

古坦：「不要走世界樹，那裡的妖精看起來不太正常，缺乏人道關懷的精神。」

大概過了五分鐘後，艾妮索拉不冷不熱的回了一條。

艾妮索拉：「我知道，我會盡量不走PvE。」

「哎呀！這什麼回應啊，也太冷淡了吧！」大概因為獨自一人行動，古坦覺得很無聊，頻頻亂傳簡訊給艾妮索拉和李詩莊，但這兩人都是冷淡的性格，通常很久才隨便敷衍幾句。

他一臉落寞地準備再發幾句抱怨，但忽然他注意到，眼前不遠處站著一個冰藍色的身影。

是普利斯姆。

古坦吞了口口水，沒想到會在這裡碰到他。

他跟普利斯姆（或說安娜）不算熟，不管是遊戲內或遊戲外，講過的話大概不超過三十句，如果不是普利斯姆那一身淡青的膚色太顯眼，他大概還分不出這是NPC或是玩家。

畢竟是掠食者與被掠食者的關係，古坦心裡還是有些警戒。不過星洞河窟基本上還算是PvP區域——至少這裡是，因此現在倒不必擔心他做什麼手腳。

古坦定了定神，在此不能怯場，他率先朝普利斯姆打了聲招呼。

「你怎麼會在這兒。」

「成璧叫我來的。」

說得也是，如今他們的動向單方面被兇手組所監視。

「所以尤班和那個……那個什麼什麼，她的新角色也在這裡嗎？」

「阿卡莉。」他說：「阿卡莉不在這裡，我不知道她們去哪裡。」

「哦，被拋棄了嗎？」

「她只是要我從這裡盡快趕去九狼城而已。」

他們也打算分散行動嗎……

古坦心想，剛才看見普利斯姆的時候，還以為他們打算先解決自己，再追上去處理艾妮索拉。

但是，從這裡走到世界樹附近至少也要一週，只要自己能拖住一些時間，就算真的被殺，也可能讓他們沒機會發起第三次攻擊。因此知道他們似乎是分開行動，古坦有些惋惜。

不過反過來說，他們人數既然減少，想要裡應外合、進行大型詭計的難度也就相對增加，李詩莊這一著棋下得還算不錯。

普利斯姆並不關切他此時心中所想，只是指著眼前的洞窟說：「要不要一起走？」此處群山地勢崎嶇難行，走地下河道當然是比較快的，但河道內也有比較多兇猛的野獸，古坦一直在外面猶豫不決就是這個原因。

實話說，阿一操縱遊戲的技巧並不好，雖然是封頂的英雄，但這裡本來就是高難度戰區，隻身一人、沒有夥伴支援，要是死在這裡麻煩就大了。

因為自己的操作失誤而死在PvP區域，這在比賽中要承擔怎樣的後果呢？

說實話，並未規範。

很可能什麼事也沒有，孫承禾快速替你復活帳號；也可能在朱成璧的巧言如簧之下迫使你換角——本來問清楚規則也無不可，但最重要的是，但他始終問不出口。

這實在太丟人了。

老居動作遊戲玩得不錯，當初李詩莊要他們分道揚鑣的時候，他一句怨言也沒有，更別說他操縱的是輔助性質、單人難以成為戰力的女祭司。

阿一心裡則是隱約不安——他走的這條路線都是艱險的山區，幾乎沒什麼安全的PvE區域。

單以戰力來看，槍兵古坦存活率當然優於女祭司，這也是李詩莊如此分配路線的原因。雖說PvE少，就表示最大的威脅——朱成璧一行人更難對他下手，但可以的話他還是想跟艾妮索拉交換路線。

乾脆我跟老居交換角色好了，他心裡不只一次這樣想。

因此，普利斯姆向他提出同行的時候，本來應該立刻拒絕的古坦竟然動搖了。

普利斯姆是操作冰雪的魔法師，擁有絕佳的控場能力，雖然攻擊力也毫不遜色，但整體來說在戰場內更是支援友軍的定位。跟普利斯姆一起行動的話，對只有高輸出優勢的古坦很有利。

然而，當普利斯姆朝他伸出友善之手的時候，他卻又猶豫了。

艾法隆殷鑑不遠，就是死在這恐怖的組隊關係上。

雖然李詩莊修改過規則了，但他可不想重蹈覆轍。果然普利斯姆看他露出猶豫的眼神，就自己把手縮回去了，他說：「好吧，那我自己走。」

古坦看他真的對自己也毫無留戀，大步離開，嚇了一跳，忙衝上去拉住了他的袖口。

「等、等等等。」他說：「我沒說不一起走。」

「可是你不組隊。」

「我只是不想組隊，還是可以一起走啊！」

普利斯姆難得皺起了眉，露出了很困擾似的表情。

「這樣我放大型法術，會傷到你。」

「我會自己躲啦！」

普利斯姆沉默了一下。

「你知道如果我們在PvP殺死你們，是會直接算出局的嗎？」

「嘿嘿！普利斯姆，我們是同等級的英雄，你以為你要殺死古坦這麼簡單嗎？」

「你該不會是想用這種方法直接玩掉我們吧。」普利斯姆冷冷地瞇起眼睛，古坦嚇了一跳——他倒是從沒想過這個方法。

就在古坦很認真思索這個卑鄙方式的可行性時，普利斯姆已經乾脆地說：「不組隊，就不一起走。」

說完便離塵仙鶴一般的飄然遠去，古坦來不及多想，只好匆匆忙忙追了上去：「等等我啊！」

＊

午休的鐘聲響了，安娜毅然決然摘下連結器，砰一聲摔開了機艙的門。幾乎不到三十秒，阿一也跟著下線了。

安娜飛速取過大衣披上，快步離開機艙室，阿一立刻追了上去：「哎呀！幹嘛這麼小氣。」

「都下線了幹嘛纏著我！」

安娜難得有些火氣的罵道，阿一只是笑咪咪的也不回嘴：「吃午餐嗎？一起去嘛！」這時山貓也剛下線，看到安娜匆匆離開，便追了過去，在走廊上攔住兩人。

「怎麼回事？怎麼走那麼急？」

平常山貓、安娜還有朱成璧是會一起吃午餐的，因此通常先下線的人也會待在機艙室等其他人。

「沒事。」

「不等小璧嗎？」

「她等一下會自己下來。」

山貓瞄了旁邊的阿一一眼：「跟這傢伙有關嗎？他性騷擾你嗎？」

「說性騷擾也太過分了吧！」

「差不多。」

「你也給我好好解釋清楚啊！」

三人就這樣一路吵鬧，到餐廳時老居也慢吞吞地跟進來了，朱成璧倒是不知怎麼的，一直不見蹤影。

「怎麼樣啊？老居，還順利嗎？」

「嗯，我暫時往裂谷區的方向走，不過還在考慮要怎麼通過。」

「有什麼麻煩嗎？」

「裂谷附近的敵人不太是艾妮索拉能應付的。」

阿一「哦——」了一聲，心想：果然詩莊的策略不太妙嗎？

老居又說：「雖然死了也無所謂，但復活會從最近的PvE重生點開始，要是一直死等於走走停停，前面走的路都白走……現在改規則來得及嗎？死掉的話，就直接在原地復活？」

阿一其實更希望直接把英雄能力再往上翻一倍，不過這個大概朱成璧那邊也是絕不會同意的。

他順口問：「有碰到阿卡莉或尤班嗎？」

「沒有。」

阿一抬頭瞄了安娜一眼，說：「可惜，不然就可以合作通過裂谷了。」

進了河窟以後，古坦還是沒有和普利斯姆結盟的意思，但一直追在普利斯姆身後。普利斯姆甩不開古坦，又恐怕在PvE失手殺死他。接連幾天，普利斯姆綁手綁腳，面對敵人圍剿只敢使用小範圍的魔法，古坦卻靠著他的掩護如魚得水。

果然安娜聞言立刻嚴厲地看了阿一一眼，山貓則輕快地說：「誰要和你們合作？尤班一個人就可以搞定。」

「真是傲慢的妖精，妳還有個阿卡莉呢……對了，成璧呢？怎麼沒看到她過來？」午餐都要吃完了，卻還是沒看見朱成璧的身影。山貓說：「好像還在遊戲裡，我剛剛有發短訊給她，她說還有一點事要忙。」

「聽起來讓人有點發毛。」

等四人把帳都結了，朱成璧才姍姍來遲地進了餐廳，正好和要離開的四人打了個照面，李詩莊沒有下來吃。

「你們情形怎麼樣？」朱成璧一臉疲憊，仍順口關心了一下隊員。

「沒什麼問題，只是被跟蹤狂盯上了。」

安娜是擺明了想甩掉阿一，所以想趁阿一回工作崗位時拉開距離，但阿一也是鐵了心要咬死安娜，竟然暫時將這幾天的工作都排開。

朱成璧聽了前因後果，倒是不很在意，說：「沒關係，你就和他一起走啊！不用結盟了，反正現在開始結盟對我們也沒好處。」

阿一嘿嘿笑道：「聽見沒有，聽見沒有？」

但朱成璧接著又說：「要是死在PvP裡了，只要不是你打死他的，那一切都好說，見死不救又不犯規——反正人死了復活，要從很遠的重生點開始，對想去九狼城的人可沒好處。」

＊

下午繼續回到遊戲中。

吃飽飯以後血液還集中在胃部，洞穴內溫度又漸漸升高，阿一精神並不是很集中，因此只是一邊迷迷糊糊地和老居在私頻說話，一邊緊緊追著眼前那道藍色的身影。

另一方面，往河窟深處走的普利斯姆也感到很不舒服。

明明是暗不見天日的地下水體，按理說應該愈往裡走愈清涼才對，不知怎麼的洞內溫度卻愈來愈高。

普利斯姆是操縱冰雪的魔法師，天生無法忍受高溫，安娜雖然待在有空調的機艙內，卻也覺得熱得暈呼呼的。

兩人沉默著在幽暗的洞穴中走了一個多小時以後，眼前景色忽然一亮，本來低矮的狹窟向上鋪展開來，不知何時兩人走進了一個非常寬廣的洞穴內。

「哇……」

兩人不約而同倒抽了一口氣，粗估這個洞穴拔高將近百尺，面積大概有二到三個足球場那麼大，橫過兩人眼前的是一道較諸先前更加湍急的大河，上方的岩壁侵蝕嚴重，有許多坑坑洞洞，微弱的日光透過那些孔隙射了進來，讓這裡看起來反而像個挑高寬廣的大廳。

「這麼大的河是要怎麼過去啊？」

先不說橫越河道到洞穴的另一頭有多遠，光看那大河的深度都讓人背脊生涼，而且也沒有船隻可用。先前兩人都只是沿河前進，如今真的動彈不得了。

普利斯姆沉默下來。

古坦搔著腦袋在河邊繞了一會兒，才說：「我們換一條路走吧！」

但普利斯姆不回答，也沒有要移動的意思，就這樣在河邊坐了下來，一雙腳在河邊晃啊晃的。通常他全身都罩在大斗篷裡面，因此也很少有機會看到他露出其他地方的肌膚來。

真漂亮啊，就像水晶一樣。

古坦一邊不著邊際地想著，一邊在他身邊坐下，這時一直很安靜的普利斯姆忽然開口了：「我有辦法過去。」

「欸？真、真的嗎？怎麼做？」

「普利斯姆的暴風雪應該可以直接把這裡凍成冰川。」
「那不是太好了嗎？快、快放暴風雪。」
「我不要。」
「啊？」
「現在放暴風雪的話，可能會把你也殺掉，我可不想背負這個麻煩。」
「那……我先走開？」
「暴風雪的半徑有七百公尺，但效果只維持二十五秒。」
古坦沉默了。
一會兒，他才說：「好了好了，我道歉還不行嗎？我們組隊就是了！」
「不要。」普利斯姆斬釘截鐵地拒絕。
「等等！你這是得了便宜還賣乖嗎？」
普利斯姆悠閒地站起身，拍了拍斗篷上的灰塵：「到不了九狼城，有麻煩的是你，又不是我，我在這裡耗上一個月也無所謂。」
古坦立刻明白中午朱成璧已經順利啟迪民智，慌忙道：「你現在是要逼我和你決鬥嗎？」
「在這裡你也不一定贏得了我。」
「可惡的傢伙——」
古坦心想：再這樣下去，只好放棄普利斯姆，開始尋找其他路徑。但是想到先前遭遇的幾場惡戰，又不想立刻放掉普利斯姆這張護身符，一時竟陷入天人交戰之中。
就在這個時候，身後忽然響起了激烈的水花飛濺聲。

＊

古坦的反射速度非常快。

並不是阿一反應靈敏，而是古坦這具身體與阿一大腦的連結幾乎沒有半毫秒的延遲，這是第一次阿一感受到古坦的身手有多麼矯捷——他立刻拋開長槍，朝普利斯姆撲了過去，他的雙手扣住普利斯姆的肩，兩人一同摔出了好幾尺遠。

很輕盈，就像飛鳥滑過水面一樣。

然而現在並不是鬆懈的時候，古坦眼角餘光瞥見身後那個灰綠色的東西又再次昂起上半身，朝這裡撲了過來。他右腳猛地向前一勾，將地上的長槍踢了起來，長槍握在手中的瞬間他立刻感到自己的雙臂湧現力量——現在可以施放技能——身體幾乎同時對這個念頭做出反應，槍尖閃現著暗綠的銀光，如一道疾電般朝敵人飛馳而去。

也在身體被長槍帶出去的同時，古坦這才第一次看清朝他們發動攻擊的是什麼——那是身長接近四公尺的巨大鱷魚，鼠灰綠的鱗甲如同煉鐵築的城牆，槍尖僅僅是擦過那些大疙瘩的外殼，擦出一道火光。

「那是什麼鬼玩意！」也分不清是在抱怨鱷魚或是牠那見鬼堅固的硬殼，阿一見古坦失手，立刻心生怯意，想要往後避開。然而他的操縱技術並不好，到底這時該往左邊退呢？或是右邊退呢？一時心猿意馬，竟然不知該怎麼做才好。

古坦沒有接受到阿一明確的命令，因此滯了一滯，而僅是這片刻的遲疑，幾乎就要了他的性命。

剛才的攻擊並未給鱷魚有效的威嚇，牠再次掀開獠牙，朝古坦飛撲過來，古坦倉皇而退，竟然絆到了自己的腳，狼狽跌了一跤。
眼見鱷魚就要一口吞下他的腦袋，這時忽然一陣冰冷的狂風颳過他的面頰。
十幾把冰雕的飛匕砸向鱷魚，雖然僅擦過牠的硬甲就碎成了齏粉，但寒冰魔法還是帶來了一定程度的傷害，鱷魚的動作延遲了數秒，彷彿難受似的身子向後縮了一縮，普利斯姆朝古坦大吼道：「你還傻在那裡幹什麼！快跑！」
古坦聞言立刻向後逃開，普利斯姆再次對鱷魚發動攻擊，冰風劃過肌膚的時候，古坦也忍不住感到一陣刺痛。
畢竟這裡是PvP。
然而普利斯姆也是盡全力在戰鬥中，他手上不知何時浮現了一把短柄的水晶權杖，呼喚冰稜與風雪。古坦知道普利斯姆暫時是沒有顧及他的餘裕了。
古坦的技能大部分是針對單一對象比較多，因此不必擔心傷到普利斯姆，他再次握緊長槍，凝神準備發動自己的技能——
古坦抖開長槍再次攻了上去。
然而他才前進幾步，忽然就感到肩頭一痛。
「你倒是給我閃開啊！」普利斯姆朝他大吼。
原來是被普利斯姆的冰箭劃傷了，阿一心想：可以的話我也想避開啊！可是動作遊戲偏偏就是他的大弱項，他根本就閃不開！
「你往後退！我先設法冰住他們控場！」
「哇、哇！你先不要動手！」
古坦還沒發招，就先狼狽地棄槍而逃，誰知道他一腳踩到落在地上的冰晶，腳一滑就朝普利斯姆撲了過去。

「笨蛋！」

然而還處在施法狀態的普利斯姆也避不開他，兩人就這樣在地上摔成一團。普利斯姆使勁推開古坦，吼道：「你到底在幹什麼！」

古坦想開口辯解，但還沒撐起身子，忽然四面八方又響起了恐怖的吼聲。和剛才不同，這回很明顯是被大量的敵人包圍了。

低沉吼聲慢慢接近了，漸漸浮出了水面，一顆一顆鐵灰綠的腦袋從水底探了出來，尖嘯著掀開一口銳利的獠牙。

起碼有上百隻。

普利斯姆心都涼了，現在已經不是互扯後腿的時候，他說：「我現在就要放暴風雪，把整條河都凍起來，你立刻和我組隊，然後替我做掩護！」

古坦知道現在也沒得選擇了，慌慌張張地說：「好、好！」並朝普利斯姆伸出了手，片刻後終於浮出了組隊提示介面，就連這幾百毫秒的延遲也讓他感到不耐煩，古坦匆匆忙忙按下確定。

普利斯姆揮動冰杖，說：「好，現在我要詠唱咒語，你……」然而似乎連向古坦下指令的時間也沒有了，普利斯姆的話被鋪天蓋地而來的吼叫聲打斷。

而他最後看見的畫面，就是數百隻濕淋淋的鱷魚拖著身子爬上岸來，與牠們口中尖刀一樣鋒利的獠牙。

＊

沒路了。

就在古坦與普利斯姆正與鱷魚搏鬥的時候，百里之外的艾妮索拉愣愣地望著眼前被燒得只剩餘燼的橋。

「森林大火啊……」不只吊橋，就連周遭的林地也難逃祝融之災，劫災之後只剩一片荒野。

艾妮索拉想走裂谷。

她仔細評估過，雖然自己並非艾法隆、古坦那樣精於打鬥的戰士，但她有很不錯的生存能力，自己操縱遊戲的技巧也很好，不見得就過不了。

再加上她仔細查過沿途的重生點，都在裂谷沿線上，布點也還算密集，說不定還可以靠技巧性地透過重生點來拉快前進速度。

再加上她聽說只有普利斯姆一人去盯著古坦——那代表尤班和阿卡莉可能是虎視眈眈地圍繞著她，因此，她想盡可能避開PvE。

本來穿過這條被稱作「蜘蛛垂繩」、長達八百公尺的吊橋，就可以順利通往懸崖對岸的大裂谷區。

可是道路被切斷了。

艾妮索拉開始絞盡腦汁思考辦法，首先她想的就是自己有沒有什麼方便的技能可以帶她飛越這數百尺寬的裂谷，但是顯然沒有這麼容易的事。再來她就開始考慮其他的路線。

當然有是有的，不過受限於比賽場地範圍，想走裂谷要繞非常大一段遠路。光是繞這段路的時間，就幾乎讓她失去和古坦分開行動的優勢了。更不必說要繞的路也是極兇險的PvP，可能會拖上更長時間。

她心想，這個問題和李詩莊還有阿一討論過再決定好了，於是暫時找了一處比較隱蔽的地方棲身下線。

一出機艙，立刻聽見激烈的吵鬧聲。

安娜跟阿一吵得只差沒掐住對方脖子了。

他心想怎麼又來了。

他本來也沒調停的打算，想就這樣去找李詩莊的時候，山貓正好也從遊戲登出，她一跳出機艙就立刻大叫道：「這是怎麼回事？普利斯姆為什麼死掉了？」

老居聽見這話停住了腳步，不可置信地盯著阿一和安娜，阿一訕訕朝他笑一笑說：「那個……其實我也死掉了。」

＊

普利斯姆再次醒來的時候，人躺在一張堅硬的石床上，耳邊流過泠泠的水聲。槍尖一樣的石筍幾乎垂在鼻頭上，他眨了幾下眼睛，身體慢慢恢復知覺。

泠泠流水將石窟分成兩半，躺在另一邊的男人似乎比他更早醒來，已經身手矯健地爬下了床。普利斯姆一動也不想動，只是以那雙藍色玻璃珠一樣的眼睛冷冷盯著他。

「擺出那麼生氣的臉幹嘛？都活過來啦！」古坦迅速套上長靴，穿戴衣物，洞穴裡意外的很冷，他不停朝自己雙手吹氣。

普利斯姆慢吞吞地爬起來，對他來說寒冷倒不是一回事。他檢視了一下組隊狀態，死過一次，自己和古坦那極短暫的組隊關係已經結束了。

「死掉還真是難受啊，這下知道上次詩莊的感覺了。」

說話時他已戴好手套，也重新拾起自己的長槍。普利斯姆環視洞內一圈，除了兩張石床外，還有不少生活必需用品，看來這裡並不是普通山洞，而是聚落的可能性比較大。

普利斯姆試著默念施法，果然他連自己的法杖也召喚不出來——這裡是PvE。他飛快跳下床，迅速披上自己的斗篷。

這時洞外忽然有一顆腦袋探頭進來。

「哦……已經醒過來了啊，比我預想的還快很多呢。」他手上端著托盤，上面是兩碗熱騰騰的黑色湯汁，飄散著一股苦味。普利斯姆暗暗皺了皺眉頭，那個人放下托盤，走過來仔細檢查兩人傷勢，他穿著簡素的麻布衣服，臉上畫了一些圖案。

是聚落的人嗎？普利斯姆不由得這樣猜測。

正這麼想的時候那人抬起了頭，訝異似的說：「真不得了，傷口都好得差不多了。」

「這是什麼地方？我們怎麼會在這裡？」

「這是我們的卡爾瑪聚落。我叫西里烏斯，是村長的兒子。」

「不是星洞聚落？」

他微微一笑，說：「星洞聚落裡面也分很多部落的。」又說：「你們兩個被沖到河口邊，身上都是撕咬傷，應該是在上游被鱷魚攻擊了吧？不過，通常血腥氣會引來更大的鱷魚群，你們還能保住性命，算很幸運了。」

普利斯姆和古坦對視一眼，其實鱷魚群早就引來了，也沒保住性命。只是孫承禾很好心地允許兩人復活。

目前遊戲設定上，復活後會直接出現在離死亡處最近的重生點。

西里烏斯看兩人已經著裝完畢，聳聳肩說：「看起來你們是準備要走了？」

古坦猶豫了一下，普利斯姆爽快地說：「對，我想往北邊走，該怎麼去？」

西里烏斯瞇起了眼睛，說：「你往北邊走做什麼，那裡只有一片被雪覆蓋的荒原，還有住著惡魔的森林。」

普利斯姆也讀過關於星洞聚落的資料，知道西里烏斯所謂的「惡魔」，指的是住在世界樹裡的妖精。

但西里烏斯還是好好回答了他的問題：「從這裡出去以後沿著低地一直走，就會走到黃泉丘。」

「黃泉丘？」

「對，那裡是安葬死者的地方。度過黃泉丘以後，河會分做兩道支流，你右手邊的河道會帶你到冰雪的荒原，左手邊的河道則會一路向西北，最終通往那片魔鬼居住的森林。」

＊

阿一和安娜下線的時候，已經過了午休時間，其他人也都不在機艙室裡了。阿一隨手看了一眼信件匣，李詩莊也沒發什麼消息給自己。

「去吃飯吧？」

安娜點點頭，這次沒有反對。

兩人暫時還是留在聚落中，西里烏斯似乎也很擔心他們的傷勢，再三勸他們再休息幾天才出發：「不只鱷魚，星洞河窟的地下水體裡還潛伏多少可怕的怪物，是你們很難想像的。」

不過，兩人暫時留下當然不是為了休養身體，只是因為已經在遊戲裡待了一上午了，感到非常疲累。

離開聚落以後，就將會是一段十分漫長的PvP之旅，估計要走兩到三天，一直到黃泉丘才有可稍喘口氣的PvE。

所謂的黃泉丘，其實是一座小型湖心島，地下河流到洞窟低窪處蓄積成了一座大水池，池心本來的高地沒被水線淹沒，就成了一座孤立而突兀的小島，在那裡埋葬著當時受妖精迫害而死去的聚落人遺骨。

離開黃泉丘以後，河道將分為「上黃泉河」與「下黃泉河」，兩條路都往北，也都能通往九狼城。不同的是，一條是穿越正北的大冰原，另一條則往西北走，會經過妖精的原鄉世界樹，當然這一條近一些。

要走哪一條路，兩人目前心裡都還沒底，也無意與對方討論，於是兩人都決定暫時停下腳步，等確認自己真正的目標後再出發。

電梯在六樓停住，玻璃艙門後的另一端是朱成璧和孫承禾。

阿一挑了挑眉，問：「妳怎麼在這裡？我以為妳去吃飯了。」

孫承禾笑嘻嘻地說：「我們剛從七樓機艙室下來。」

朱成璧馬上惡狠狠瞪了他一眼，阿一愣了一愣，說：「妳又去用七樓的機艙？」

他想了一下，問道：「妳又要練習什麼了嗎？」

但朱成璧沒有回答他，朱成璧只是帶著警告的眼神冷冷盯著孫承禾，說：「你不說話，沒人會嫌你多嘴。」孫承禾笑而不答。

阿一猜想著朱成璧又去開七樓帳號做什麼，安娜問她：「如果還沒吃午餐的話，要不要一起去買？」

「下午還有工作，我買回來吃就好。」

「沒關係，我也不是非要在外面吃不可，我也外帶吧！」

「喂！剛剛不是才說要和我一起吃嗎？」一聽見這話，阿一立刻向安娜抗議起來。

「跟成璧一起吃飯比較開心。」

朱成璧微微一笑，說：「那大家就一起吃吧！現在情況怎麼樣了？我聽說普利斯姆跟古坦都死了一遍。」

安娜細不可聞的冷哼一聲。

隔了一會兒，他才說：「我們在附近的聚落裡復活了，接下來會先一起到黃泉丘去，在那裡往九狼城有兩條路走。黃泉丘是……」

但朱成璧打斷了他，說：「我知道黃泉丘。那裡有兩條河，一條是PvP，一條是PvE。」

說著沉吟不語，安娜知道那是她在思考的樣子，因此也不打擾。

阿一倒是對剛剛的情報很感興趣，直吵著問：「什麼？為什麼兩條河不一樣？」

大約過了五分鐘以後，朱成璧才回過神來，但沒有回答阿一的問題，她看了兩人一眼，問：「你們要走哪一條河？」

安娜聳了聳肩，表示沒有意見。阿一繼續問道：「妳說兩條河不一樣嗎？我還以為都是PvP……」

「嗯，這跟那裡的歷史有點關係，你知道星洞河窟裡，雖然都是以占卜維生的艾斯特一族，但實際上還細分很多部落吧！」

其實是今天早上才知道的，阿一仍含混著點了點頭。

「黃泉丘埋葬死在妖精屠殺事件裡的受害者，這些受害者來自不同的部落……」

「啊！是這樣嗎？我以為都是那個馬卡、卡……卡什麼部落的人。」畢竟那裡離他們村子最近，安娜不著聲色地訂正他：「卡爾瑪部落。」

「不是哦，黃泉丘附近還有十幾個部落吧！大部分都分布在往西的下黃泉河上，雖然河道上仍算是PvP，但經過的部落很多，可以說大概每走幾里路就有一個PvE據點可以休息。」

「往北的上黃泉河就沒有聚落嗎？」

「幾乎沒有，那裡河道比較窄，水流非常湍急，因此也不適合發展聚落，大概剩下的部族都集中在卡爾瑪部落附近了。」

＊

下午安娜還有其他的事，因此就不繼續待在H．A．裡。他收拾好東西準備離開時，忽然收到一封朱成璧發來的簡訊。

「來辦公室找我一下。」

安娜很少到朱成璧的辦公室這一層來，畢竟自己是外人，總是有些戒慎恐懼。

朱成璧注意到他來了，笑了一笑，說：「坐。」安娜看見她眼前的玻璃螢幕上投影著一幅山水畫一樣的圖像。

安娜多看了兩眼，很快就認出這是什麼東西。

「黃泉丘的地圖？」

「嗯，這是卡爾瑪部落——黃泉丘——洛斯古部落之間的地圖。洛斯古部落是在下黃泉河上的第一個部落，從下黃泉河到洛斯古之間，有很多大大小小的據點，都是PvE。」

「妳有什麼想法了嗎？」

朱成璧心想：果然是長年跟在身邊的愛將，對她一舉一動背後代表的意義都瞭若指掌。她微微一笑，說：「現在還不能說得很肯定，不過我需要你幫個忙。」

「什麼忙？」

「雖然有點不好意思，但想請你熬夜加個班。」

「要做什麼？我一會兒有事，不過下午四點之前就會結束。」

「啊，不必不必，這件事也不是現在要做，至少得等你抵達黃泉丘為止，另外這件事，要晚上做才好。」

「什麼意思？」

「我不想你被注意到，所以想請你半夜來公司做這件事——加班費我會補貼的。」

「啊？」安娜皺了皺眉頭：「不是加班費的問題，不過到底要做什麼，非得這麼偷偷摸摸來不可？」

朱成璧比了比牆上的地圖，說：「我想請你替我測試一下，從黃泉丘出發以後，到第一個PvE據點，要花多少時間。」

「測試是指……讓普利斯姆走過去嗎？」

「我查過資料，那裡應該有小船可以搭。」

「原來如此……那到了據點之後呢？繼續測試到下一個據點的時間嗎？」

「不，就直接折回去黃泉丘，不要讓阿一注意到。你們到黃泉丘之後，先設法拖他一段時間，下線之前，不要讓他離開黃泉丘。」

「之後，你就盡可能的精準測試到第一個據點要花多少時間。其實從距離長度和水流速度大概就能推算大概，不過我要的是更精確的數字，包含最大值和最小值。下黃泉河幾乎可以說是一條PvE河，雖然途中是PvP區域，但沒有任何怪物隱身其間，所以理論上時間不會差太多。大概測五到六次就夠了，應該一晚上就能測完。」

「妳又有一個新詭計了嗎？」

朱成璧朝他眨了眨眼：「豈止一個呢？」

隨即她嘆了一口氣：「本來應該我自己來測就好，不過我現在在大老遠的南方，根本趕不過來。如果叫孫承禾替我開一個方便帳號，又要落他話柄，只好麻煩你了。雖然辛苦了點，但這對接下來要做的事很重要。」

話正說到一半的時候，山貓也進來了。

朱成璧朝她打了聲招呼：「現在艾妮索拉那邊情況怎麼樣了？」

「我把往大裂谷方向的吊橋『蜘蛛垂繩』燒掉了，她應該只能往正北邊走，如果走這條路就很難避開世界樹。」

「燒了吊橋嗎！幹得好，那應該沒有問題了，妳可以回來幫我了。」朱成璧滿意地笑起來：「剩下就是怎麼把古坦也拉往世界樹。」

「世界樹……可是，他現在在星洞河窟啊！」

「啊，應該說我希望他走下黃泉河！下黃泉河本來就是往世界樹的方向流過去的，大概在河道中段的部分，也有大量妖精的據點，聚落的人會和他們做生意。」

山貓低著頭檢查髮尾的分岔，沒怎麼仔細聽，安娜愣了一下：「聚落的人和妖精做生意？」

「嗯。」

「他們不是世仇嗎？」

「可是，在河窟裡過生活很困難啊！艾斯特民族最早從事牧業，有很好的織作手藝，世界樹的妖精則正好相反，他們是狩獵民族，工藝也只局限在武器、鎧甲這些東西的製作而已，因此他們很喜歡艾斯特民族的織物，也願意以他們最缺乏的獸肉和一些農作當作交換。」

「世界樹的妖精屠殺了將近一半以上的艾斯特人吧？」

「當年大部分的受害者都是集中在最靠近世界樹一側的聚落，比如說你們醒來的那個部落，但有些部落並沒有被波及。雖然名義上是同族，並不是每個人都對妖精抱著仇恨，或者說在經濟利益的權衡之下，也有人會選擇妖精這一邊。」

安娜沒有讀到這麼詳細的地方，他沉吟了一會兒，說：「這也是于善寫的？」

「對。」

「又來了……」

「什麼又來了？」

安娜考慮了一下，將自己的想法重新整理一遍：「總覺得他在H.A.裡給這些人物出的題目，都是兩個撕裂性很高的選擇，但他自己又不給出答案。」

朱成璧點點頭，表示贊可。

「你的說法挺有趣的，套用在這個例子上，那麼，黃泉丘就是他們選擇價值的分界點。」

「什麼意思？」

「不是有一半的艾斯特人住在黃泉丘後段嗎？當年死去的亡靈葬在這裡，就這樣了、好了，一切到此為止——黃泉丘最大的意義大概就在這裡，願意跨過這一段仇恨的人就越過黃泉丘，繼續往前走。而不能原諒妖精的人，則隔著一道黃泉丘，和他們心中的惡魔永遠斷絕開來。」

安娜想起那個部族青年提起世界樹時狠戾的眼神，原來那樣的恨意並不存在每個族人的心中，對這個生活艱困的漂泊民族來說，有些東西是更重要的。

安娜問她：「那我也跟著他走下黃泉河？」

「不，你走上黃泉河。」朱成璧說：「不過千萬不要告訴他。」

「為什麼？」

「那樣他就會想黏著你了。」朱成璧豎起一根手指，微笑道：「這一次，你一定要和他分開。」

＊

隔天古坦和普利斯姆告別卡爾瑪聚落，繼續往黃泉丘的方向進發。

要到黃泉丘只剩水路可以走，幾乎不存在什麼捷徑，兩人死過一次浪費了不少時間，這次也就不再吵鬧，安安靜靜地搭上了部落出借的小木舟。

往黃泉丘的路上雖然是PvP，不過幾乎沒有什麼怪物，據說從下黃泉河通到黃泉丘的路程也是這樣。

「這裡的怪物出現率是特別調整過的。」朱成璧跟他們解釋：「不論親妖精派跟反妖精派的族人有多少衝突，但黃泉丘是他們共同的底線，兩方的人都時常到黃泉丘去祭拜亡者。」

為了減少他們在路上的傷亡，有設計師主張將黃泉河道上的怪物出沒率降低。

旅途一路平順，少了要不要組隊的衝突，普利斯姆和古坦反而能和平相處，一路上有一搭沒一搭的閒聊，輪流操槳。安娜依照朱成璧的指示，很仔細地控制著船行的速度，在第三天正午的時候，將兩人送上了黃泉丘。

踏上黃泉丘小坡的那一瞬間，聽見十二點的預設鬧鐘聲。

普利斯姆停好小船，說：「去吃飯吧！」

「啊，不先逛一下黃泉丘四周嗎？」

「我很餓。」

實際踏上了這片土地才知道，黃泉丘並不如自己本來想像的那麼小，至少一眼望去，還望不見往上、下黃泉河的河口。當然這也跟坡地正中央一整片寬闊的墓園有關，部落人的墓葬方式特殊，沒有合葬習俗，墳頭上會堆起一個半人高的小土丘，在外面加以裝飾，並掛上一盞小燈。

因為亡者太多，因此墳墓無法照往例的規格一樣建成，比平均的墳丘要小上一圈，但總的來說，驚人的數量仍使黃泉丘一眼望去只剩墳頭，還有墳頭上星星點點的一片燈海。

阿一在這個專案大概也有三、四年了，但如果不是這次比賽的機會，每天埋頭做程式的他，也沒什麼機會真正踏入這片土地。

他看著那片燈海，忍不住倒抽一口氣，像頭一次知道自己的團隊在創造一個多麼驚人的世界一樣。

「好漂亮……」

當然，如果站在受屠殺部落人的立場，可能就沒辦法說出這種話了，阿一盯著眼前宛如星空一般壯麗的燈海，忍不住喃喃自語。他不急著吃飯，毋寧說他更想留下來再多看一會兒這驚人的景色。

「我下線了。」安娜說完就爽快地切斷了線。
「喂！喂！到底是有多餓啊！」
安娜打開機艙，慢吞吞地到更衣室裡換好衣服，又摸了一陣，果然阿一也跟著下線了。
他早就知道阿一還是會跟下來，也不為什麼，只是直覺而已。
當然，就算他要留在遊戲裡也無所謂，因為他是不會貿然出發的。這幾天相處下來，對人觀察敏銳的安娜很快察覺到，阿一是一個很謹慎，謹慎到甚至可稱之膽怯的人。
嘴上雖然抱怨不停，但阿一還是跟下來了，兩人最近的話題幾乎離不開黃泉丘，阿一和他一面走去餐廳，一面問說：「話說，你決定要走哪一條路了嗎？」
「你是說上黃泉、下黃泉河？」
「嗯。」
「下黃泉河吧。」
「哎，為什麼？」
安娜露出困惑的表情：「上黃泉河從頭到尾都是PvP啊！我在那裡，什麼事都不能做，還要冒著死掉的風險。」
「可是，我如果走上黃泉河的話，你也一樣什麼事都不能做啊！」
安娜微微一笑，因為阿一非常少看見他笑，因此有些驚訝，安娜說：「嗯，這時候你的思考邏輯就不作用了嗎？你走上黃泉河的話，不管我有沒有跟去，一樣都是什麼也不能做不是嗎？」
他停了一下，說：「既然如此，走下黃泉河的話，我還有機會追上艾妮索拉。」
果然，艾妮索拉這幾個字一出來，阿一臉色就變了。

「你知道艾妮索拉在哪裡？」

「我們的地圖看得到你們的位置啊！艾妮索拉正在往世界樹的方向走，下黃泉河走對角線，算是往世界樹的捷徑。」

阿一這才猛然想起此事，不由得怒吼道：「這未免太不公平了吧！」

「是李詩莊自己同意的。」

「你們想在世界樹對艾妮索拉做什麼？」

「你覺得我有可能告訴你嗎？」

阿一鼓起了臉，心裡感到莫名焦躁，可以的話，他現在就想立刻發個訊息叫艾妮索拉別走世界樹了，躲到更安全的地方。但艾妮索拉會走世界樹也不是她自願的，如今她也沒別條路好選了。

這時，安娜又開口了：

「你要走上黃泉河也好，下黃泉河也好，對我們都沒什麼影響。」

「是嗎？我走上黃泉河的話，你們很頭大吧！」他不服氣地回嘴：「就算你們能包圍艾妮索拉好了，恐怕也沒時間阻止我進九狼城了。」

「大概吧！可是你走上黃泉河，真的到得了九狼城嗎？」

一時之間兩人陷入沉默。

「這話是什麼意思啊！」

「啊……嗯，雖然這件事不說對我們比較有利，不過我想告訴你也無所謂，就算我不說，李詩莊應該也會告訴你同樣的結論吧——你有好好看過地圖嗎？」

果然阿一露出有些心虛的表情。

「現在看也還來得及。先前說過了，上黃泉河是PvP，整條路上都沒有任何聚落，當然也沒有半個重生點。」

阿一覺得他已經知道安娜要說什麼。

果然接著就聽他說：「最近的重生點就是我們醒過來的部落，那裡還算好的。過了上黃泉河一半以後，最近的重生點，就在越過山那一頭的城市了。」

冰原上唯一的城市就是九狼城，但為了避免偵探組刻意用自殺的方式快速抵達九狼城，因此那裡的重生點被關掉了。結果，最近的重生點就變成越過了星洞縱谷、在群山那一頭的城市。

死了飛過去只是眨眼的事，但要翻過半座山再回來可就沒這麼容易了。

安娜只說完這些話，就不再繼續說什麼了，這些說詞也都是朱成璧教他的——事實上，在古坦和普利斯姆一起栽跟頭的那一刻，朱成璧就確信古坦非走下黃泉河不可了。

不過，為什麼自己不能和古坦一起走呢？

雖然普利斯姆有很多方便的控場技能，但在星洞河窟這種地方，想靠他隻身一人過去也是不容易的。

他一面這樣懷疑著，一面又想：反正今晚大概就能知道答案了。

＊

半夜三點半，安娜一邊搓著手呼氣一邊走出ＵＢ的辦公大樓，他提前五分鐘叫來了自己的車子，順便預熱開了暖氣。

這幾年天氣的變化更大了，看幾十年前的天氣報告，以前人大概是無法想像台灣會有需要用到暖氣的這一天。

他的愛車停在大樓門廊前，他總覺得自己的車是一塊黑色的沉鐵，總是緘默不語、不引人目光的。但是今天在這沉默的黑鐵之前，站著一個亮眼的米白色身影。

「喂！妳怎麼來了！」

安娜愣了一下，立刻打開車門，把人連拖帶攢的塞進了車裡。朱成璧呵呵兩聲，露出靦腆的笑容，她這樣笑的時候就像一個可愛的少女一樣，和平常落差很大，大概只有他們這些幾十年的老朋友能看見。

「呼啊——好溫暖！」朱成璧手裡的熱飲已經見底了，安娜在車裡到處翻找，總算給他摸出一罐保溫罐裡的熱檸檬水：「喝一點吧！半夜一個人跑來這種地方，很危險，以後不要再這樣做了。」

「嘿嘿！我讓你加班，總不好意思自己在家裡睡大頭覺吧？我也剛到而已啊！因為看到你的車子了所以想說在車子邊等一下吧！要不然我就進大樓裡等了。」

「現在要去哪裡，送妳回家？」

朱成璧搖了搖頭：「這個時間點了，去吃點消夜吧！」

黑色的Rolling-Sprinter在夜色中呼嘯而行，彷彿要與黑暗融為一體。

安娜開了導航，大概是這一帶是科技園區的緣故，附近有很多開到深夜的店——當然各種意義上的都有。

安娜熟知朱成璧的習慣，選了最近的豆漿店。

半夜裡大路上都是空的，基本上這個時間帶被拍照了也不罰錢，安娜隨便把車停了，朱成璧披上他的大衣順溜地進了店裡，飛快點了兩大碗熱豆漿和一些蛋餅包子。

「所以測試結果怎麼樣？」

安娜下午的事處理完以後，就回家裡蒙頭大睡了一頓，到半夜再進來ＵＢ大樓做測試。雖然也不是不能用下午的時間做，但是被注意到的話就很麻煩，這一點朱成璧上次有經驗了。

「我總共測了六次，平均而言，大約是十五到二十分鐘可以抵達第一個PvE點，那裡還不是村落，不過有一些補給的地方。」

「極大與極小值呢？」

「全力划槳的話，大概可以把時間縮到十至十五分鐘左右，不過水流就那個速度了，基本上幫助不大。相反的，如果什麼都不做只等著船漂的話，大概會花二十至二十五分鐘。」

朱成璧不知何時已經從包包裡摸出了紙筆飛快地做紀錄，這年頭還會使用便條紙的人不多了，安娜看著她在紙上刷刷地畫著時間線。

「十八分到二十分或二十五分……二到七分鐘，這樣保守估計的話，起碼還要再讓他等一會兒。不過就算失敗了，應該也看不出什麼問題……」她不知在盤算什麼，安娜聽不太明白，朱成璧又問：「有沒有可能他一上岸立刻就離開，往下一個目的地進發呢？」

「是有這個可能。」

「他要怎麼從對岸出發？」

「因為聚落的人很常往來黃泉丘吧，那裡有很多供自由使用的小船，他只要把來時的船拴好，再走到對面去選一艘船就可以了。」

「大概會花多久？」

「這個補給點很短，全速跑的話大概兩分鐘左右就夠了。」

朱成璧眉頭皺了起來。

「除了小船以外，他還有離開這個補給點的方法嗎？」

「呃……」安娜仔細考慮了一下，最後說：「物理手段應該是沒有了，古坦是槍兵，沒有魔法可用，所以我也想不出其他辦法。」

「好。」朱成璧爽快地說：「等等要麻煩你再回去一遍，把那裡全部的小船都砸了。」

＊

古坦在早上十點半登入H．A．。

他打開訊息頻道瀏覽，艾妮索拉不在線上，李詩莊也沒發來任何指示。

這也不意外，早上進辦公室的時候，眼前就十室九空，去了一半的人。

他去十樓的辦公室看，情況也差不多。連孫承禾和李詩莊也不在，看這情形應該是在開會，不過他們很少被拉進去會議的，多半是領了指示就做了。

他巡視兩層樓的辦公室一圈，後來發現被叫進去的大概都是圖學那邊的工程師，還有幾個美術部門的人，他心想大概是和畫面成像上的事有關，那就難怪他昨天沒有收到任何要開會的通知。

當然，他不知道，其他人也是今天早上才收到通知的。

他現在只為古坦的事情窮煩，昨天他跟李詩莊討論過路線的問題，不出安娜所料，李詩莊給了幾乎一模一樣的答案，他甚至還出示了地圖詳細跟他講解，如果死在上黃泉河後段的話，將會造成多麼麻煩的後果。

要從重生點重新回到星洞區域，至少要翻過五座山，保守估計要花上一個月的時間。

「本來就是希望你走下黃泉河或那個方向的支流過去，而艾妮索拉走最西邊的裂谷的。」但是通往西方的吊橋被燒掉了，艾妮索拉不得已只好穿過世界樹。

所以最終就變成他要和普利斯姆一起度過下黃泉河。

事實上對他來說這點沒什麼問題，不如說求之不得。他操作角色的能力很差，第一不想走PvP，第二不想自己一個人走PvP。

第三，現在他的訊息匣裡冷冰冰地躺著一條訊息。

是普利斯姆發來的，裡面只有簡短兩個字，很有安娜的風格：

「等我。」

「這算什麼啊……」像遠行的男人留給老婆的口信似的。雖然嘴上這樣抱怨，古坦還是老老實實留了下來。

要說和普利斯姆同行也不是全無風險，就像抱著一匹狼度過冰雪的荒原一樣，雖然溫暖，但不知什麼時候會被咬斷脖子。不過相較之下，普利斯姆能在PvE殺掉他的機率實在比手拙的他慘死在上黃泉河、然後被送到千里之外的孤城要低太多了。

當然，他可能沒有仔細評比這兩種死亡要付出的代價。

大概他不像李詩莊，沒有真正死在朱成璧手裡過。雖然李詩莊警告過他無數遍，不要和普利斯姆一起走；非得一起行動時，也要時時刻刻緊盯他的一舉一動，但他始終對PvE殺人這件事不太存有危機感。

可是現在，就連他的旅伴普利斯姆都沒有出現。

那個要他等自己一下的普利斯姆都沒有出現！

正確地說，普利斯姆現在是被暫置ＡＩ所控制，滿臉幸福地睡在墓園裡，讓墳丘上那小小的鬼火像床頭燈一樣溫柔地包圍著他。古坦試著去把他搖起來，逼他一起上路，卻被暫置

ＡＩ冷酷地拒絕了。

像飛蛾戀眷火光一樣，暫置ＡＩ死都不想離開PvE的傳聞原來是真的啊！

古坦也考慮過無視那封短信，拋下普利斯姆立刻出發，但是想到要自己一個人渡過那條幽暗的河道就覺得很厭煩。他想，反正在抵達下一個補給點之前，河道上畢竟還是PvP，把待在PvE的時間壓到最低就可以了。

正在他滿腦子考慮這些事的時候，忽然耳邊傳來普利斯姆冰冷的嗓音。

「你一直抓著我的肩膀晃幹什麼？」

「哇！哇啊！」

他一抬頭，正對上普利斯姆那雙大海一樣蔚藍的眼睛，與剛才不同的是，這回他眼底的海水開始流動起來，反射著粼粼的波光。

靈魂歸位了。

古坦忙鬆開手，向後猛躍一步退開，因為剛才暫置ＡＩ一直在睡覺，他也沒有多想，就一直晃著普利斯姆想把他吵醒，沒想到這回本尊來了。

普利斯姆很嫌惡似的拍了拍肩，古坦覺得很委屈，自己畢竟是為了那封信才留下來的：「所以你讓我等你做什麼？」

「哦，那個啊，沒什麼，等到下一個聚落再說吧。」

古坦懷疑地瞄了他一眼，兩人並肩越過了大片墓園，到另一頭的河口。沿途一路無話，快到河口時，普利斯姆忽然低低問了一聲：「你怕冷嗎？」

「啊？」古坦愣了一下：「還好吧！不過冬天還是會準備電毯啦，加班的時候——」

普利斯姆冷冷地說：「我是要問古坦。等等沿路上我可能會施展魔法，想先做確認。」

原來並不是想知道阿一本人怕不怕冷，而是要知道古坦的抗寒性。

「你問這幹嘛？該不會想做什麼吧？」

「等等一路上都是PvP，有需要提防我嗎？」

他說得也沒有錯，古坦無話反駁。

「對寒幾乎沒有抗性，所以要放魔法離我遠一點，小心殺了我就直接出局了。不過，單純講溫度的話，古坦倒不是很怕冷，至少一路過來也不覺得對天氣不適應。」這裡好歹也離冰原區很近了，氣候是頗嚴寒的。

「知道了。」普利斯姆靜靜地解開拴著小船的繩子，古坦順口問道：「所以你也要走下黃泉河嗎？」

普利斯姆抬起眼來看他，每次古坦對上這雙水晶般澄澈卻空洞的眼珠，總是有種畏懼感，就這一點來說，普利斯姆這個人物塑造得倒是很成功。

「你呢？」

普利斯姆反問他。

「啊……我啊？我大概是走下黃泉河吧。」

普利斯姆微微一笑：「是嗎？」像在笑他的預言完全成真似的，古坦有些訕訕，欲蓋彌彰地補上了一句：「是我自己這樣決定的。」

「嗯，那就是一起走了。」他彷彿早有預見之明般，選了裡面最大的一艘船，這艘小木筏應該載得動兩人。

他又檢查了一遍船有沒有問題，接著步履輕盈地一躍上船：「一起走？」

「哦、喔……好！等一下！」古坦立刻背起長槍，他的動作不如普利斯姆一般輕靈，船身大大晃了一下，映射著墳丘燈火的河面濺起少許水沫，他穿著盔甲沒有什麼感覺，普利斯姆霜色的斗篷卻染上了一層深灰。

普利斯姆微微一笑，並不在意，只是輕輕揚起槳來。

船盪開一段距離，水面上畫出一道長長的船痕，宛如拉開一匹滑順的絲綢，古坦這才注意到不只是墓園，其實河道兩側上也都掛著燈。

與普通的河水不同，這裡是地下水體，所有河道都是暗流，潛行在岩洞之中。離開寬廣的河口以後，下黃泉河立刻彎入一個狹長的石窟中，兩岸岩壁上等間距地嵌上了石燈，和墳丘上是一樣的燈。

「好厲害啊！這麼艱險的地方還在石壁上修築河燈，這要耗費多大的人力啊！」

「別講得像什麼鬼斧神工的奇蹟工程似的，這不就是美術人員一個一個按距離複製貼上河燈的模型嗎？」

「真冷酷……別說破啊！你真的是作家嗎？」

燈輝將河水染上一層晦暗的黃暈，明明應該沒什麼風的，卻能看見燈焰規律地輕擺，連帶著水中的倒影也變得搖晃昏曖起來。古坦放空腦袋，只是愣愣地望著普利斯姆美麗的側影。在黃泉河蕩漾的燈焰中，他的身影彷彿冰做成的燭台，支持著星芒般的小小火光。

不知行船了多久，忽然，普利斯姆停下划槳的手。

「啊！啊，不好意思，接著換我來吧！」古坦這才想起從取船到剛剛為止都是普利斯姆一個人在窮忙，忙伸出手來：「普利斯姆就先休——」

但普利斯姆卻忽然彎下腰來看著他，又問了一遍：「古坦怕冷嗎？」

看著那雙冰冷無機質的眼睛，一瞬間古坦感到毛骨悚然。

這裡是PvP，他腦中不斷重複著這句話——他不會對我做什麼的。

「啊……呃，不算很怕……吧？」

「是嗎？那太好了，因為我要走了。」

「走……走？什麼意思？」

但普利斯姆只是微微一笑，將船槳拋進河中。接著他走到船尾，背對著河面，向古坦說道：「不好意思，我搞錯了，其實我是要走上黃泉河的。」

怎麼回事？難道朱成璧臨時改變指示了？

「咦？可是你已經到這裡了——那，要我先送你——」

「普利斯姆不需要船也能在水面行走。」

又不是什麼輕功水上飄，不用船是要怎麼走啊？古坦還滿腦子疑問的時候，普利斯姆彷彿迎風一般張開了雙臂，這是第一次古坦見到普利斯姆綻放如此開朗的笑容：「普利斯姆，這個名字的意思，是冰結的三稜鏡啊——」

古坦看見那把水晶製的權杖不知何時已浮在他懷中，雪花包圍住他那雙骨節分明而蒼白的手掌，普利斯姆雙臂一振，躍入河中。

宛如振翅的白燕。

「喂——」

但普利斯姆並未沉入水中，冰冷的霧氣包圍了周遭，古坦感到胃中一陣緊縮，刺骨寒意滲入骨髓，彷彿無數柄冰錐一下一下地扎著他的身體。

他知道這是什麼——

普利斯姆正在施法。

還來不及回神，普利斯姆已在河上奔跑起來，而他的小筏被河水愈帶愈遠。普利斯姆腳下所踏之地，立刻都結起一層薄冰，他那輕盈的身軀就在無數冰階中起落縱躍，腳尖離地的瞬間，原來踩踏的冰層立刻又化為水沫，寧靜地沉入河中。

「喂！普利斯姆！回來——」

古坦也不知道他為什麼要喊他回來，普利斯姆想去哪裡就去哪裡，和他一點關係也沒有。然而隨著船被河水愈帶愈遠，他心中莫名升起了一股被拋棄的無力感。

普利斯姆的動作真快啊，轉眼間已經看不見他的身影了，就連那彷彿他存在痕跡的碎冰也已融化得無影無蹤。船既沒辦法逆著水流追上去，身為槍兵的自己也沒有其他手段，被孤獨的燈火所包圍的古坦，這一刻才明白自己與普利斯姆已是徹底分道揚鑣了。

什麼啊……為什麼突然又轉念要走上黃泉河了。

雖然開始時有些震驚，但古坦隨即就回過神來——

這樣的狀況也沒什麼不好，毋寧說對他其實更有利，既不用擔心在危險的PvP裡行動，也不必害怕被普利斯姆暗算，兩全其美，也許能很順利地在世界樹與艾妮索拉會合。

這樣一想古坦就放下心裡的大石，他放下船槳，環著雙膝坐在船邊，任水流帶著自己的小船漂泊。

「有一點冷啊……」

古坦望著空寂冷清的河道，腦中忍不住開始想著自己還沒做完的工作。他本來就是喜歡熱鬧的人，現在莫名被普利斯姆拋下了，萌生想下線的念頭也不奇怪，反正只要順著河水的方向走，很快就會到達補給點了，就算現在立刻登出，將一切委任給暫置ＡＩ也無所謂。

他打開私訊頻道，沒有半條李詩莊的訊息，艾妮索拉的燈號也依然黯淡。他算一算，從登入到現在大概也過了三、四十分鐘吧，到底是開什麼會開這麼久？公司規定每開一個小時的會就必須休息十五分鐘，H.A.裡有什麼成像問題大到要開這麼久的會檢討嗎？

船不知漂流了多久，他望向河道的那一端，仍沒有看見補給灘地的蹤影。不過因為河道進了這一段以後變得彎彎曲曲，因此視野範圍很小，看不遠也是理所當然的。

只是，怎麼覺得前面的路很暗啊？

大約過了五分鐘左右，船繞入下一段彎道，彷彿走進了防空洞穴道一樣，視野忽然暗了下來。古坦有些慌亂地回頭，彎道前的那一截河面還泛著燈火昏暗的光輝。

「這裡沒有燈啊……」

其實並非完全看不見四周，雖說是洞穴多少還是有些漏下來的天光，但河道至此已經完全變為墨水一般黝暗的深青色，河面上浮著隱隱約約的反光。石壁上滴下來的水「滴、答、滴、答」宛如漏刻一樣精準地報時，古坦不知道為什麼這一段路特別陰暗，但他並不喜歡。

他觀察周圍的石壁，這裡明明也有架設河燈，但卻不點亮。

「小氣死了，就這裡噴一點火焰分子，會花你多少效能？」

也許又跟艾斯特一族的什麼歷史有關吧？這時候古坦多少有點後悔自己不太讀資料，對艾斯特一族幾乎一無所知。他就這樣盯著幽暗的水體胡思亂想，然而這段闃暗無光的隧道並不是很長，轉眼船又出了彎道，眼前豁然開朗。

事實上，前路還是暗的。

不過空間很明顯地拓寬開來，大概是有比較多日光灑進來，因此比剛才明朗舒適了些。說起來，現在外頭是什麼時間，而這個河谷又在山體的哪個部分呢？

不過，最令古坦開心的還是在漸漸拓寬的河道中，他看見了自己的目的地。

他這時終於來了點勁頭，算算時間也差不多要十二點了，登陸之後就下線去吃一頓好的，順便抱怨一下安娜的臨陣脫逃吧！一立定目標，古坦立刻精神振奮，槳被普利斯姆丟了，他就拿自己的長槍做長篙來划。

船很快便靠岸，他隨手將船拴好，踏上了第一補給點的土地。

PvE……就連空氣好像也讓人暢快許多呀！

這座小灘頭看起來並不大，隱隱約約能看見那一頭的河岸，不過因為這裡實在太暗了，所以要走過去看來得費點心思。

「也沒有人……」

他事先沒有調查過補給點上會不會有ＮＰＣ，不過看眼前的景色，大概就是類似山上的獵人小屋，只是供旅途者進行休息與補充而已。

這片土地上也有少許的墳丘，因為太暗，他看不清楚有沒有掛燈，不過根據艾斯特的習俗應該是會點燈才對的吧？對這裡的死者如此輕慢，這是什麼緣故呢？

另一頭好像也能看見石造的房舍，但裡面一樣看不見燈光。古坦心想：這裡就算沒有人定居，怎麼說也是常有下黃泉河上聚落的人往來吧？為什麼連一點光都沒有，簡直像座死城似的？

「煩死了！」什麼都看不清楚讓古坦感覺說不出的焦躁，他摸索自己的行李，想要找出油燈或火柴，但這裡暗得連行李中有什麼都看不清。古坦索性盤腿而坐，將袋子裡的東西一股腦地倒出來，雙手在一堆雜物中摸索。

沒有，沒準備。

這也是理所當然的，通常遊戲裡入夜之後他們也不會勉強行動。

「這裡的設計目的到底是什麼！忽然想改做驚悚遊戲嗎？」這類遊戲的經典元素：暗道、無人、水聲，這裡全部齊聚了。

他無奈收起了行囊，一邊抱怨一邊往小屋的方向走，他想，也許那裡會有一些工具資源吧？恐怖遊戲都是這樣做的。

穿過墳丘時，古坦忍不住多看了兩眼，隨即他注意到一件詭異的事情。

墳丘上是掛著燈的。

不僅如此，從這裡通往小屋的小徑是有修過路的，道路兩側也立著石燈。

「燈油多得像不用錢一樣……」

雖然知道燈火只是遊戲裡的特效，村民大概不需要準備燈油，但燈還是太多了。多半跟這裡被稱作星洞河窟有關吧！在幽暗的河窟中，疏疏落落亮起的燈火，確實宛如夜空中的群星一般。自己初次見到黃泉丘的景色之際，也是被那壯麗的景色所震懾。

「美感是很棒啦……可是不點燈，不是就完全沒意義了嗎？」他勉強沿著路前行，這時已經可以看見灘頭的那一岸，還有往前延伸而去，一片幽暗沉鬱的下黃泉河，那裡依舊黯淡，不見半絲燈火。

「媽的！暗成這樣，這是個要鼓勵玩家節能省碳、珍惜地球資源的停電村嗎？」古坦忍不住朝空怒吼。

然後，彷彿回應他的憤怒——

一瞬間他感到有什麼不對勁。

一般來說，大概是雙腳無力才會忽然跪下吧，可是古坦甚至連自己失去力量都感覺不到，他只是感覺自己倒下了。就連倒下這件事本身，也是因為眼前的景色忽然如山崩一般急速塌陷他才能意識到的。

身體摔到了石地上，能看見幽暗的窟頂，可是感覺不到疼痛。是因為盔甲很厚重嗎？不，整張臉都擦到地上了啊！

古坦大概猜得出這是怎麼回事，可是腦中一片混亂。為什麼，為什麼會忽然倒下？

在H．A．中死亡並不會立刻登出，而是會串接到金流營運，詢問玩家是否要付費進行復活。然而這個部分目前還未實作完成，因此死前會陷入一陣動彈不得、也無法消失的空窗期。短暫地品味死亡。

朱成璧是這樣子形容這段時間的，這也是曾差點欺騙了李詩莊的奇巧之處。

阿一心想：我現在就在感受這不可思議的體驗吧。

除了視覺，他完全失去了其他五感，聽不見水聲，感受不到寒冷，世界的一切一切都開始以螺旋狀離他遠去。他甚至想現在就立刻拔下連結器退出機艙，然而他做不到，古坦動彈不得，他也動彈不得，死亡彷彿是麻藥一般暫時凍結了阿一的身體，身子只能不斷滲著冷汗。

在眼前的一切全都沉入幽暗的深河之前，古坦所見到的，就是那彷彿螢火一樣的微光，漸次在眼前亮了起來。

如同歡慶他的死亡一般，千里連城的烽火一盞一盞點了起來。

從微弱的燈影，變成喧囂盛大的狂焰。

再變成破碎的螺旋，在他眼底漸漸熄滅。

間幕・古坦事件：偵查期

「火災警報！火災警報！嗡嗡嗡嗡嗡——」

李詩莊瞇著眼看桌上那只鬧鐘，他從來沒讓這只鬧鐘響過，只有今天破例。他心想，原來鬧鐘的叫聲是這個，到底是誰品味這麼差買了這件東西給他的。他伸手把吵鬧源按掉，穿著大紅消防服的小鬧鐘不折騰了，對面兩個人都低著頭不說話，他的辦公室立刻靜得像忽然拔掉了喇叭的唱盤一樣。

過了很久，阿一才勉強抬起頭來，視線卻只盯著那只紅鬧鐘：「總之，就是這樣而已，我什麼也沒做，普利斯姆也不在。」

「確定死了？不是只是昏倒過去什麼的？」

「當然死了！我被踢下來之後立刻又試著重登一次，角色已經被刪掉了！」

「嗯……刪掉了啊！那應該是沒什麼疑慮了。」李詩莊摩娑著下巴沉吟了片刻，阿一歪著腦袋一張嘴抿得死緊，已經準備好被暴君劈頭痛罵一頓。

但李詩莊沒有。

他轉頭看向老居，說：「艾妮索拉現在在哪裡？」

「剛進去世界樹的外圍。」

「嗯，盡量別走正中心的妖精聚落。他們很排斥外人，雖然是PvE區，但不知道會發生什麼事。」

「好，我知道。只要避開中心標的——世界樹就好了。」

「喂！等等，難道你們不討論一下古坦的問題嗎？」阿一慌張地打斷兩人：「我死掉了哦，從明天開始七天的計時器就要啟動了吧？」

「這個急也沒用，何況你講得不清不楚的。」李詩莊托著下顎看他。

「有什麼不清不楚，我能講的全講了啊！」

李詩莊兩手一攤。

「首先這一區本來就是一個非常曖昧的地帶，PvP和PvE交替相連，具體的界線也不是很明白。我們目前的地圖不會顯示該區域是PvE或PvP，所以我也沒辦法篤定你是死在PvE上。」

「等等，詩莊，你還是在考慮PvP作案這件事嗎？」阿一立刻辯白道：「我當時絕對是在PvE上沒錯，我已經爬上岸了，這個看過地區設計檔案就知道，下黃泉河途中的所有補給點都是PvE。」

「不能說不可能啊！不只地域界線拖泥帶水，也有過PvE會突然轉變成PvP的先例。艾法隆那時為了抵抗巨石還試著放過技能，但古坦既然是一個人行動，應該沒有這樣做吧？」

「確實沒有……」

「所以第一要務是先釐清你確實死在PvE區域。不過很遺憾的，根據朱成璧訂下的規則，我們無法直接調閱電磁紀錄看你死在哪裡，也無法確認當時該區域到底是PvP還是PvE，除非我們能提出有力的猜想。」

剛這麼說的時候，孫承禾在外頭隨便按了兩下鈴，也沒等招呼就進來了。這時候李詩莊才想起來那鬧鐘好像就是他送的，孫承禾笑笑朝幾個人揮手，說：「嗨！大偵探的助手來了。」

只看他兩手空空，插在那條刷白的牛仔褲褲兜裡，倒有幾分他先前所說、「我就像貝克街上供福爾摩斯差遣的那群孩子似的」模樣。

「我先說，我幫詩莊和阿一都開好調查用的帳號了，這裡就算是滿級帳號也很難過去，所以我直接就開在尖石灘上──就是古坦死掉的地方了。根據規則，艾妮索拉還沒死，所以沒辦法提供她帳號。雖然那裡是PvE，不過還是要小心一點。」

艾妮索拉人在千里之外的世界樹中，當然也沒道理趕過來。

「黃泉丘、艾斯特一族的劇情線上，有沒有一些事件，會引起PvE、PvP區域性變化的？」

「真是不肯在同一個地方吃虧啊！查過囉，有是有，不過不在這段航道上，主要戰場是黃泉丘墓園區和靠近下游其他部落的地方。」

「被黃泉丘隔開的這兩派人以後會打起來？」

「嗯，只是可能、可能啦，是歷史長河的一種走向而已。」

李詩莊飛速瀏覽著關於艾斯特一族的情報，看來暫時是沒有什麼好切入的方向了。無疑地尖石灘是PvE，目前也沒有會使它產生變化的事件。

「看來只好進遊戲看看了。」

＊

在往七樓的路上，李詩莊漫不經心地問了他一句：「你確定你是死在尖石灘上？」引得阿一很不悅，這話像把他當傻子一樣，他也沒回答李詩莊，大抵上他真的不高興的時候就不說話。但李詩莊好像也沒有非要逼他畫押起誓的意思，這個話題就沒有再繼續下去。

但真正踏上尖石灘以後，阿一反而有些拿不定主意了。眼前的尖石灘和那時的黑燈瞎火相差太遠，不論是河道上的岩壁掛燈，或是陸上的石燈、墳頭燈全都點亮了，這是他第一次如此清晰窺見尖石灘的全貌。

尖石灘比他本來想像的要再大一點，補給小屋總共有三間，都是搭建簡陋的石屋，地上坑坑窪窪很不好走，只有在通往小屋的路徑上稍微修過路，並裝設上石燈。其他地方就是亂葬崗，凌亂的墳丘到處可見，最上頭都會掛一盞小燈。

阿一開始想收回前言。

不過眾所周知，李詩莊同一個問題幾乎不問第二遍，所以他也抓不到收回前言的時機點。

李詩莊簡單觀察了一下尖石灘，回頭問他：「你還記得你是死在哪裡嗎？」

「嗄……啊？」

阿一露出有些尷尬的神情，那時太黑了，他快連眼前的小島都無法和記憶中的尖石灘重疊了，更別說他是在路上忽然心臟一緊就倒下的，哪會知道自己死在什麼地方？

他只能試著重建一下當時的情形。

「我是從那一頭過來的。」不過至少根據小屋的相對位置，他還不至於搞錯方向。他帶著李詩莊和孫承禾往岸邊走：「我把船拴在……啊！啊！有了，就是這個！」

他衝到船邊，心上的大石好像忽然落了地，那艘大木筏還靜靜拴在岸邊：「就是這艘船，不會錯的，一開始因為和普利斯姆同行，所以特別挑了比較大的船。看吧！這樣能證明我是到這座島上沒錯了吧？」

但李詩莊只是盯著那艘木筏，淡淡地說：「你死後也看不到發生什麼事了！普利斯姆要在這段期間內牽一艘船過來，想必不是很難。」更不必說還未必是普利斯姆親自動手，畢竟阿卡莉和尤班都不知潛伏在哪裡。

阿一感覺自己臉上的表情都垮了下來，看來李詩莊還是不排除他並非死在此處的可能性。

事實上李詩莊適應的速度很快，從第一次失去艾法隆的驚慌失措，到現在似乎已將角色的死亡視為必然的損失，絕不放棄任何一種可能。

阿一看他波瀾不驚的樣子，心想：他是不是早已把全滅當作最基本的情況在考量？

「我不是要把你當傻子看，不過你自己也說，那時候很暗，不是嗎？」

「嗯，不知道為什麼，燈火全都熄了。」

李詩莊冰冷的眼神掃過目光所及的所有燈盞，然後他回頭看孫承禾：「什麼情況下燈會熄掉？」

「啊？」孫承禾苦笑道：「你也別把我當牛津大百科呀！燈火為什麼會熄掉，這種問題有需要問我嗎？當然是被拍熄了、吹熄了，或淋了一瓢水澆熄啦！」

「不過這下可是沿著岩壁一路的燈火全都滅了，包括此岸和彼岸。」

「普利斯姆是雪與風的精靈，要颳起足以吹熄這整條河道上燈火的狂風，應該辦得到吧？」

「你有感覺到不可思議的狂風或突如其來的寒冷嗎？」

阿一沉默了片刻。

狂風雖然沒有，滲入骨髓的寒冷倒是……

「普利斯姆離開的時候覺得很冷……應該是因為他凍結了河面，踩著冰面直接逃走的緣故。他走了以後就不冷了，那時河上的燈也都還亮著。」

「有受傷嗎？」

「嗯，那時我有特別注意一下自己的血量，是有稍微減損，不過不多，應該是受到普利斯姆的冰風波及吧！」

不論他的本意是否要傷人，普利斯姆的冰雪是帶有魔法傷害的，如果不是像尤班那樣百分之百抗寒的英雄，普通人只要稍微被冰雪刮到就會受傷。

李詩莊與孫承禾對視了一眼，孫承禾說：「如果是普利斯姆最高段的——像暴風雪、三稜鏡這些魔法，就算是古坦這種等級的英雄，大概也不是受點小傷就能了事的。」

「不過，除了大型魔法外，很難想像還有什麼作用力能一口氣吹滅整座小島上的燈了。」

「而且那時候河道上的燈其實還亮著啊！是再過了幾個彎之後燈才熄的。」

「也就是說，假如普利斯姆真的是用風雪吹熄了下黃泉河的燈，那麼也是作用在當時較遠的尖石灘附近？」

孫承禾搖搖頭：「普利斯姆可沒辦法控制自己要在多遠的地方發動風雪喔！而且，古坦死了不久之後燈不是亮起來了嗎？這就不是普利斯姆能控制的吧？」

「尤班……」阿一愣了一下，提出另一個可能：「尤班是火焰的妖精，或許能做到吧？我一直沒見到尤班，也許她潛伏在什麼地方了？」

李詩莊打斷道：「翻轉自己的立場吧！與其絞盡腦汁去想普利斯姆是怎麼做到的，不如先想想，普利斯姆為什麼要把燈火弄熄？」

「是不想讓古坦看見什麼嗎……」

這時三人已經走到尖石灘的另一頭，阿一說：「我大概就是在這附近倒下的，那時候我正看著對面的河，依然是暗的沒有點燈，我嘴上才抱怨幾句，忽然身體一軟就倒下來了。」

「聽起來像心臟痲痺啊，哈哈！」

李詩莊沒什麼反應，既沒跟著孫承禾笑出聲來，也沒露出什麼遺憾的表情。他只是走到岸邊，蹲下身來，靜靜盯著水面。

他看了很久。

孫承禾走到他背後拍了拍肩，笑說：「看什麼看這麼入迷？河上難道還留著兇手施展詭計用的道具嗎？」

李詩莊的眼神又來回飛快地掃了一遍水面，淡淡地說：「不是，只是我很好奇，這裡一艘船都沒有，古坦要怎麼過河？」

*

「會不會是正好船都被別人用去了？」

「我想大概不是。」李詩莊一下一下撥著水面，被他掀起的水花掠過指縫，像是撈了滿手的鑽石，一會兒他忽然猛地收起拳頭，叫道：「抓到了。」

兩人都愣了一下，他攤開掌心，手上是一塊木頭碎片。

「這是船的殘片吧？」他拿著木片在兩人面前晃來晃去，阿一接過去細細檢視，木頭摸起來是髹了一層光滑的漆沒錯，跟阿一搭來的那艘船也很類似，但他不能肯定地就說那是船身的一部分。

「要看的話，那裡還有很多。」李詩莊指著河面，那上頭果然飄著一些殘破的碎塊，阿一和孫承禾也學著李詩莊拚命撥水，愈來愈多殘片被打撈上岸，李詩莊簡單說了他的結論：「如果這真的是船的殘骸，那麼可以說這裡之所以一艘船都沒有，大概是因為被人惡意破壞了吧？」

「是誰……」

「不知道，有可能是普利斯姆、尤班、阿卡莉，也可能是星洞河窟的人。」

如果不是聚落內部衝突的話，那麼就只能推測為朱成璧他們手段的一部分了。

「先假設為普利斯姆破壞的好了，為什麼他要把這些船都弄壞呢？」

「等等，不可能是普利斯姆吧？他一直和我在一起耶，幹這種事我不可能沒發現吧？」

李詩莊瞇起了眼睛：「你二十四小時都盯著安娜嗎？二十四小時都盯著普利斯姆嗎？」

果然阿一無話可駁，孫承禾則跟著推理起來：「不想讓古坦過河吧？是要把他困在尖石灘上嗎？」

「那麼為什麼不希望古坦前進呢？」

「前面有什麼不想讓他看見的東西嗎？」

說完這話，兩人不約而同地望向那幽深的河窟，浮動的薄焰在河面上影影綽綽，宛曲的暗河轉眼便繞入視野所不及的地方，李詩莊說：「如果普利斯姆要施展什麼魔法，前面倒是一個不錯的藏身之處。」

「普利斯姆在前面就和我分道揚鑣了耶，這裡是單向道，總不可能他從我身邊經過我卻沒看見吧？」

「這可難講。」李詩莊說：「不過就算前面布置了什麼機關，搞不好也被普利斯姆拆掉了。」

「不過去看看也不知道啊，總是會留下一點痕跡吧？」

李詩莊看向積極鼓勵兩人的孫承禾：「船都沒了，怎麼過去？」

「用古坦過來的那一艘？繞過東岸那一側？」

「那邊的灘太淺了，船過不去。不然何必停泊再到對岸換船，大家都直接繞過去就好了。」

孫承禾花了幾秒才意會過來李詩莊是在給他暗示，不由得大叫道：「你是要我變一艘船來給你？我上哪變啊？」

「GMTool裡應該有這個功能啦，去找一下就有了。」

「才沒有這個功能！才沒有！我不知道要怎麼指派一艘船出現在這種地方，想要的話自己回去你的程式碼裡開後門！整天要我做這做那的，還真當我是老媽啊……」

阿一大笑：「你是我們的貝克街緝查小分隊嘛！」

這一陣大笑之後似乎本來有些壓抑的氣氛輕鬆了一些，這時候孫承禾忽然「啊」的大叫一聲，指著河道的那一端，叫道：「你們看。」

順著他指的方向看去，一艘小小的木筏正朝著尖石灘划來。最初看不出那是船，只能看見船頭懸著的、那宛如星子般的一盞小小風燈，漸漸地燈火愈來愈明亮，船的形狀也清晰起來。

船上是一個年輕的男人，撐著一桿長篙，看見那三人蹲在岸邊，露出了很訝異的表情。

年輕人很快上岸，阿一低聲跟隊友說道：「應該是聚落的人吧！」

是從年輕男人臉上畫的紋樣推測的。雖然和卡爾瑪聚落的有些差異，不過大抵來說顏料和花紋都仍有類似之處。

年輕男人身手俐落地拴好船，背上背了一個皮革大背包。他飛快打量了幾人一眼，問說：「不是聚落人？那來這裡做什麼？」

孫承禾一直盯著他那艘船看，大概他一點也不想回去試試看GMTool裡有沒有提供立刻造船的作弊功能，李詩莊心裡想的恐怕也和他一樣，便對那人說：「我們有點事要過去河那一頭看看，能跟你借船嗎？」說了又指了指背後、遠遠的另一頭：「當然，我們的船跟你換。」

「我不是要去黃泉丘，不需要借船。這裡的木舟本來就是互助互換的，你們需要就拿去吧！」

對方爽快地令他們有些措手不及，李詩莊說：「我們去去就回，不會占用很久的。」

「沒關係。」他晃了晃背後的大袋子，說：「我是來給這裡的獵人補給東西的，所以不急。這裡也有備用船，去避難小屋裡問問看就有了。」

三人面面相覷。

＊

李詩莊和阿一還是決定把握時間，先搭船過去檢查前面的河道是否有什麼不正常的地方，孫承禾表明行政中立態度，並不打算參與調查，於是就隨著年輕人回到避難小屋。

所謂避難小屋，其實就是尖石灘上簡陋搭起的那三座小石屋，裡面有保暖用具和一些乾糧，提供給來往黃泉丘的旅人或獵人使用。

孫承禾也問起了獵人的事，那年輕人說：「黃泉丘附近和上黃泉河有很多不錯的獵物，像青棘皮鱷魚和鬼刺燈鯰……」孫承禾也沒聽清楚他後來說的都是些什麼，只是含含混混地應和著。

「這邊幾個聚落有協調過，輪流補給各個據點上的物資，尖石灘一向是我在顧的。」他輕車熟路地穿梭在避難小屋之間，將補給品放在固定的位置。孫承禾也沒別的事，就跟著他走：「補充物資都是做什麼？」

那年輕人「喔」了一聲，說：「就是定期補充乾糧，給經過這裡的人休息。如果有人通知哪裡有缺少物資了我們也會幫忙，再來就是檢查預備船、燈有沒有破損、燈油還夠不夠這些事情。」

他進門前會先敲一敲門，東西都安置好了以後，那年輕人就從衣服內袋裡摸出兩片薄餅，他看孫承禾兩手空空，就塞了一片給他：「吃嗎？」

真大方。

孫承禾很喜歡他的態度，也就爽快地接過餅來吃，年輕人一邊啃著餅一邊往下一間避難小屋走。餅太乾了，咬一口就掉滿嘴的碎屑，味道淡得讓孫承禾都懷疑出了bug。孫承禾很常進遊戲，也吃過H.A.的這些「虛幻食物」很多遍，但還是第一次吃到這麼索然無味的東西。

大概生活真的很不容易吧，孫承禾一時便來了些興趣，問他：「你們多久來這兒一次？」

那年輕人說：「基本上輪班的話，就是一個月來一、兩遍吧，每次大概會來個三、四天，我今天也是來交班的。」

「啊？交班？」

「是啊！上個當班的是我哥。」說完他又敲一敲避難小屋的門，這回裡面清晰地傳來了一聲「進來」。

孫承禾心想：原來有人啊！

李詩莊和阿一大約一個小時以後才回來，回來時在私訊頻道裡通知孫承禾，孫承禾也算不大準，在遊戲裡面對時間的敏感度會降低。孫承禾就告別了避難小屋裡的那幾個人，到岸邊來幫忙拴船。

孫承禾問兩人有沒有什麼收穫，但顯然是空手而歸。李詩莊說他們把河岸兩側岩壁都仔細檢查過了，但沒有什麼特別不自然的地方。

「也許那時候確實有人藏在前面的河道，但不會留下什麼痕跡。又或者我們必須要換個想法，可能普利斯姆從來沒考慮過藏住前面河道上的什麼東西。」

孫承禾問：「那麼他吹滅了燈，又是想藏住什麼呢？」

阿一說：「也許就是河面上漂浮的那些碎片？」

李詩莊微微頷首表示理解，孫承禾猶豫了一會兒，終於還是說：「我倒有另一個想法。」

兩人的目光都朝他射去，孫承禾感覺心臟跳得快，好像要從嘴裡吐出來了一樣。說自己的推論並沒有什麼難的，但是他一直很公正嚴守自己的立場，他拿到什麼線索、他有些什麼推理，都不應該透露給偵探組的人知道。

不過，想證明自己猜想的念頭終究還是壓過了這些凜然正氣，他想，反正我提供的也未必是正確答案，說說又何妨。

「會不會普利斯姆想藏住的，就是這片尖石灘本身呢？」

＊

李詩莊靜靜看著他：「什麼意思？」

「那時候很暗吧？古坦一直在河中漂流，只能憑身體感覺自己流往的方向，但那真的是準確的嗎？沿路上的景象，古坦從來沒看清楚過吧！更甚者，這片尖石灘的模樣，恐怕古坦也是霧裡看花。」

他轉向阿一，問：「你真的有把握自己那時是在尖石灘上嗎？」

這正踩中了阿一的痛腳，果然他就沉默下來，幾次欲言又止，終於還是掙扎著放棄。

他低聲說：「沒把握。」

這回李詩莊的目光像冷刀子一樣飛到他身上，阿一慌忙地說：「可是我也是大致看過地圖的，上黃泉河和下黃泉河的流向差這麼多，怎麼樣也沒道理分不出來吧？」

「是嗎？你坐在電車裡的時候，也很清楚車的方向嗎？」

「那不一樣吧！船速很慢的。」

孫承禾吸了一口氣，說：「我的推論就是——古坦被普利斯姆擺了一道，以為自己去了下黃泉河，實際卻是被帶往了上黃泉河，並在那裡的某處淺灘被殺掉。」

孫承禾屏著大氣不敢出，三人沉默了一會兒，李詩莊說：「不無可能，本來也是要去上黃泉河做探勘的。」

「等等，詩莊，你是認真這麼想嗎？我方向感沒這麼壞吧？」

「要考慮所有可能。」

大概阿一覺得有失顏面，抱怨般地說：「我們每次光是要證明朱成璧到底是不是在PvE動手，就要花掉一半以上的力氣，難道這件事就不能當作已知條件，直接開誠布公嗎？」

孫承禾笑道：「不，我反對。雖然在PvP動手是違法的，但是如果她真能變這麼厲害的把戲，把你移花接木送到了PvP，那也是很值得佩服的。」

「你到底是哪一邊的！」

「反正也不是你們這一邊的就是了。」

李詩莊也不在意，只是問道：「不過，承禾，是什麼原因讓你覺得古坦不是死在這裡？」

這時三人已回到避難小屋前，孫承禾指了指門道：「原因就在裡面——」說完他動手敲了敲門，裡頭傳來幾個參差的聲音道：「請進。」阿一與李詩莊面面相覷，孫承禾道：「對，裡面有三個人。其中兩個是前一班的輪值者，在尖石灘上已經住三天了。」

阿一幾乎要跳起來：「你是說，我死掉的時候，這座島上還有其他人在？」

李詩莊立刻瞇起了眼：「他們提供了什麼有力的證據，讓你改變想法了嗎？」

孫承禾笑道：「什麼改變想法？我之前根本也沒想法過！我只是問他們島上的燈通通熄掉的時候，他們在做什麼、有沒有注意到什麼奇怪的現象？結果你猜他們跟我說了什麼？」

他推開門，回頭盯著兩人道。

「他們說，島上的燈根本沒熄掉過。」

*

李詩莊還得回去和股東開會，於是只剩下阿一和孫承禾兩人能繼續討論，但孫承禾不太願意讓朱成璧看見自己摻和得太深，因此只願意下班後再說。

「而且我的想法也還要整理一下。」他好像很興奮似的說：「就算你真的不是在下黃泉河死的，我們總也要找出一個你死在上黃泉河的原因。」

孫承禾進自己的辦公室埋頭證實他的新理論，阿一暫且無事，只好回到自己位置上繼續工作，偏偏他又在意得要死，最後也無心做事，乾脆到一樓中庭散散步，順便翻出H.A.的地圖來研究，看自己到底是什麼原因會被導上歧途的。

看了一會兒沒什麼成果，他進到茶水間裡去裝一杯熱可可，忽然一個拿著馬克杯的人站在茶水間門口，外頭的光幾乎被他遮掉了一半。

阿一幾乎灑了半杯熱飲，回頭一看，是老居。

「幹嘛啊！不用打聲招呼嗎？」

老居微微笑道：「嚇到你了？不好意思嘛！下來休息嗎？」

「嗯，腦子都快痛死了。」

「剛剛你們調查得還順利嗎？」

「很不順利啊，什麼光怪陸離的事都一件一件冒出來了。」

老居杯子裡裝的也是熱可可，在這一點上兩人倒是有志一同。老居整個下午都待在位置上工作，和在烏葛爾城的狀況不同，艾妮索拉離黃泉河太遠了，根本沒辦法趕來加入搜索。可是按照規定，老居既不能用新帳號，在事件發生以後也不能繼續前進。

兩人一邊繞著中庭漫無目的地走，阿一一邊鉅細靡遺地說明星洞河窟的背景、古坦遭遇到的怪現象、今天調查的種種結果，還有孫承禾的推論等等。

老居中途沒有打斷過他半次，等他全部說完了以後，才緩緩道：「嗯……這樣子啊。」

「怎麼樣，你覺得孫承禾的說法有可能嗎？」

「不能說不可能啦……不過聽你剛剛的說法，我是有一個地方覺得怪怪的啦。」

「什麼地方，快說快說！」

「我一直在想，上黃泉河那裡，會有燈嗎？」

阿一睜圓了眼睛。

「就是……你看嘛，你說你沿途有看到燈座，只是沒點起火。不過，那些燈不是為了紀念聚落犧牲的亡者嗎？下黃泉河還有很多聚落人住著，所以釐燈並不奇怪。可是上黃泉河……不就是一條危險的河道而已嗎？有必要去修築河燈嗎？」

阿一只是大張著嘴說不出半句話來，像一條離水的魚。

＊

第二天，朱成璧缺席。

「這是怎麼回事？難道偵查期間開始，她就又要去放大假了？」

「不是啦，好像生病了。重感冒，待在家裡休息。」

孫承禾為她緩頰：「最近天氣很冷嘛！」

李詩莊的表情這才稍微緩和一些，他張開嘴像想說些什麼，但最後還是打住了，孫承禾微笑道：「不過，成璧沒來也是好事，不然被她看見我一直待在你辦公室裡，又要罵我牆頭草了。」

李詩莊抬眼瞄他：「那你一直待在我辦公室幹嘛？」

「關於昨天說的那件事，我回去重新組織了想法，又做了一些調查，有了新的突破。」

「你是說，古坦是死在上黃泉河這件事？」

「對，先看看地圖吧！」

李詩莊攔住他：「等等，你應該是中立立場的吧？」

孫承禾笑道：「所以我說成璧沒來方便。」又補充說：「我的推測又不一定正確，只是提供一個想法而已，你們就做個參考。」

但他臉上的表情很興奮，雖然是局外人，孫承禾似乎玩得比誰都開心。他將黃泉河的地圖投影在牆面上，盡可能的擴大投影螢幕，並將畫面集中在從黃泉丘出來到上下黃泉河分支的位置。

「從黃泉丘出發以後，河道從西北流向慢慢轉向正北，接下來在大約這個位置時，會出現上下黃泉河的分支，西邊是下黃泉河，東邊是上黃泉河。」

他用雷射筆在分支的中心點打上一個醒目的紅點。

「不過具體來說，所謂西是什麼、東又是什麼呢？古坦來到這個臨界點的時候，當下能做的判斷應該很簡單，也就是左手邊的河是下黃泉河，右手邊的河是上黃泉河。」

「換言之，只要讓他在分界點上，看不見下黃泉河，卻在上黃泉河的右手邊能看見一條河，就可以了。」

李詩莊看著投影螢幕上那條Y字形的河流，沉吟片刻。

「不過，這要怎麼做呢？就算是普利斯姆，也沒辦法立刻造出一條河來啊！」

「不，正因為是普利斯姆，所以才能做到！這世上也只有普利斯姆能做到這件事！」

孫承禾兩手擊掌，雙眼像都要放出光來了，他飛快地操作起螢幕，在下黃泉河對面的岩壁上，拉出一道直線。

「只要像這樣子，沿著這條線——鏡射。」

隨即在岩壁的那一側，投影出了一條虛幻的河道，本來Y字形的河流，變成了一個歪曲的X字形。

「第二條河，就出現了。」

他看李詩莊似乎要說什麼，立刻指著介面道：「接下來就是要讓真正的下黃泉河消失了，當然，這也是普利斯姆的拿手好戲。」他在下黃泉河的入口前，也拉上一道直線。

「對常人來說，要讓一條架空的河流出現，又要讓一條存在的河消失，是不可能的。可是普利斯姆不一樣，他手上有兩個法寶：『三稜鏡』，還有『萬花筒』。」

「你是說，他在這裡架了兩道冰鏡，來做為誤導的機關嗎？」

「萬花筒的用途是讓普利斯姆反射敵人的傷害，但基本原理是造出一面巨大、接近鏡面的冰牆。三稜鏡也是同樣的原理，只是造出來的冰牆結構特別，會形成多次反射。」

「先不論冰牆好了，只說隱身的話，那地方那麼暗……能做出這樣的效果嗎？」

「就算在完全黑暗的地方，隱形的效果也是不會變的，這點你去問老居就知道。我們哪有那麼多資源去運算無死角的光學隱形？當然是算出遮擋範圍以後將裡面的東西隱藏起來，豪華的冰鏡只是特效而已。」

「我同意如果做出一條假河，確實有可能誤導古坦對方向的感覺。可是就算真的是這樣把下黃泉河擋起來好了，但經過架在對面岩壁上的冰牆時，一定也會反射出自己的身影吧？一旦古坦注意到了，不是就前功盡棄嗎？」

大概是覺得自己好不容易想出來的精采答案，李詩莊非但沒有表現得熱絡興奮，還屢屢澆冷水質疑，孫承禾露出不太高興的表情。

「鏡子架高一點就好了吧？底下雖然會露出一截岩壁，但那裡燈光昏暗，應該是不會注意到的。」

「嗯……」李詩莊似乎仍有些遲疑，孫承禾繼續說：「如果不是這樣的話，很難解釋為什麼尖石灘上的守夜人會堅稱沒有發生熄燈的事。唯一的可能性，就是古坦根本不在尖石灘上，突然熄燈的是別的地方。」

「這附近並不存在什麼傳送點，朱成璧他們三個人也都沒有能夠瞬間移動他人的技能，因此我能想到的也只有這個辦法了。當然，如果不讓普利斯姆重現一遍冰牆的話，到底冰牆反射的景象能不能順利把人騙倒，我也是沒有把握的。我認為我們應該要設法試一試。」

「我倒覺得不用試了。」誰知這時門外忽然傳來一個聲音，只見阿一推開門，一臉疲憊地走進辦公室裡：「我早上去看過了，上黃泉河根本沒有燈。」

＊

說是看過可能也不太準確，事實上阿一只是去跟設計部門的人要了上黃泉河的設計文件和原畫而已，以古坦這種等級的英雄都沒辦法順利通過的上黃泉河，自己現在操作的角色就更不可能了。

河道上的那些燈盞被稱作安息燈，安息燈出現的理由其實頗出乎意料，並不是一開始設計的，而是部落內的ＮＰＣ為了紀念死者，自發地創造了這種燈，並不懼艱險地在河道和沿岸上的灘地裝設安息燈。

因為裝設安息燈的死傷人數太多，後來設計人員決定接手完成他們的心願，除了正式設計燈的外型之外，也降低河道（主要是下黃泉河）上的怪物出現率。

根據設計師的說法，這也不是他們第一次因為ＮＰＣ而去修改遊戲設計了。

「我們設計的本來就不是洋娃娃，而是一群大活人。就像生下孩子以後，連父母也不可能掌控他們生長的方向。因此我認為我們的工作並不是去操縱這些人，而是協助他們好好的生活下去。」

「不過你們連燈的造型都幫忙重新設計……」

「那是商業考量啦！」設計師大笑：「後來想想這樣也能成為一個滿有特色的景點，就一口氣做完善一點了。類似政府扶植特色企業的感覺吧！哈哈！」

阿一以前並不是很關心遊戲世界運作的法則，總覺得大家各司其職，他只要按照上面的指令把事情做完就好了。但這一刻他忽然有種自己正在創作一個很了不起的世界的感覺，雖然他只是這世界中微不足道的一顆小螺絲釘，但推動這個世界的齒輪向前轉動，自己確實也出了一份力。

這樣的充實感盈滿胸中，阿一看著那個始終微笑著談論自己創造的孩子的設計師，問他：「你知道詩莊想要改收費方式吧？」

「啊！我知道啊！其實之前承禾早就跟我們透露過了，李詩莊有找他和其他幾個人進去討論過。」

「那你覺得怎麼樣呢？」

也不用說別人，就講你自己的看法。他補充道。

設計師沉默了一會兒，像是在思考怎麼措辭比較妥當。

「把整個世界都開放成PvP，老實說我覺得並不是很妥當。」

他想了很久，才用非常委婉的語氣如此作答，大概是顧慮到阿一是程式，算是李詩莊那一邊的人。

「為什麼？」

「嗯……好吧，或許改成說我不喜歡會比較好。PvP比重高的遊戲，通常是一個競爭性比較高的社會。H.A.裡的這些孩子是很脆弱的，只是像現在這樣的世界，我們就要費很大的心力去保護與照顧他們，我並不想把他們捲進更殘酷、弱肉強食的世界。」

「說弱肉強食有一點誇張吧？又不一定會變成那樣。」

「不過世面上滿多類似的例子啊！玩家為了讓自己的能力盡可能提升，會去做任何能做的事。村莊擁有很多資源，尤其跟武裝的玩家相比之下，大部分村民都是手無寸鐵。大家先從這裡掠奪資源，這是很自然的想法吧！可以想見接下來這個世界會陷入一片殘殺的困境，然後NPC大概也會開始試著組織自保的團體或築起堡壘吧！」

「這也是一種玩法吧……是自然發展的結果啊！」

「我知道，可是我並不想讓H.A.變成那樣的世界呀！」

看著阿一不能理解的表情，他苦笑道：「所以我剛剛才說，你要把這看作我個人的好惡也可以。可能我不是設計遊戲核心玩法的人，而是一直在規劃、設計村莊與世界的人，所以我關心的點會和部分的人不同。自由競爭的世界當然很刺激有趣，若能在那樣的世界存活下來，一定很有成就感吧？不過我覺得H.A.本來就不是要設計成那樣的世界，換成全境PvP的做法，就好像忽然把最根本的設計目的都改掉了，讓我覺得非常無所適從。」

「那孫承禾呢？他不是也進去討論了嗎？他也支持李詩莊的做法嗎？」

「不，他的想法跟我們比較接近喔！理由或者多少有差，不過基本上他是反對的。」

阿一聽了有點驚訝：「他沒跟詩莊討論嗎？」

那人聽了就笑：「那哪是討論，那就是李詩莊自己想好了那一套，然後找他們進去告知結果而已啊！」隨即他意識到自己不小心把心裡話說出來了，立刻換上一張撲克臉，說：「我還有別的事要忙，不好意思。」

只留下滿臉錯愕的阿一，和幾百張星洞河窟的設計稿。

阿一以前沒特別關心過李詩莊在團隊裡的評價，他跟李詩莊算關係不錯的同事，但私交也不親篤。他想起朱成璧和整天黏在她身邊的安娜、山貓——

說起來，李詩莊身邊有什麼特別親近的朋友嗎？

他嘆了口氣，不再多想，一張一張確認起設計稿。確實就跟設計師說的一樣，上黃泉河並沒有裝設任何一盞燈。

為了做更精確的檢查，他一大早又再登入了遊戲一遍，至少確認了在上黃泉河入口的附近確實是沒有裝設安息燈的。不過，他也只能確認到這個程度，因為再繼續往前，就不是他的能力所能突進之處了。

事實上，這也是他露出如此疲態的主要原因。

「承禾，麻煩替我復活一下我的偵測帳號，或再給我一個新的角色吧！我進去上黃泉河五分鐘就死掉了！真是的，死掉的感覺就不能再調整一下嗎？感覺有夠差的，朱成璧怎麼受得了！」

孫承禾聞言大笑：「再怎麼樣也不至於五分鐘內就死掉吧？雖然不是古坦那種等級的英雄，好歹也是個滿級帳號呀！」

「要恥笑我就省省吧！我就是什麼遊戲都打得很爛不行嗎？詩莊，我們就不能稍微調整一下怪物出現機率或強度嗎？否則現在我們堪用的就只剩下艾妮索拉一個人，根本很難往前推進啊！」

「當初為了平衡前往九狼城的速度，所以有協調過，途中不可以任何形式去修改怪物的強度、數量，還有英雄的能力。那時沒有考慮到只剩一人時會陷入這樣的艱難狀況。」

或許是根本沒考慮過。不過，即使是六人中實質戰鬥力最弱的艾妮索拉，只要選對路線，也不至於就到達不了九狼城。

「詩莊你是不是一直簽一些割地賠款的不平等條約啊！」

「對方也簽了不少，某種意義上來說還算平衡。」

「難道不能去找朱成璧協調一下嗎？」

「我想她不會笨到答應這種對自己非常不利的條件吧！」

阿一長嘆一聲，最終孫承禾再給了他一個新的角色，三人組成隊伍再去探勘一次上黃泉河。滿級隊伍再加上充分的裝備果然稍微改善了狀況，不過這裡面操作技巧夠好的只有孫承禾一人，阿一則根本可歸類為拖油瓶，最後只撐了四十分鐘左右的航程。

不過這樣也差不多夠了。

「我就算搞不清楚方向，也不至於連時間感都變差吧？那段航程不會很長，從普利斯姆離開以後最多也就十幾分鐘吧！」

換言之，就算上黃泉河後段會出現安息燈，那也不具意義。而且在這段航程中，他們也一次都沒見到可以模擬成尖石灘的淺岸。

孫承禾只好慨然承認自己的推理有誤，三人這下又回到了原點。

「果然還是從熄燈這件事開始考慮吧！」

＊

接連兩天眾人仍為熄燈的謎團焦頭爛額，朱成璧據說病得很嚴重，始終沒有進辦公室，當然安娜和山貓也就都沒有來。

最近李詩莊都盡可能準時下班，和阿一一起吃晚飯，席間繼續討論古坦的案件，老居因為幾乎全程不曾參與，所以之前沒有特別加入討論，今天席間也一直插不上話。

一頓飯吃完以後，李詩莊才問他：「老居，你有什麼想法嗎？」

老居沉吟了片刻，說：「我覺得不要再考慮燈的事了。」

剛剛在席間雄辯滔滔，討論熄燈目的的兩人都沉默下來。

「不管燈亮燈滅是什麼原因，如果放棄了古坦不是死在尖石灘上的想法，那就等於承認了古坦死在PvE，不是嗎？少了PvP做擋箭牌，就又回到最難的核心了。這次和上回不同，詩莊已經修改過規則了，在PvE區域，不論系統設計上有什麼失誤，給了他們操作空間，但人物都是不會損血的。」

他看向阿一，問道：「你進尖石灘前，有注意過自己血量還剩多少嗎？」

「呃……沒有。」

「其實討論燈也是這個原因。」李詩莊說：「如果進尖石灘時血量已經不多了，又讓他們找到什麼漏洞操作，可能就會造成這種結果。問題是，在我修改過規則之後，這種漏洞幾乎已經不存在了。目前唯一讓人感到難以理解的異象就是燈的事，如果能搞清楚熄燈是為了遮掩什麼的話，或許就能找出這個謎題的核心。」

「等、等等……」阿一打斷兩人：「雖然進尖石灘前我沒有確認過自己的血量，但是在和普利斯姆分開時確認過一次喔！他施法從結冰的河面上逃走，那時我有稍微被他的魔法波及而受了一點傷——不過還是接近滿血的程度。那之後我就一直是一個人了，沒道理忽然受傷吧！」

「是嗎？真的是一個人嗎？」李詩莊如數家珍地說：「普利斯姆有隱身的技能，搞不好一直跟在你旁邊你都沒有察覺。」

「這個……」聽得他毛骨悚然。

「寒冰之矛，這個也是持續損血的技能吧……如果你不知不覺間中了這一招，就算普利斯姆不在身邊你也會持續受傷。」

阿一無話可駁，老居說：「原來如此，想從對方的行為動機推理出整個背後的邏輯嗎？不過其實我想，既然他們有普利斯姆在，想把燈熄掉並不是很難的一件事，比較想不通的是燈是怎麼再點上的。」

「尤班如果也在附近……辦不到嗎？」

「可是尤班都是大範圍的火焰魔法啊，一燒就是一大片才對！照你說的，燈是從後面一盞一盞亮到前面的吧？」

「尤班還有火球術、火箭這些單體魔法，以她的實力的話，用帶火的飛箭點亮每一盞不無可能。而且那時候我也死了，聽不到聲音也感覺不到溫度。」

「好吧！就退一萬步承認尤班在那麼短的時間內做得到吧！但照剛才的邏輯，最令人難以理解的是，如果熄燈是為了遮掩什麼，那為什麼尤班還要替你把燈打開呢？」

「為什麼……要開燈？」

「對啊，不覺得很怪嗎？短暫停電怕人起疑也就算了，但那之後古坦都死了，燈要是點得不夠快，古坦都不見得有機會看得到。既然如此，為什麼要費神去做這種事呢？」

聽到這句話，李詩莊面色忽然變了一變。

他抿起薄唇，急切地彎起指節敲著桌子。

過了幾分鐘，他終於開口問道：「老居，我想問一下，一般來說你們載入特效的時候會做哪些優化？」

突如其來的話題轉變令兩人有些錯愕。

「不知道，不是我做的。不過大概就那幾個吧：配合客戶端機器規格自動調整畫質和粒子數、遠景特效不載入、調整遠景範圍，還有就是負荷太重時，會自動關閉部分全境天氣特效，像雲霧、雨水噴發的粒子會減少。」

李詩莊立刻轉向阿一，問他：「阿一，你記得從燈暗掉之後，到你登陸尖石灘為止，大概過了多久時間嗎？」

「呃……當然不記得了，不過不是很久，其實我拐出暗掉的河道之後就看到尖石灘了，上岸以後大概兩分鐘內就死了吧？」

李詩莊站起身來，說：「有些事我要去確認一下。」

＊

朱成璧聽見信件的訊息音，從一片暈眩中茫然睜開雙眼。眼前的景色模模糊糊對不了焦，腦袋火燒火燎的疼。她抱著一個熱水袋在懷裡，整個人如嬰兒一般蜷縮在被窩中。

屋裡是暗的。

她不記得自己是從幾點開始睡的了，不過看來已經一覺睡到了晚上。抬頭望向牆上的時間，已經是週六晚上八點了。

大概是半夜去ＵＢ大樓那一次染上感冒的吧！雖然不是身體特別虛弱的人，畢竟是寒冷的深冬，大半夜的在外頭待那麼久會生病也是理所當然。

她稍微挪了挪僵硬的四肢，但身體一動熱氣就迅速散開，她只好又趕快恢復成本來的姿勢——對了，剛才是為什麼醒過來的。

然後她才想起自己聽見信件的通知，她想：我都請假了，還是病假！有什麼天大的事也不該煩一個生病的人。可是手已經不聽使喚地打開信件匣，是一封視訊通訊的請求，陌生的信箱發來的陌生號碼。

她一瞬間幾乎要把這封郵件丟進垃圾桶裡，但花了兩秒鐘她終於想起那信箱是李詩莊的。這種時間打電話來是要做什麼？難道已經破解了古坦死亡之謎，現在就想立刻舉行解答大會了嗎？

正猶豫時，李詩莊的電話又撥進來了，她考慮了片刻，終於按下接通。

眼前浮現小型的視訊螢幕投影，李詩莊的臉稍微下俯，應該是在盯著他那邊的投影螢幕吧？朱成璧忽然有點後悔，再也沒有比現在更悽慘的模樣了，不過她並不知道，在對方的螢幕上，只看到幾乎被棉被遮住的整張臉，和唯一露出來的一雙發紅的眼睛。

「妳還好吧？看起來好像很嚴重。」

朱成璧試著調整了一下自己的鏡頭，讓鏡頭幾乎拍不到臉，李詩莊皺了一下眉頭，但沒說什麼。朱成璧拖著濃濃的鼻音說：「不好，沒事不要吵我，我要睡覺。」

「有吃東西嗎？」

「沒有，但我現在更想睡覺，我要掛電話了。」

「我帶了熱湯來，要喝嗎？」

「不要，我要睡……」

機器人般不斷重複同樣訴求的朱成璧忽然愣了一下，腦袋像一團糨糊的她花了幾秒重新組織資訊，然後問道：「你在哪？」

「在妳家樓下，可以幫我解鎖保全門嗎？」

朱成璧直接將電話切掉，隔了幾秒，終於還是解開一樓的保全門，大約五分鐘後，就聽到自己房間的門鈴響了。

她解開門鎖，一會兒就聽見李詩莊在門口關門脫鞋的聲音。

「可以進來嗎？」

朱成璧試著回應，但喉嚨只發出一團黏膩不清的哀號，她心想，算了，李詩莊沒聽見的話，就讓他拿著他的熱湯滾回去吧！

不過李詩莊並未如她所願，雖然沒聽清楚回答，他還是有些失禮地直接進屋。朱成璧聽見喀的一聲，從虛掩的房門可以看見客廳燈亮了。

屋子本來也不是太大，李詩莊就徑直走到她房前，敲了敲她的房門。

「進來。」

李詩莊推門進來，問：「開燈可以嗎？」朱成璧沒有回答表示默許了，李詩莊選擇了比較微弱的夜燈，果然並不刺眼，只是像窗外月光一樣的亮度。

大部分時候朱成璧都是盛氣凌人的，李詩莊久了也漸漸習慣，這個人是比他更驕傲的女王，難得看到這麼安靜的朱成璧反而覺得彆扭。

「有餐具嗎？我幫妳弄一下這個，湯要趁熱喝。」

他說話也比平時放軟了些。

朱成璧實在不想接受敵人的施捨，但她已經好幾天靠著家裡囤積的營養劑過日子了，雖然山貓和安娜有輪流來探望，也會給她帶吃的，畢竟也沒法做到天天照護，她說：「廚房有乾淨的碗，謝謝。」

過了一會兒李詩莊端來熱騰騰的藥膳湯，當歸濃厚的香氣填滿室內，朱成璧不由得讚嘆此人倒很清楚感冒的病人最想吃什麼東西。

看朱成璧像餓了幾十天一樣風捲殘雲，李詩莊暗暗好笑，他說：「不用吃這麼急，還有熱粥。」

朱成璧迅速解決了熱湯，果然精神看起來恢復了一點。

「看妳好像病得很嚴重，沒有去看醫生嗎？」

「不想看，放幾天就會好的。」

「都已經拖那麼多天了，臉色還是很難看啊。」

「放心，禮拜二我會準時出席你的解答大會的。」

「攻擊性還是這麼強啊。不過，與其考慮這個，不如開始想第三個詭計吧？」

朱成璧放下正在舀熱粥的手，看他：「你知道答案了？」

「嗯，算是吧。」

「今天就是來炫耀的？」

李詩莊笑道：「哈哈，這倒不是，今天就是純粹來探病的。」

朱成璧依然警戒地看著他，看得出來她想繼續案件的話題，又不確定李詩莊是不是虛張聲勢，因此也不願意說太多免得漏了口風。

李詩莊大概也明白這一點，就自己轉了話頭道：「不過要說的話，確實有點想問的問題……」

「什麼？」

「如果不把遊戲改成全境PvP來提高可收費點，那妳還能怎麼做呢……」

朱成璧嚇得幾乎脫手把整碗粥潑在身上。

「你這是認輸宣言嗎？」

李詩莊笑道：「不是，我只是想聽聽其他方向的看法而已。」

朱成璧打量著他，面上雖不露聲色，但這個答案大概比李詩莊想直接認輸更令她訝異。暴君也開始想傾聽人民的意見了嗎？

不過她沒有正面提出自己的回答，只是反問他：「要不要跟我聊聊你的老師？」

看李詩莊愣了一下，她又補充說：「就是H.A.的原製作人、你的指導教授齊百歲教授。」

「為什麼會突然想問起老師的事？」

「你那個不倫不類的改法，不就是為了不想破壞齊教授的設計初衷嗎？可是我其實不太明白，在你心中，齊教授的設計初衷到底是什麼？」

李詩莊忽然噤聲了。

病中的朱成璧眼神少了往昔的咄咄逼人，倒像個慈祥的導師似的。李詩莊感覺自己彷彿正被主考官面試，必須謹慎提交自己的答案。

隔了一會兒，他才說：「老師跟我說過很多遍，他一直認為IAP[16]是毀掉了很多遊戲的設計。」

朱成璧沒有插話，只是以眼神彷彿鼓勵他繼續說下去。

「本來要透過自己努力勞動才能獲得的成果，在ＩＡＰ的模式下卻能夠輕易以金錢取代。」他乾笑兩聲：「或許這樣更貼近現實世界吧，金錢與權勢幾乎可以買盡所有的東西……我要做出一個這樣的遊戲嗎？」

「拿金錢換取自己想要的東西，這樣做有什麼不對呢？」

「妳說得沒錯，但這樣好像失去『遊戲』本身的意義了。」他說：「世界上還有什麼比不勞而獲更甜美的事呢？但那就像毒品一樣，會讓人漸漸深陷其中，不可自拔。一旦遊戲踏入這個輪迴之後，就變成單純的金錢比拚大賽了，這樣的話，我改做一個繳最多錢的人、名單就能一直排在最上面的排行榜遊戲就好了。」

朱成璧皺起眉頭說：「我覺得你有一點矯枉過正了。其實只要控制好貨幣循環，讓金錢在這個世界裡不是萬能的，應該是不至於陷入你所說的那種悲慘境地。」

李詩莊苦笑道：「不過一旦開了先河，後頭的來勢洶洶就銳不可當了。」

朱成璧大概知道他的意思，遊戲開發完成後，哪些物品可以透過金錢取得，這並非開發團隊可以完全干預的事，也有很多設計立意良善的遊戲，到最後因為商品化程度失控，最後毀於一旦。

一旦開始進入頹勢，那就如日薄西山，很難再拉回來了。既然如此，不如以特殊的收費方式做為主打，一開始就把這扇罪惡的大門關上。

「以最初的規劃來看，其實拿復活當作收費點是有機會打平的，如果這樣的遊戲能被市場承認接受、存活夠久，那麼還能持續獲利。但是這個案子……」

16. InAppPurchase，先用後買的消費模式，指遊戲本身免費，但遊戲中道具、分數、貨幣等需額外支付金錢購買。

拖太久了。

再加上隨著開發的進行，愈來愈多問題浮出水面，採購機器所需的大量經費遠遠超出專案本來預算。再繼續維持本來的收費模式鐵定是絕望慘賠，然而已經進行了將近五年的專案，公司說什麼也捨不得就這樣直接砍掉，到最後就變成這樣四不像的情況。

朱成璧靜靜聽他把自己的想法說完，才問：「你現在想法開始有一些改變了嗎？不然為什麼會來問我這個問題？」

「不，我的想法還是沒有改變，不論怎麼樣我都不想讓這個遊戲落入金錢陷阱中，只是……我想或許世上還存在更好的方法。」

「你知道H.A.整個世界的背景是哪裡來的嗎？」

對朱成璧突如其來轉變了話題，李詩莊露出有些困惑的神情。

「最初是老師創作的吧……後來他找了作家于善老師合作，裡面比較細節的內容是于老師寫的。」

在奪走齊百歲教授生命的那場車禍中，于善就坐在他的副駕駛座上。

因此H.A.幾乎是臨陣大換血，到了最後，那兩人最初想傳達的究竟是怎樣的世界，也沒能留下任何紀錄。

「不，不是。于善是青少年文學作家，H.A.的故事完全是他自出機杼的創作，是一本他沒有寫完、未能付梓的青少年小說。」

「哎？」李詩莊愣了一下。

「是……這樣嗎？」

李詩莊顯然有些訝異，但也就僅止於此，仍不明白這些事與剛才討論的話題有什麼關係。

「對，不過這個淵源幾乎沒有人找出來過。那個故事大概是于善老師三十出頭時的作品，但沒有寫完，一直塵封不動。齊教授跟于老師私交甚篤，是認識二十多年的朋友，可能也曾看過于老師的殘稿。」

「是這麼多年的作品了？」

齊百歲和于善合作的時候，兩人都已經五十幾歲了，換言之H.A.至少是二十年前的作品。

「對，所以應該是齊老師看過這份作品以後，提出想用遊戲的方式來做為這個故事的舞台。于老師大概也覺得這或許是能讓故事重生的方法，所以欣然加入他的團隊，並規劃了很多的細節。烏葛爾城的故事、世界樹的妖精，這些都是于老師寫的。」

「妳怎麼知道的？」

「在你說你不想違背老師的遺願之後，我去找的。」她說：「因為我也不想違背原設計者的遺願，但是至少我得知道他的遺願是什麼。」

「不過，和齊老師有關的資料幾乎都是他在人工智慧領域的論文，他發表有關遊戲創作論點的文章也非常少，因此只能改弦易轍，後來循線我找出了于善這位作家。因為他和齊老師關係很好，我相信他寫的劇本應該是不會偏離齊老師創作的初衷，所以我開始大量蒐集于善的作品和相關訪談剪報——你看過于善的作品嗎？」

李詩莊露出有些慚愧的神情：「沒有，一本都沒看過。」

事實上，他一直以為于善只是個把細節補上、把台詞填滿的幫手，從來沒有將他視為H.A.的創作者之一。聽朱成璧娓娓道來H.A.的前因後果，明白或許于善才是這個世界真正的主人時，心中忽然湧上一股羞愧感。

「老師是青少年文學作家，他的故事都非常溫暖。」朱成璧微微笑道：「你可以去找幾本來看看，大概會對他更有認識。」

「不過照妳說的，既然是他從未公開發表過的作品，為什麼妳會知道那是H.A.的本源呢？」

「是在某個訪談裡面偶然看到的。」她說：「訪談提問到于老師創作生涯中最惦記的作品，雖然沒有明確講是哪一部作品，但從裡面的一些細節描述來看，我想應該是說H.A.吧。」

「他寫了什麼？」李詩莊急切地問道。

朱成璧吞了口口水，說：「很長，回去我發給你吧！」

李詩莊注意到朱成璧臉色泛紅，眼神也愈來愈混濁，他這才想起朱成璧是個掛病在身的人，自己已經打擾很久了。忙說：「不好意思，纏著妳說了這麼多話。」並收拾了桌上的碗筷：「這個我拿去洗一洗。」

朱成璧微微頷首，縮回被窩裡，笑道：「丟洗碗機就好了，今天很謝謝你來看我，還帶吃的過來。」

對於不帶任何敵意的朱成璧、毫無針鋒相對的談話，李詩莊感到有些不自在。

「沒什麼，妳好好休息。」

「等一下。」

朱成璧忽然叫住他，李詩莊停下腳步，回頭看她。

朱成璧輕聲道：「你剛剛問的問題，我還沒好好回答你。不過，也許你看了于善老師的訪談以後，多少也能明白一些他的心情吧。到那個時候，我會再把我的答案告訴你。」

李詩莊心想：那麼為什麼之前不把于善的事告訴他呢？朱成璧像知道他在想什麼似地

說：「本來是決定把你徹底打敗之後，再把于老師的訪談給你看的。不過我想，也許現在已經是可以給你的時機了吧！」

李詩莊皺起眉頭：「什麼啊？這是說妳覺得妳已經徹底打敗我了嗎？」

朱成璧漏出幾聲輕笑，她勉強支起的身體又滑回被窩中：「不是那個意思。總之，週二之前我會努力讓自己的身體恢復正常的，我很期待你的解謎成果——在要我回答你的問題之前，你可得先回答我提出的難題啊……」

＊

八樓的影音大會議室通常被稱作禮堂，因為裡面有一面非常大的投影幕，有重要展示會時，都會利用這間禮堂。

不過因為公司最重要的項目H.A.已經卡太多年了，因此禮堂幾乎也很少派上用場，私底下也不少人謔稱做蚊子館。

今天，蚊子館難得地開張了。

要說聚集了很多人也不至於，不過和這場比賽相關的人物都聚齊了，團隊中對這場比賽很有興趣的觀眾也來了不少。比賽進行了快兩個月，如今一有事件發生時，就像快報一樣所有細節會瞬間傳遍辦公室。

當然，朱成璧也實踐了她的承諾，請了將近一週的病假，週二時掛著一副大口罩的她終於重新出現在自己的位置上，雖然仍是一副病懨懨的樣子，但雙眼中浮現因受到挑戰而欣喜的光芒。

安娜和山貓也到了，和朱成璧一樣坐在觀眾席的第一排。

為了讓氣氛更熱烈，這次李詩莊玩心大起，稍微改造了機艙，在連結器外額外加了一台視覺訊號的分析儀，就像在玩家眼睛裡放進一台攝影機一樣，將遊戲中看見的畫面全部投影在禮堂的大螢幕上。

待在禮堂內的只有主持這場盛宴的李詩莊一人，剩下的阿一、老居，還有那號稱自己「永遠的行政中立」的孫承禾都沒有出現。

這也是理所當然的，因為孫承禾如今正出現在大螢幕上。

他也知道自己（操作的角色）的影像正在禮堂中播出，非常熱情地朝大家招手：「嗨！大家好！」不過李詩莊沒這麼多閒工夫再連音訊也一併導出，因此眾人只看見他掛著燦爛的微笑，一面以口型不知描摹著什麼。

模糊低劣的畫質，搖盪昏暗的畫面，還有與孫承禾那熱情模樣成強烈反差的死寂啞默，連結到接下來李詩莊宣稱要重現的謀殺現場，令人不由得感到不快。

只有朱成璧十分從容，模糊不清的聲音從她那副大口罩後面傳來：「導出畫面這個很有趣，但不許應用在最後一場比賽上。」言下之意，彷彿已經承認了李詩莊要提出的將是正確答案。

李詩莊微笑道：「如果妳還能提出下一道難題的話。」

孫承禾不知跟眼前的人說了些什麼，接著身體探向前解開了小船，水流很緩，他的船慢慢地開始上下漂動，孫承禾微笑著搖起了槳。

當然視覺訊號並不是孫承禾的，而是在孫承禾對面的「某人」，可以將之想像為攝影師，那人在孫承禾出發之後應該也跟著解開了自己的船，鏡頭開始有明顯的前進感，孫承禾偶爾跟「攝影師」談話，偶爾則對著鏡頭擠眉弄眼。

本來孫承禾這個角色應該由偵探組的人自己扮演的，不過阿一堅持他不願意再死一遍了，老居則有些遲疑，只有孫承禾已經在遊戲裡死過很多遍了，對死亡的恐懼早已麻痺，於是興致盎然地接手了這份工作。

接著是有些冗長無聊的時間，畫面一成不變，就是在河面上漂流的孫承禾而已，大約過了十分鐘後，終於地形產生變化，眼前出現兩道支流的分歧。

「畫面左側的那一道支流是下黃泉河，這一點無庸置疑——因為上黃泉河河道內並未裝設安息燈，因此會比下黃泉河暗很多。」

果然兩條河中，下黃泉河明顯的因架設在岩壁上的河燈而泛著昏黃的光輝，相較之下右手邊的上黃泉河就幽暗許多。

「現在開始，承禾正式進入下黃泉河，接下來我們也改變攝影機的視野。」

說完他切換了攝影機的鏡頭，這下孫承禾的身影消失了，螢幕上出現老居有些不知所措的臉，還有可以看見孫承禾的雙手。

顯然目前投影的是孫承禾的視野。

「啊……只有老居啊？」可以聽見席間有些竊竊私語，本來以為阿一應該也在攝影師那艘船上的。

老居皺起眉頭不知道說了什麼，畫面忽然迅速晃動，老居的身影消失，畫面中只剩往岩窟深處蜿蜒而去的河道，與一盞盞微幅搖動的河燈。

是孫承禾轉身了。

接著，畫面又開始微幅動了起來，可以看見孫承禾雙手忙碌地不知摸索什麼，過了一會兒他取出一口小瓶，拔開瓶塞後舉高小瓶，似乎將瓶中青綠色的液體一飲而盡。

之後他將小瓶往河中隨手一拋，並伸直手臂，對著鏡頭（也就是自己的雙眼）比出一個大大的OK手勢，緊接著畫面右上角忽然浮出了一道紅色長條。

「剛才承禾喝下去的東西是毒藥，每一秒鐘會扣損一滴血，為了重現當時情況，我們稍微調整過承禾的血量，總之，在大約十八分鐘後承禾就會因中毒而死。」

一秒扣一滴血的速度實在太慢了，在模糊的畫面上幾乎看不出來，過了一陣子大家才明顯感覺到孫承禾的血量條確實是一直在下降中。

「這裡的毒藥模擬的是普利斯姆的技能『寒冰之矛』，當然破壞力不可同日而語，不過，寒冰之矛也是大約花了十八分鐘左右殺死古坦的……至於為什麼要嚴絲合縫地重現十八分鐘，大家等一下就會明白了。」

接著畫面上的內容乏善可陳，不外就是孫承禾隨著河水漂流，其他什麼事也沒發生。聽說古坦死前河道上的安息燈都熄滅了，但現在畫面上的安息燈顯然都好好的。

這是很漫長無聊的一段時間，偶爾孫承禾會收到指示，拿起槳來調整一下船的速度。此外，因為毒藥的維持效力只有五分鐘，所以期間孫承禾會再拿出幾瓶毒藥來喝上幾口，那種怪異的行為倒顯得有幾分滑稽。

因為實在太枯燥了，眾人開始心不在焉地遊神或低頭做起自己的事，也沒有人特別注意畫面上發生了什麼，李詩莊也沒有再說話，只有朱成璧雙眼帶笑，一點也不感到無聊似的，專注地盯著眼前的畫面。

不知過了多久，李詩莊忽然又開口了。

「接下來就是關鍵了，在剩下的時間內，承禾會安靜地走向死亡。」

眾人這才如大夢初醒般重新將注意力移回畫面上，然而什麼怪事都沒有發生，唯一稱得上變化的只有孫承禾那幾乎已探底的血條，還持續以緩慢的速度下降。李詩莊看了看眼前的畫面，說：「不錯，我們時間抓得還算滿準的。」

「等等……」這時已經有人開始竊竊私語：「血剩不到四十了耶，這樣下去一分鐘內他就要死了吧？」

「還沒看到尖石灘啊！這樣不是要死在PvP上了嗎？」

可是李詩莊完全不為所動，接著孫承禾的船順著彎曲的河繞入岩洞，在那隱身洞窟內的河道出現時，所有人都不約而同「咦」了一聲。

安息燈，全部熄了。

就像突如其來的大停電一樣。

因為太暗了，連孫承禾眼前有什麼都看不清楚了，就這樣畫面持續著彷彿壞掉的電視一樣的一片黑暗，只有右上方發著螢光的血量條格外清晰。

沒有人敢說話。

孫承禾的血量已經探底了。

理論上，他已經死了。

可是畫面雖然一片黑，但還是可以勉強看出有些動靜，又過了約一、兩分鐘後，船終於出了那黑漆漆的隧道，眼前空間豁然開朗起來，雖然仍然沒有燈光，但已經可以明顯看出尖石灘的輪廓。

孫承禾似乎接到了什麼指示，加速划起槳來，船一靠岸他立刻就跳上陸地，連船也懶得拴了，緊接著後面跟著的隊友似乎也上了岸。就這樣理應已死去的孫承禾漫步在黑暗的尖石灘上，彷彿是忘了自己壽命已終的幽靈一般。

忽然之間。

孫承禾停下腳步定在原處，因為太暗的緣故眾人看不清發生了什麼事，但接著畫面忽然天旋地轉起來，最後定在粗礪的岩地上。

眾人紛紛發出驚呼，很明顯，孫承禾倒下了！

「死了？」

「怎麼搞的？」

禮堂內開始一陣紛亂，而就在此時，彷彿要嘲笑眾人一般，從遙遠的彼岸，燈火一路重新亮了起來。

一模一樣。

在眾人都還目瞪口呆之際，朱成璧已經微笑著輕輕鼓起掌來。

李詩莊並沒有看向她，這時底下已是群情鼓譟，紛紛要李詩莊說明發生了什麼事，李詩莊只是淡淡地說：「等他們回來吧！」

大約過了五分鐘後，這些——或者死者、或者兇手的中心人物回到了禮堂，孫承禾雖然才剛慘死不久，仍顯得非常有活力，朝大家猛揮手，彷彿凱旋歸來的英雄。

李詩莊說：「我先說明熄燈的原因吧！只要說清楚了這個，就等於是將案件的全貌揭開了。最初我們以為兇手是為了遮掩什麼才刻意熄燈，不過事實正好相反——熄燈並不是手段，而是結果。」

「是說，兇手為了殺死目標所採用的手段，最後必然會導致熄燈的後果嗎？」

「不，也不能這麼肯定的說，要是運氣好的話，燈有可能並不會熄滅。但是顯然兇手的運氣有限，如果沒有這麼醒目的事件做提示的話，也許我們就無法發現真正的答案。」

至於自己反而一度被這件事遮住了視線，在錯誤的道路上徘徊許久，李詩莊就略而不提。

「別賣關子了，到底燈是怎麼熄掉的？」

「答案就在這裡啦！」阿一也爬上講台，像孫承禾一樣興高采烈地揮舞雙手，這時眾人才注意到他，畢竟剛才他沒有在遊戲內現身，難道是躲在什麼地方了嗎？

「因為就在大約十七分三十秒的時候，我——」他做了一個誇張的拉扯手勢，像要把什麼東西扯斷一樣：「把孫承禾機艙的網路開關——切斷啦！」

本來嘈雜的禮堂頓時靜了下來，李詩莊簡短地下了評語：「燈熄掉的原因，就像是停電。」大概裡面程式部門的人已經知道機巧在哪裡了，但不是相關技術的人員還雲裡霧裡，開始不斷有「為什麼這樣燈會熄掉？」「為什麼這樣就會死掉？」的鼓譟聲。

李詩莊不疾不徐地開始解釋道：「要瞭解這個詭計背後的原理，首先要知道我們遊戲的幾個規則。首先，最關鍵的，也就是關於斷線時的規則。」

「畢竟是連網遊戲，延遲或斷線在所難免，雖然以網路現在的覆蓋程度和暢通程度，斷線機率不是很高，但大家應該都曉得H.A.的收費點是在死亡，因此這是一個最不能製造爭議的地方。」

「一般VR遊戲的斷線處理相對簡單，斷線時玩家不一定會察覺，仍可繼續行動，但因客戶端的機器無法再回傳資訊給伺服器，因此這些行為就像打水漂一樣，不會留下任何紀錄。當連線恢復時，玩家會如大夢初醒，發現自己的人物還待在原地。」

「當然，如果在這段期間內，玩家遭受到了敵人的攻擊，那他恢復連線時很可能已經是屍體一具。對大部分的遊戲來說，這當然沒有問題，可是對H.A.來說，就會牽涉到麻煩的金錢問題——玩家如果死了，必須花錢復活帳號。遇到這種和錢有關的事情，玩家就會特別的執拗。」

「『並不是我的操作有問題啊！是因為網路這種不可抗力，因此我不應該遭受到這種懲罰吧？請替我免費復活。』不難想見，日後我們的客服系統將要耗費相當大的心力處理這種案例，不說浪費人力、影響營收，甚至可能會讓玩家將自己的斷線遷怒到公司頭上。」

「因此我們的做法和一般VR不同，我們是採取信任客戶端的制度。換言之，在斷線時限內，只要玩家恢復連線，我們就會以他客戶端傳回來的資料為準。」看底下有些人露出迷惑的神情，孫承禾改以比較親民的方式解釋：「這樣想好了，如果你現在網路斷掉了，你的角色還是可以自由行動的，這時候你的各項數值、還有你的位置資訊，全部都存在你自己的機器裡，雖然你的機器很努力地想把這些資料回傳給中央伺服器，但是怎麼樣也聯繫不上。」

「不過，我們的斷線時限是三百秒，這跟一般遊戲相比，異常的長。在三百秒內即使你跟伺服器失聯，它也不會放棄你，繼續等待你能重新和它接上線。當你連線恢復時，存在你機器中的資訊——也就是你現在的狀態，就會立刻被回傳到中央伺服器中，而伺服器將會採信你的說法，以你目前記錄的狀態為準。所以連線恢復後，你並不會被拉回斷線時所在的地方，而是會留在你現在所在的位置。反倒是你斷線以後留在原地發呆的軀殼會瞬間消失，哈哈！好像靈魂忽然歸位的感覺。」

「大致就像承禾所說的那樣，因此在十七分三十秒承禾斷線的時候，他操縱的角色仍可繼續往前進，他的血量也會持續因毒藥的影響而扣損。」

「我明白斷線還是可以繼續行動了，可是我還是不懂啊……既然這樣，為什麼承禾在途中血歸零的時候沒有死呢？」

「沒錯，最大的關鍵就在這裡。」李詩莊說：「因為死亡這件事，是由伺服器判定處理的。」

「啊……什麼意思。」

「我簡單說明一下死亡的流程。」李詩莊輕輕嘆了一口氣：「目前死亡的判定很簡單，每次客戶端回傳玩家資訊給伺服器時，伺服器檢查玩家的血量，一旦歸零，就將玩家判定為死亡，剝奪玩家五感，強制連結器中斷，並將畫面接到金流串聯，也就是詢問玩家是否復活的選項。如果玩家沒有選擇復活，那麼這個角色就會被凍結。不過因為我們金流還沒接上，所以玩家目前只會躺在地上一動也不動約十秒鐘左右。」

「包括接上金流、切斷連結器這些事情，都不是客戶端的機艙能做到的，因此在承禾血量歸零時，他的機器只是單純的記錄了『血量為零』這件事。當他再次和伺服器連接上時，伺服器判斷他的血量已經歸零，處於死亡狀態，在此時才剝奪了他的生命。」

「也就是說……在恢復連線之前的承禾，就像是一個到處徘徊的幽靈一樣……」

李詩莊露出微笑：「是，非常象形的比喻。事實上，在更前面的PvP河道上承禾就已經死了，但直到重新接上伺服器時，拘魂的黑白無常才來將他帶走。」

這時眾人紛紛嘈雜起來，不斷有人質疑：「這樣真的算死在PvE嗎？」

李詩莊倒很大方地肯定：「我們以伺服器的紀錄為準。」

眾人這時大概已經明白孫承禾因時間差而死亡的理由，但仍有未解之處。

「可是……為什麼燈會熄掉呢？」

一直沉默著的老居則在此時開口，繼續說明未解明的部分：「通常來說，只要進入一個區域，我們就會將附近地圖全部載入客戶端，所以即使斷線了，他周遭的景色也不會突然消失——除非他透過傳送點，將自己瞬間傳到很遠的地方，那樣他可能會看到一片空白的風景。」

李詩莊補充道：「沒錯，所以即使斷線了，他仍可在地圖中行走。」

「不過，特效上我們並不是這樣處理的——我先簡單定義特效，遊戲裡面的雲霧與雪這些天氣狀態，火焰、陽光、雷電這些光與熱的表現，還有角色使用技能、魔法時的絢麗效果，我們都是透過特效表現。」這一點就不論哪個部門的人都很瞭解，因此沒有什麼異議聲。

老居繼續說：「預載地圖的代價雖然也很高，但至少這是固定的東西，我們可以依據玩家機器的規格決定要載入多大的部分。當然也是考量到剛才說的斷線情況，因此至少三百秒內玩家可抵達的區域地圖都會先載入。但特效是變動性很大的，如果現在有兩個魔法師忽然打起來了，有可能眼前就滿天花火閃電亂飛，這些都是很消耗資源的東西，如果玩家的機器沒有那麼好，就可能造成畫面延遲、或使他操作吃力等等。」

「因此，特效的表演我們盡量是需要時才載入，因為當你在遠處時，這些東西你是看不見的。這樣就可以理解熄燈的理由了吧？燈火也是特效的一部分，並沒有全部載入，斷線的時候，已經預先載入的燈火不受影響，但在過彎後的燈火，包含尖石灘上的燈火都還沒有載入，所以古坦看到的才會是一片漆黑的河道。當古坦恢復連線之後，燈火也開始陸續載入，自然就恢復正常了。」

李詩莊道：「這件事要執行起來並沒有那麼容易，切斷古坦的連線之後，兇手必須確保他能在三百秒之內能夠順利抵達尖石灘。否則時限到了之後，系統將視為玩家已離線，直接採用留在原地的古坦數值——那就代表古坦死在PvP裡，兇手組直接出局。相反的，如果古坦在斷線之前就抵達了PvE區域，那麼附加在他身上的『寒冰之矛』也會自動失效，古坦就會保住性命，因此在控制古坦的行進速度上必須算得很準確。」

眾人竊竊私語起來，李詩莊做了最後的結論：「這就是我們對古坦的死亡所提交的答案——兇手組要提出任何反詰嗎？」

朱成璧沒有說話，僅是微微一笑，伸出手來鼓掌。

安娜跟山貓也跟著鼓起掌來，接著整個禮堂的人零零落落地也跟著鼓掌，最後禮堂內響徹熱烈的掌聲。

李詩莊平靜地說：「那換我提問。」

「請說。」

「我們能順利完成這場演示，是靠承禾自己根據血量來調節速度，最後怕趕不上的時候就加速划船。不過你們控制不了古坦的行動，是怎麼能做到算得這麼精準的？」

朱成璧聽了大笑：「我還以為你要問什麼，還有什麼辦法？」

她指了指自己臉上的大口罩說：「當然是在冷死人的大半夜來公司演練個幾十遍啊！」

第二幕・尾聲

這就是朱成璧的性格。

李詩莊心想：決定要做的事，就會不惜一切代價。

平安無事地解決古坦的案子以後三天，週末的下班之前，李詩莊非常難得地出現在十樓辦公室，引起一陣譁然。

嚴格來說，李詩莊和朱成璧雖然都要掛製作人的頭銜，但不算同一個部門的。朱成璧的辦公室在孫承禾旁邊——設計師和大部分美術人員、圖學工程師在同一層，其他的工程師在十二樓自己一層樓，音樂音效因為需要很大的錄音室，所以在比較遠的十三樓。

沐浴在所有人的視線中讓李詩莊感到焦躁，其實他自己隱約感覺到同仁最近對他的態度比較軟化一點，以前看到他絕對都是避開眼神、擺出一張撲克臉的，是上回在禮堂的名偵探劇碼受到大家的肯定嗎？

不過，依然只有孫承禾敢和他搭話。

「哎呀！詩莊，真難得呀！你要找人不是都發封訊息就把人叫上去的嗎？」

「我發了……」

李詩莊有些茫然無助地盯著朱成璧的辦公室，雖然看不見辦公室裡面，但外頭亮著小紅燈，寫「我不在」。

孫承禾按著他的目光看過去，笑道：「找成璧啊？有什麼事嗎？」

「呃……」李詩莊沉吟了片刻但沒有回答，只問他：「她去買晚餐或什麼的嗎？」

「不是啊，這個時間鐵定是下班了吧？」

「哦……也是。」李詩莊用力點頭表示明白，孫承禾一臉懷疑地打量他：「找她到底有什麼事？很急嗎？」

「呃，也不是那麼急，我再發郵件跟她說明好了。」說完李詩莊就轉頭匆匆走了。

當然李詩莊不告訴孫承禾的原因是根本沒有什麼急事，他只是下班前三十分鐘發了封訊息給朱成璧邀她吃晚餐。他也不太知道自己為什麼要邀她吃晚餐，或許是想延續上次關於收費點的話題，也或許是想跟她說聲謝謝。

沒有什麼來由的，他覺得這短短的兩個月裡，自己和H.A.忽然變得親近很多。一個自己親手照料了五年的孩子，卻在這麼短的時間裡以完全不同的姿態展現在自己面前，他是聰明人，很清楚自己應該答謝的是誰。

當然，他沒有要將製作人的位置拱手相讓的意思，但是他很感謝朱成璧辦了這場比賽。

他想了很多晚餐時要跟朱成璧說的話。

但是朱成璧，不見了。

他明明在三十分鐘前就把訊息發過去了啊？只能想像是朱成璧拒絕他了，他思考可能的理由，當然第一個想到的就是在古坦的案子解決了之後隔天，他再次發出訊息公告，宣布他又修正了幾個bug：

「伺服器處理玩家死亡流程時，除血量歸零的條件外，將再追加判定玩家當時是否位於PvE中。」

這真夠狠的。

看起來只是單純針對上次的問題做修正沒錯，但嚴格來說這已經算把路完全堵死了。

朱成璧當天午餐只跟他說一句話：「你幹嘛不去維護部門當個首席殺蟲劑算了？」之後就拒絕出現在員工餐廳，李詩莊承認自己這個修改是有一點到作弊的程度了，他想，如果今天朱成璧晚餐時向他提出要求，禁止他進行這個修改的話，也許他是會答應的。

但是朱成璧，不見了。

李詩莊遲疑了很久，終於打開自己的收件匣。他想朱成璧可能擬了一封措辭嚴峻的拒絕信，也可能裝作根本沒看見那封邀請函，任其石沉大海。應該說這兩種情況就是他一開始設想的，所以發完邀約信三十分鐘後他一次都沒打開過收件匣。

不過，顯然情形有些超出他預想之外。

收件匣裡是冷冷清清地躺了一封朱成璧發來的信，時間幾乎就在他發出邀請信的幾秒鐘之後，信的標題很簡短，只有兩個字：「訪談」。

他再次確認一遍自己寄給朱成璧的信，仍處於未讀狀態，大概發完這封信以後朱成璧就沒再確認過自己的收件匣了吧。

李詩莊打開那封題名為「訪談」的信件，果然如他所料，裡面是關於青少年文學作家于善的一份訪談紀錄。看來朱成璧是很仔細地讀過了，還在上面畫記了重點。

整份訪談頗長，李詩莊從她有畫記重點的部分開始看：

記者（以下簡稱記）、作家于善（以下簡稱于）

記：在于老師創作過這麼多的作品裡，有沒有特別喜歡哪一部呢？

于：要說喜歡的話，其實每一部我都很喜歡，因為都是努力傳達了自己意念的作品。不過，令我感到特別「在意」的倒是有一部。

記：特別在意？這裡的在意是指什麼意思呢？

于：就像特別令人惦念的孩子吧！這部作品我花了很大的力氣，但總是寫不好，只能說自己功力不夠，還不足以將腦中所想要建構的世界完全創作出來。

記：老師太謙虛了，不過能請教是哪一部作品嗎？

于：沒有名字……啊，不是說取了「無題」什麼的短篇（笑），事實上這是一部長篇冒險故事，如果有機會，我是想放手大寫特寫十幾本的。不過最後受限於自己的能力，當然還是沒能寫成那樣的大長篇。因為我是那種故事寫完了、稿件一落疊齊了，才會為故事正式命名的人，所以這個到了最後也沒能完成的故事，當然就沒有名字了。

記：所以這是一篇未曾發表過的作品嗎？

于：是。

記：能請問老師大概是個關於什麼的故事嗎？

于：在這裡講可以嗎？會講很久喔！（笑）

記：是，請老師盡情分享。

于：這是一個青少年成長的冒險故事。主角是一個十四歲的少年，他是一個人類與妖精的混血兒，出生在西北方的妖精原鄉——世界樹森林裡。

記：聽起來是一個西方正統奇幻類型的故事。

于：大概比較偏這個方向沒錯。不過，妖精的世界非常排他，這個混了一半人類血統的男孩子在森林裡過著很痛苦的生活，後來他趁著外出採集果子的時候，溜進了山裡的洞窟，頭也不回地逃離妖精的森林了。

記：聽起來是一個過去比較陰暗的男孩子，這和您其他的作品相比滿少見的。

于：對，大概這就是我掌握不太好的原因（笑）。少年離開世界樹的時候，心底是非常痛恨妖精的，同時他也對外面的世界充滿了憧憬。他費了很大力氣翻山越嶺，因為他有一半的妖精血統，所以即使在很艱困的環境下還是能活下來，終於讓他來到有人類居住的地方。

記：一個從來沒和人類接觸過的妖精孩子，頭一次來到人類世界嗎？會令我想到狼養大的孩子那樣的故事呢！

于：啊！這個比喻真不錯。確實就像是那樣的情形，他是一個不被妖精接納的孩子，但他想，自己也還有一半人類的血統啊！如果是人類的話，一定會溫暖地接受他吧！

記：感覺世界上沒這麼便宜的事啊！

于：（笑）這是做為人類前輩給他的語重心長的建議嗎？確實，沒有他所預想的那麼順利，他在人類的世界照樣吃足了苦頭，他心裡想，難道這世界上沒有我的容身之地嗎？這個作品，就是在寫他四處尋找容身之地的故事。

記：感覺實際是一個寫青少年追求自我認同的故事呢！

于：啊，實在敏銳。

記：只聽老師這樣的描述已經讓我能夠感同身受，這個孩子的身分設定上就已經在一個曖昧模糊的界線上了，所以會立刻讓人聯想到這樣的主題。大概每個人都曾經是青少年吧！那種找不到自己是誰，在一片黑的道路上徬徨摸索的感覺，實在讓人永遠難以忘懷。

于：可是，就算感到害怕和迷惘，還是得往前走，走到黑暗的路慢慢拓寬、變得光明起來。如果路一直都是暗的，那也不要害怕，你有一輩子的時間可以走。我並不是要寫社會的現實黑暗面或什麼的，我從來也不擅長那些，我喜歡寫年輕的孩子在黑暗中摸索的故事，並不是說一直摸索就能找到光，但是他們是一群即使在黑暗中摔倒了，也有力氣再一次爬起來的人。

記：老師的作品中不論有多少艱困沉重的描寫，但故事總都是讓人感到很溫暖的，想來您一直都貫徹著自己的初衷。那麼能不能請問您，為什麼這個故事沒有寫完呢？

于：因為寫到後來，好像連我自己也迷路了。

記：（笑）連老師也開始追尋自己的身分認同了嗎？

于：或許也可以這樣說，身為一個作家，我的作品存在的意義是什麼呢？一直以來這個問題我都想得很簡單。我寫青少年，並不只因為我喜愛他們，我也一直期許自己的作品能帶給他們激勵，可是寫這個故事的時候我感覺猶疑了。如果我寫作這個故事的初衷，是希望給還在迷路的孩子提起繼續走下去的勇氣。那麼是不是達成這個目的了呢？客觀來說，我認為還差得很遠。

記：為什麼這樣認為呢？

于：寫得太大了。到後來故事開始失控，我感覺自己已經無法掌握這個世界了。真正動筆寫這個故事大概是在十幾年前，這個期間我一直都有持續地進行修改，可惜筆力不足，始終無法改得滿意，我總覺得不能給人帶來共鳴。於是我停下筆，開始一直在想，有什麼方法能夠更好的傳達我的心情？給孩子感受到艱困繁難，但也給孩子願意掙扎努力的希望，讓他們明白這世界上其實沒有對的路或錯的路，只有一條自己選擇的路、與自己沒有選擇的路而已。

記：如果能以文字傳達出這麼動人的力量，很不容易呢！

于：所以說我力有未逮，始終沒有達成過這個目標。

記：雖然目前還沒有機會拜讀老師所寫的這篇作品，但老師的其他作品我覺得已經很接近您所描述的理想。從一個讀者的立場，不知道能不能偷偷詢問老師，是不是有預設故事的結局呢？

于：有，但我始終沒有提筆完成這個結局。

記：為什麼呢？

于：最終男孩認可了他做為人類的那一部分，但他做出這個選擇，只是因為他想割捨他痛恨的妖精血統。我不希望是這樣的，我多希望他是因為對身為人類的自己感到肯定與驕傲，才做出這個決定。

李詩莊開啟了自動駕駛，在車裡飛快地把訪談紀錄從頭到尾又再看了一遍。除了談論故事的主角以外，于善也說了不少故事裡的設定，朱成璧畫記的重點色有兩種，橘色是關於于善殘稿的訪談，黃色則是特別強調了她認為可以推論出這部作品就是H．A．前身的部分。

當然，不必她畫蛇添足。

烏葛爾城、星洞河窟、世界樹這些在訪談中都若有似無的被提起了，確實以時間點來看，于善的故事一定是H．A．的原型，就更不用說那個故事的主角——有著半妖精血統的孩子。

H．A．裡面第一個誕生的靈魂。

艾法隆。

他閉上雙眼，再次回憶于善訪談裡說的話。

有什麼方法能夠更好的傳達我的心情？

他心想：最終于善找到了答案不是嗎？

那個答案就是自己的老師齊百歲給他的——

H．A．。

*

整個週末李詩莊完全無心於H．A．，他只是拚命地去搜索任何他能查到的、關於于善的資料。

他幾乎讀過每一篇于善發表在報章雜誌上的文章或接受的訪談，于善的想法自始至終一以貫之，他想寫一個故事，讓青少年能從中得到滿足、自信與成長。

他開始調查于善死後是否有親屬保管他的手稿，但于善似乎長年獨居，父母也已經過世了，雖有兩個哥哥，都在海外。于善的財產幾乎都捐贈給一些扶育青少年的慈善機構，因此他們似乎也沒有特別回來的理由。

週一時他請了一天假，前往拜訪和于善私交較密切的幾個朋友。

大概是于善大部分作品的完成度都很高，竟然也沒有人注意過于善手中是否還有殘稿。他拿出那份訪談摘要給這些人看，他們都非常訝異有這部作品的存在。

「老于喜歡跟別人討論作品，藏到這種地步，大概他真的很不滿意。」

李詩莊自然想找到這份殘稿，也許那裡面就藏著他與老師心中描繪完成的H.A.全貌、也許那裡面寫著給艾法隆的結局。然而他也很清楚，或許根本就不存在什麼殘稿——或說，H.A.就是完成度最高的殘稿了。

他一無所獲，失望地驅車離開，回到家以後才想起來自己忙了一整天沒有收信，不知道公司有沒有什麼緊急的事情。

誰知一打開收件匣，就立刻看到淹沒而來的十幾封信。他看了一下發信人，有阿一也有老居的，標題都很簡短，就是要他快點接電話。

他知道大概出了點麻煩了，只是他怎麼樣也沒想到，會在這麼短的時間裡，出這樣大的麻煩。

信裡冷冷清清地，只躺著一行字：

艾妮索拉死了。

第三幕

世界樹
永遠的火焰

古坦案件解決後的隔天，偵查期正式結束，所有人恢復自由活動。

艾妮索拉一直都是那麼忠實而規律地達成自己的任務，早上八點四十分老居會進辦公室，九點整準時登入，如果沒有其他外力干涉的話，就安安穩穩地朝九狼城推進。中午他會下線用餐，小憩片刻之後開始投入自己的工作，六點半準時下班。

古坦喪命之前，艾妮索拉就已經順利進入世界樹的外圍，這裡是H.A.地圖內最大的一片PvE區域。從這裡開始，一方面艾妮索拉可以鬆一口氣，不必擔心操作失誤而被送到太遠的重生點去。但另一方面，她也要比平時更提高警覺，嚴防對手的襲擊。

普利斯姆如今被困在星洞河窟，就算再怎麼加緊腳步，也很難追得上她，可以說李詩莊的策略確實發揮了作用。但同時他們也被剝奪了從地圖上判定對手位置的優勢，阿卡莉和尤班依舊不知隱身何處。

但其實從現實層面來考量，她或許不需要考慮這麼多，只要持續前進就可以了。

李詩莊這一次變更的規則，幾乎是將朱成璧逼入死地。連他也覺得這樣太卑鄙了，這樣李詩莊乾脆把規則改成「PvE內不論發生什麼事都不會死亡」好了。

週一早上九點，艾妮索拉準時進入世界樹。

這一天霧比平時更濃。

艾妮索拉檢查了一下自己的血量，因為古坦和艾法隆可以說都是栽在這一點上，艾妮索拉自此就把血量常駐在畫面上方，並養成隨時觀察自己狀態的習慣。

血條全滿，沒有需要注意的地方。

「咦？」

可是這時候她忽然注意到，自己的法杖上少了一顆寶石。

艾妮索拉會被稱作「七星的祭祀者」，除了她是學習占星術的魔女之外，還有一個很大的原因來自她手中的法杖「七星連珠」，白楊木做的法杖上，由杖底至杖端共鑲了七個金環，環中各銜一色寶石，各代表金、木、水、火、土五星以及日月，這當中最珍貴的就是象徵太陽的七色石，會在一天的不同時段，依據陽光的強弱而產生不同色彩與細緻光澤的變化。

但是那顆七色石，不見了。

老居當然不清楚七色石的來歷，他只是注意到手杖上那顆會發光的石頭忽然不見了。他伸手摸了一下金環的部分，是在不知不覺間寶石就掉了嗎？

正當猶豫不決的時候，艾妮索拉忽然感覺到周遭的溫度似乎上升了些，她抬眼向天上看，彤雲流散，宛如暮色昏黃，雲氣後的天空泛著不祥的暗紅色。

再加上不自然上升的高溫，艾妮索拉開始感到不對勁，她飛快地搜索四周，隨即看見了令她心驚膽跳的身影。

站在樹梢上的死神。

尤班應該是有刻意在樹林間躲藏的，但不知是她那侵略性的氣味太過強烈，或許是緊張使艾妮索拉格外機敏，她只花了很短的時間就發現尤班的位置。尤班就像野獸一樣，當然也立刻察覺了艾妮索拉的視線——以她的身手，大概只要兩秒就能咬住艾妮索拉的脖子，但她沒有做任何動作，甚至連揚弓也沒有，她只是朝艾妮索拉露出令人背脊生寒的微笑，嘲諷般地慢慢鼓了鼓掌。

溫度已經上升到令人難以忍受的程度，艾妮索拉這時才反應過來——尤班正在施法。

將死的恐懼勒住她的咽喉，全身明明熱得發燙，心臟卻彷彿沉到了冰冷的深海，這麼長的詠唱時間，不必說，尤班想發動的魔法，只有一個可能了。

為什麼？這裡不是PvE嗎？

那麼是朱成璧做了什麼手腳，把這裡變成了PvP？如果是這樣的話，現在只要扔開魔杖，坦然領死，就能把朱成璧將入死局了。可是她知道絕對沒有這麼便宜的事，不論要了什麼花槍，朱成璧一定會讓這裡還是披上PvE的外皮，自己不能束手就擒。

對上擁有最強魔法破壞力的尤班，不論是誰都只能兩手一攤等死，但艾妮索拉不一樣，她擁有最強的對魔法抗性與輔助魔法，在所有的英雄中，她或許是唯一能與尤班稍作抗衡的。

「水晶護盾！」

她揮舞自己的七星石魔杖，朗聲念咒——水晶護盾是她最強的對魔法反彈障壁，發動期間可以將魔法的傷害減損七成，並反彈兩成回到施術者本身。當然尤班本身對火焰和對寒冰的抗性都是百分之百，因此反彈回到她身上的傷害是無用的。

但艾妮索拉是非常脆弱的魔法師，即使只剩三成的破壞力，尤班的流星雨仍能將她燒成灰燼——必須再想想還有什麼辦法，在尤班的流星雨生效之前，一定要想出一個能保住性命的方法。

然而隨即她發現，這件事她也不需要考慮了——

因為，就連她的水晶護盾，都沒有發揮效用。

「咦……」

她再一次揮動魔杖，然而一樣一點反應都沒有，這時艾妮索拉開始感到驚慌，怎麼會這樣？為什麼不能施法？H.A.的施法方式非常容易，幾乎只要心念動了就可以，可是如今她的魔法卻沉寂不語。

如果連她也無法施展魔法，為什麼尤班卻能夠召喚流星雨？

這裡到底是PvP，還是PvE？

但她已經沒有思考的餘暇了。

火焰捲起的焚風舞起尤班纖細的長髮，淡金色的死神站在遠方樹梢之上朝她微笑，就連她眼中那對金綠色的貓眼石縮成了一條細縫，自己都看得一清二楚。

艾妮索拉感到深刻的絕望，熱浪颳起一陣暴風，世界樹森林彷彿也被這陣焚風撼動，樹影搖擺紛亂，天空像被割了無數道裂口，熔岩般的火舌從裂口流出，幕天席地地傾倒而下。在一片混亂之中，尤班的身影早已消失在林間。

最後映入艾妮索拉眼簾的，只剩下自己那一瞬間從滿歸零的血條，還有那狂浪般連她的視野一併燒紅、帶著疼痛而來的火焰。

*

「你知道，按照現行的規則，你是不可能死在PvE區域的。」

聽完老居的描述，過了大約三分鐘，李詩莊只僵硬地吐出這段話。

老居沉默著點頭，表示同意。

「等等，但是確實就是死了吧？」

李詩莊瞄了阿一一眼，冷冷地說：「要我再解釋一遍現在判定死亡的邏輯給你聽嗎？當一個玩家的基本資訊回傳到伺服器中，其中血量參數為零的時候，伺服器會同時多做一項判斷，確認他的位置參數是位於PvE或PvP中，如果在PvE，那麼就暫緩死亡處理。換句話說，只要在PvE，不管發生了什麼事，到伺服器那一關，死亡就會被擋下來！」

阿一惱怒抗議：「你不必講解得好像我連基本邏輯都沒及格過一樣，但現在問題就是發生了嘛！你必須解決嘛！」

孫承禾則是兩手托著下巴，對於李詩莊那作弊般的規則悠悠感嘆：「伺服器聽起來就像邪惡的政府高層一樣！」

雖然是死者本人，但這裡面只有老居不受情緒支配，他很冷靜地回應道：「我的看法跟詩莊一樣。雖然那時我仍全力抵抗，不過就邏輯上來說，我沒有死在PvE的可能性——當然，詩莊的做法是有一點不光彩。」

阿一反駁道：「之前也說在PvE不可能受傷呀！還不是讓人給鑽到漏洞了？」

關於這一點兩人沒得反駁，再怎麼嚴密的規則都還是有漏洞存在的可能。

「總之，先從艾妮索拉是死在PvP為前提開始考量吧！」

老一抱怨道：「每次都從這一步開始出發，光要繞出這座迷宮就先花上三、四天。我上次就說了，修改規則，讓我們可以直接檢查受害者最後死在哪裡就好了。說起來，偵探能得到死者的死因、死時、死地這些不是推理小說基本中的基本嗎？」

「以前沒有科學檢驗方法的時候，偵探也拿不到這些東西啊！」孫承禾嘿嘿笑：「再說，詩莊已經那麼卑鄙不停修改規則了，還要求這一大堆就真的是厚顏無恥了。」

李詩莊沒有特意回應，只是繼續說：「首先要確定一件事——老居，你人當時在哪裡？」

「我在世界樹。」

「大概在世界樹的哪裡？」

說完李詩莊在牆上投影出世界樹地圖，並標註出PvE的區域。但世界樹是遊戲中最大的PvE區域，以中央高達數百公尺的世界樹為核心綿延數十公里，幾乎從最外圍開始就是PvE了。

老居搖搖頭：「我不知道。」

「那你怎麼確定你還在世界樹裡？」

「我已經走進世界樹好幾天了，所以至少在這一區了吧！」他在地圖中央畫圈：「這樣的話，要走出世界樹也沒這麼容易的。世界樹從最外圍開始就是PvE，也就是說，如果我要走出PvE區域的話，至少要花掉四、五天吧！」

「嗯……」李詩莊陷入沉思之中，阿一說：「不過假使當時老居在PvP的話，那為什麼無法施法呢？」

「在PvP而不能施法的話，上次艾法隆的時候我們也稍微討論過了。」李詩莊回想了一下：「首先是沒有武器，除了妖精以外，所有的魔法師施法都需要法杖，不過當時艾妮索拉是持杖的，因此這個可能性應該可以排除。第二個就是中了禁言咒，但上回已經確認過了，朱成璧的隊伍中並沒有能施展禁言咒的人。」

「阿卡莉是新加入的成員吧？有確認過她的魔法嗎？」

孫承禾笑道：「阿卡莉是女飛賊，不是魔法師，她的技能主要是飛射暗器，還有竊盜。因此她不可能有能力施放禁言咒。」

老居說：「中了禁言的話，有一個附帶作用是人物將發不出聲音來，但我並沒有這個情況，所以禁言可以直接排除。」

這條路只好先放棄。

「說到持杖，我還想到一件事。」阿一打了一個響指，說：「剛剛老居有說到一件很奇怪的事吧——艾妮索拉的法杖上少了一顆寶石。」

「這有什麼關係嗎？」

「乍看之下艾妮索拉雖然帶著武器，但會不會武器其實已經毀損了呢？失去了寶石以後，或許艾妮索拉就不能施法了？」

孫承禾說明道：「武器確實會毀損，毀損過度就無法使用。但是聽老居的描述只是掉了一顆寶石，應該不至於這麼嚴重。我可以調查看看艾妮索拉的武器是否失去了寶石就無法作用。」

「假設丟失寶石並非偶然，那麼就是尤班或阿卡莉趁老居下線時惡意破壞的了？雖然暫置AI不會願意離開PvE，但要破壞武器在PvE裡是做得到的。」

「很像是阿卡莉會有的手段。」

李詩莊又說：「這些都是建立在艾妮索拉在PvP區域被限制住了手腳情況下的討論，如果我們決定以此為前提出發，那就要解決一個問題——艾妮索拉是如何跑到PvP去的呢？和黃泉河的狀況不同，世界樹雖然也是一整片的森林，讓人難以分辨自己究竟位於何處，但世界樹根本全區都是PvE，沒什麼值得誘導過去的地方。」

孫承禾說：「關於這一點我可以直接回答你，昨天我就替你們查過世界樹的所有情況了，世界樹只有一次陷入PvP化的情況中，是北方的九狼城對世界樹發起侵略……」

阿一驚慌道：「等等、等等！不要洩漏劇情啊！」

孫承禾瞪了阿一一眼：「總之，很顯然這個事件並沒有發生，所以世界樹全境都依然保持PvE這一點是沒問題的。另外，我剛剛請人調閱了一下艾妮索拉的武器設定了，艾妮索拉武器上的寶石和施法是沒有直接關係的，只是損失一顆寶石的話，感覺也不至於毀損到無法使用的程度。」

這下另外三人臉都垮下來了。

「不是這條路嗎……」

再怎麼紙上談兵，都比不上直接進遊戲裡偵查來得快。

「妖精不是會集體行動的生物，所以你們三個待在原地，我一個人過去就好。」孫承禾扮演的女妖精說完，就朝不遠處一個正在打磨箭鏃的妖精走去，其餘三人就隱身在遠方的樹後。

隔天他們開始進入世界樹做搜查，雖然討論沒得出什麼方向，至少必須先到案發現場看看。因為妖精是非常排他的族群，因此搜查帳號只好全部都選用妖精種族的角色。

不過，世界樹森林和一般的城鎮有很大的不同。除了世界樹森林的範圍幾乎有幾十倍大之外，最重要的是，世界樹缺乏各區域顯著的地標。

除了正中央那一柱擎天、高達數百尺的「世界之樹」與環繞在其周圍的妖精村落外，大部分的妖精都以大地為家，不會特意建造屋舍或其他設施。

也因此，在世界樹中要準確定位並不容易。孫承禾向其他妖精打聽是否有森林起火的事，雖然答案是肯定的，但對方的回答也很含糊曖昧，對於具體發生的位置並不清楚，只說「似乎在往東北的方向」。

世界樹裡發生火災也不是一次兩次的事情，但通常波及程度有限，這次大概也是一樣，因此並非人人都會付出多餘的關心。孫承禾也問了幾次碰壁說不知道或沒有的，幾個人兜兜轉轉了一上午，還是沒找到艾妮索拉死亡的現場。

午休時間，四人決定暫緩搜查。就算找到火災現場，也不一定會有什麼有幫助的線索，不如先繼續推敲其他的可能性。

當然宣稱行政中立的孫承禾就不方便加入討論了。

用過飯以後在咖啡廳裡稍作休息，李詩莊繼續宣講。

「依照目前的程式架構，如果艾妮索拉被殺死了，那只有兩種可能：第一，她是在PvP被殺死的。第二，她在PvE被殺死，但伺服器被欺騙，判斷她死在PvP中。」

「伺服器被騙了？」

阿一立刻興奮地嚷嚷起來：「對了！第二種情況——會不會有這樣的例子呢？跟上次正好相反，尤班首先在PvE殺死艾妮索拉，接著使艾妮索拉斷線，並引發某些事件，導致這個區域PvP化，等連線接通回傳伺服器時……」

說到一半阿一就住嘴了，因為他立刻發現自己繞了一大圈的繞口令根本在胡說八道。

果然老居也皺起眉頭說：「那樣就簡化成——將PvE變成PvP然後殺掉艾妮索拉就好了吧，幹嘛還斷線？真要討論第二種情況，不如考慮對方傳了假封包回來。」

李詩莊搖了搖頭：「朱成璧的隊伍裡沒有程式人員。」

「搞不好在團隊裡找了個內鬼！」

「我也不認為我們的城牆蓋得有這麼差，隨隨便便就能讓人打進來。」李詩莊說：「最重要的是，就算朱成璧真的設法在PvE殺了人，再用假封包欺騙伺服器，使其判定艾妮索拉死亡——我們一樣得解決最難的問題，就是朱成璧如何在PvE使艾妮索拉的血量歸零呢？」

老居也說：「我覺得我們把事情想得太複雜了，考慮第一種情況應該比較有機會。」

可是，要怎麼將艾妮索拉送到PvP呢？

「既然世界樹轉變為PvP的可能性已經被承禾否定了，那這個論點的前提就是——艾妮索拉並不在世界樹中。但是我們今天也進去世界樹看過，那麼大的範圍，光是能不能在偵查期內找到艾妮索拉死的地方對我們都是個大問題了，就更不要說只有一個晚上的時間，朱成璧要怎麼將艾妮索拉帶出世界樹去。」

阿一說：「不然我們來反向思考，假設朱成璧找到方法把艾妮索拉帶出去好了，她會把艾妮索拉帶去哪裡呢？」

李詩莊打開世界地圖的小型投影，為了看清楚地圖，三人就坐靠攏了些。

老居說：「首先這個地方必須是和世界樹非常類似的森林。」

確實，世界樹一眼望去只是片看不見盡頭的茂林，如果人在其他類似的森林裡，可能也分辨不出來。

阿一反駁道：「等等，世界樹森林和其他森林還有一個非常大的不同點吧？世界樹森林的正中心，不是有一個超大地標嗎？」

「你是說在正中心的『世界樹』？」

「是啊！那有幾百公尺高吧！不管在森林裡任何地方，應該一抬頭就能看見吧？」

老居沉默了一會兒，說：「我不記得我有沒有看到了世界樹了，那天霧比平常稍微濃一些。」

「可是就這樣一直走下去都沒發現，也有點不自然吧？」

老居搖了搖頭，說：「不，我幾乎在登入幾分鐘內就被尤班殺了，所以就算世界樹有異狀，我大概也沒來得及注意到。」

「幾乎像是等在那裡狩獵你啊！會不會就是擔心讓你注意到那裡並不是世界樹，才這麼急著下手呢？」

三人都覺得這個推測不無道理，李詩莊仔細看過附近的地圖，分析道：「最近的森林有幾個……九狼城北方的冰風之谷、介於裂谷和世界樹之間的綠松子林、星洞河窟縱谷也是片滿大的森林，再更遠就是東南方的塔爾利森林、穆德哥爾森林、卡斯——」

「等一下、等一下！」阿一忙打斷李詩莊的報告：「也太多了吧？這個世界只剩下森林了嗎？」

「本來只要不是人類開發過的城鎮的話，幾乎都是自然林啊！」李詩莊說：「不過這裡當然也有一些可以被排除：比方說冰風之谷裡，現在大概只剩一片枯枝覆雪的針葉林。星洞縱谷的坡度起伏很大，而且到處都是岩洞，應該不至於分不出來。」

老居也補充道：「世界樹雖然位在世界的極北，但是是受上天嘉惠的地方，與附近地圖相比，溫暖很多，植被茂密，比較類似南方的森林。」

「所以可以把目標集中在這裡。」李詩莊指向南方的幾個森林。

「這才不算集中吧！難道要我們一個一個去查嗎？」

李詩莊隨手列出的PvP南方森林就有四、五個，這還只算上離世界樹最近的。不過，就算是最近的森林，走路的話也要花上好幾天，除非艾妮索拉在更早之前就已經被移花接木到了其他森林去。

但老居自己否定了這個說法：「至少死前一天我還在森林裡看過妖精，妖精應該不是哪裡都能看見的吧？」

艾妮索拉是週一被殺的，週末老居並沒有來公司，因此正確的說法應該是：週五那天他都還在世界樹森林裡。

「這樣犯人能出手的時間就擴充為三天，三天有辦法讓艾妮索拉走到南方的某座森林裡嗎？」

三人都不說話，李詩莊提出異議：

「就算可以好了，但是要怎麼讓艾妮索拉『走』呢？」

老居說：「首先，世界樹是PvE，因此就算對方手上有任何傳送魔法也派不上用場。」

李詩莊道：「不過反過來說，艾妮索拉的法術也沒有用，她在PvE中只是個手無縛雞之力的弱女子。有可能犯人利用自己的體力優勢，挾持了艾妮索拉，就像當時巨石控制住我一樣。」

老居反駁：「可是，先不說挾持人質本身就很難快速行動，艾妮索拉是被暫置ＡＩ操縱的，她會極力抵抗想將她帶出PvE的誘拐犯，除非犯人二十四小時鏈著她，否則只要視線一離開她，她就會立刻逃回安全的PvE。」

老居想了一下，說：「也許是用花言巧語欺騙，讓艾妮索拉自己乖乖地走出去。」

親手寫暫置ＡＩ的李詩莊立刻澆他一盆冷水：「沒有你想的那麼容易，暫置ＡＩ的頭腦比草履蟲還簡單，除了『我想待在PvE』之外他們腦中什麼念頭也沒有！」

三人沉默了一會兒，忽然阿一開口：「那，如果是犯人本人親自操作艾妮索拉呢？」

此話真如石破天驚。

另外兩人都頓了一下，灼灼的目光射向他。

「什麼意思？」

「呃……比如說犯人想辦法侵入系統，操作艾妮索拉自己走路，那就沒問題了吧！」

老居打斷道：「等一等，先不說侵入系統什麼的——針對我們剛剛的前提，我要先說明一下，就算週末不眠不休地趕路，大概也只夠走出世界樹森林吧！要跑到南方的森林去，恐怕還不太容易。」

阿一搖搖頭說：「不用啊！操作艾妮索拉本人的話，就不需要走世界樹這段路了吧！」

「什麼？」

「因為，如果艾妮索拉身上有傳送卷軸的話，她不就可以直接傳送到森林的出口了嗎？」

老居啞口無言，李詩莊也僵住了動作。

過了很久，老居才轉頭問李詩莊說：「詩莊，你覺得……有沒有被侵入系統的可能？」

＊

「你是認真的嗎？」李詩莊咆哮道：「你真的覺得他們有可能入侵系統，而我們完全沒察覺到嗎？」

「也不能說是絕對不可能……」

「比起入侵我們的系統或用病毒控制我寫的暫置ＡＩ，直接盜用你的帳號可能性還高一點吧？」

老居咕噥著說：「我的密碼很難破解。」

李詩莊極不悅地反駁：「我的城牆也不是豆腐蓋的！」

阿一緩頰道：「好了，也別爭了，說不定還有其他方法可以控制艾妮索拉的精神啊！會不會有什麼『精神控制』之類的技能？」

李詩莊不耐煩地說：「如果艾妮索拉之前在PvE裡，就算有這種招式也發揮不了功能。」

「但是不能否認，剛才阿一說的確實是現在最有可能的方法了。」

三人再次繞入死胡同裡，彼此間瀰漫著一股死水般的氛圍，阿一皺著眉頭說：「這不是也有一個像樣的推理了嗎？幹嘛不去要求調紀錄出來看？如果不先印證這件事，我們後面做什麼推理都是白搭啊！」

當然，如果紀錄上顯示艾妮索拉確實死在其他森林裡，那也不必再做其他推理，違規的朱成璧就要直接出局了。

李詩莊說：「但我們還沒辦法解釋為什麼艾妮索拉會從世界樹消失……」

老居也說：「假使真的是她偷偷操縱艾妮索拉自己走出森林，我們也提不出她入侵艾妮索拉的方法。」

阿一被自己兩個隊友的窩囊噎得說不出話來，最後他終於難以忍受，憤而拍案雄起，怒道：「你們根本就是被她耍得團團轉，這種不平等條約從一開始就不合理！」他指著李詩莊的鼻頭：「剛剛老居不是都說他沒看到世界樹了嗎？那就表示他不在世界樹森林裡啊！」

「他只是說他不記得有沒有看到……」

「我們就宣稱沒有就好了啊！光是這一點就可以要求調閱資料了吧！」

「可是我的帳號……」

阿一像要燒起來一樣的眼睛轉而瞪向老居：「要盜帳號的方法還不多嗎？就說你設了『abc』這麼爛的密碼所以立刻被突破了難道不行嗎？」

李詩莊蹙眉道：「不過，老居不是說她試著施法了嗎？而且她也沒有陷入沉默狀態？如果她當時確實在PvP裡的話，這個問題就必須被解決……」

阿一怒道：「尤班看見她施法了嗎？沒有的話隨便我們怎麼說都行吧？你們這麼綁手綁腳的，是要等到民國幾年才能去查到真正該查的重點啊？」

兩人被阿一狠狠數落了一頓。

一會兒李詩莊忍不住笑出聲來，阿一立刻兇神惡煞地瞪著他，老居似乎也退讓了一步，聳了聳肩，做出妥協：「你說的沒錯，我們大概也只能先這樣了。」

＊

搜查來到第四天，頭一次李詩莊提出了調閱紀錄的要求。

說起來前幾次也算李詩莊運氣好，他的推理幾乎都在最後一刻才提出來，要是推理有誤，朱成璧只要拿出電磁紀錄就能賞他一個巴掌，也不可能有多餘的時間再去進行新的推理。

「確實H．A．裡很多森林長得都差不多，這個做法聽起來可行性倒是滿高的。」

做為唯一有權調閱紀錄的仲裁者，孫承禾對這個猜測也頗嘉許。

「所以老居確定當時艾妮索拉不在世界樹裡了？」

朱成璧聽完李詩莊提出的推理，只是態度冷淡地回了這麼一句。

果然，電磁紀錄攻防戰要開始了。

「老居說他沒有看到世界樹，覺得很奇怪。」

「是嗎？可是尤班說那天霧好像挺濃的，會不會是老居沒有注意到呢？」

「不……我、我很肯定。」老居避開了朱成璧的眼神，阿一知道他性格太老實，恐怕兩三句就讓朱成璧套出話來，因此立刻上前迎戰：「連死者的證詞都質疑的話，這場推理遊戲還要怎麼玩？」

「也是有死得不明不白的糊塗蟲嘛……」朱成璧不知為何冷笑了一聲，目光飛快掠過李詩莊和阿一兩人：「不過說得也是，就當作這是一個鐵證好了。但是假如艾妮索拉是在遠方某處森林裡的話，又有些地方說不通了。山貓，妳說妳是在哪裡把艾妮索拉殺死的？」

「世界樹中段偏西邊吧！」山貓稍微回想了一下：「應該是為了避開中央的母群聚落，所以路線偏險了一些。」

「老居也很清楚吧！那時候你人已經在世界樹深處，世界樹這麼大，要怎麼把你帶到其他地方的森林去呢？不能解釋這一點的話，硬要說自己不在世界樹裡所以要求調閱紀錄，我們也很為難啊！」

「關於這一點，我們也有想法。」李詩莊將三人的推理說明了一遍：「只要艾妮索拉身上有傳送道具，就可以自己離開世界樹。當然，即使艾妮索拉身上沒有這種道具也無所謂，只要潛伏在附近的阿卡莉或尤班把道具給她就可以了。」

這時朱成璧才稍微收起了譏諷的神色，但言語依舊尖酸刻薄：「難道能叫得動暫置ＡＩ用傳送卷軸嗎？李詩莊你的暫置ＡＩ哪裡寫壞了嗎？」

孫承禾也望向李詩莊等待他說明，李詩莊淡淡地說：「也不用這麼麻煩，只要妳侵入老居的機器就可以了。」

朱成璧這下表情有些沉了下來：「什麼意思？」

「盜用老居的帳號啊！趁著休假兩天把艾妮索拉搬出世界樹就可以了。」

「我要怎麼盜用他的帳號？」

「也許妳碰巧在什麼地方看見了老居的密碼？」

朱成璧冷笑一聲：「這種答案你端得出來？」

完全如李詩莊的推測一般，朱成璧打到這一手棋了。而這也是李詩莊等人無法給出答案的地方。既然不能正面攻陷，只好採取迂迴戰術。阿一立刻按照他們的規劃，大聲駁斥道：

「要講入侵手段我現在都可以告訴妳一百種，剛才詩莊說的也不是不可能的事。如果我們要連這樣的細節都查明才能要求調閱紀錄的話，那不就等於員警破案了才能去看死者是怎麼死的嗎？」

「員警也可以有一百萬種錯誤推理啊，但沒有證據不能把人定罪吧？」

李詩莊說：「不要詭辯了，朱成璧，我們的行為並不是定罪。到目前為止，我們的推理並非物理上絕對做不到的事，如果電磁紀錄證實了我們的推理，那時我們再來提出證明盜帳號的方法和證據吧！」

當然，一旦證實艾妮索拉不是死在世界樹裡，那麼也不必查朱成璧用什麼方法操縱了艾妮索拉，她就等於直接出局了。

朱成璧也知道李詩莊話中的詭局，但她並沒有更好的駁辭，只能瞇細了眼冷冷地打量李詩莊。李詩莊恍若不見，轉而望向孫承禾：「你怎麼看？」

最後的仲裁權仍在孫承禾手上。

孫承禾知道自己的答案很可能就影響這場比賽的結果了，頭一次他真正感受到這場權力鬥爭的暗流洶湧，朱成璧也直言過他在這場比賽中的傾向將帶有「選上司」的意思存在。不過，不論接下來將掀起怎樣的人事風暴，自己又將受到怎樣的報復或酬庸，比起那些無聊事他都更想知道正確答案——

「我認為詩莊說的是對的，他有權調查紀錄，證實自己的推理。」

李詩莊三人都鬆了口氣。

聽見這話，果然朱成璧的表情立刻就垮了下來，但那也只有一瞬間，很快她恢復本來的樣子，以生硬的語調說：「那他要調什麼紀錄？總不能無條件的全部讓他一次看個過癮吧！」

孫承禾沉吟片刻，轉向李詩莊問道：「你要查什麼？」

李詩莊很有自信地說：「只要能讓我們知道艾妮索拉的死亡地點就可以。」

孫承禾想了一下，說：「那，就給你艾妮索拉最後登出的位置吧？」

「可以。」

孫承禾看了一眼朱成璧，她面無表情，也不做異議。

「好，既然雙方都沒有異議，那就由我來調出資料吧！」孫承禾飛快地調閱艾妮索拉生前的資訊，最後在牆上投影出一個三維座標位置：「這就是艾妮索拉最後所在的位置——」然後他敲下最後一個鍵：「現在我將它對應到世界地圖上。」

牆上迅速浮現H.A.的世界地圖，座標對應的位置亮起紅色的光點，鏡頭快速拉近，地圖的細節愈發清晰，這時李詩莊終於也注意到不對勁的地方了，面色忽然蒼白起來。

「還需要再拉近嗎？」

孫承禾也露出了奇怪的表情，但沒有人回答他，因為地圖已經夠清楚了，任誰都能一目了然，紅點就落在西北方那片巨大森林的中央——

世界樹森林的正中央。

＊

「我保證她笑了。」

這一週就在阿一沮喪的結論中畫下句點，明後天又是休假，轉眼下週一就要提交答案給朱成璧了。然而他們的搜查卻在自信滿滿的情況下被狠狠打了一巴掌，如今動彈不得。

李詩莊的大腦漫無目的運轉著，到底是哪個環節出錯了呢？然而所有念頭就像幽暗水底的泡沫，浮上水面的瞬間就破碎得無影無蹤了。世界樹這個巨大的封閉密室，唯一的開口究竟在哪裡呢？

正這麼神遊太虛的時候，身後傳來了細跟馬靴敲在地面上的聲音。

朱成璧站在門口。

阿一和老居都噤聲不敢多說話，匆匆逃離了李詩莊的辦公室。朱成璧站在門邊，悠閒地看兩人狼狽而逃的樣子。

「找我到底做什麼？要問我到底在哪裡殺了艾妮索拉嗎？」

「不，這倒不是，我是想跟妳聊聊于善的事。」

李詩莊領著朱成璧離開了大樓，這是第二次朱成璧搭上他的車，兩人一路上沒說什麼話，只有李詩莊問過一次：「有沒有想吃什麼？」但朱成璧沒有回答，車窗外街燈如流水一般拂過眼前，李詩莊帶她去了鬧區的酒吧。

朱成璧點了一杯螺絲起子，李詩莊沒有叫酒，只隨便要了一些炸薯圈。朱成璧說：「回去讓自動駕駛開不就好了嗎？」李詩莊說：「我等等還有些事情要思考。」朱成璧猜他說的大概是艾妮索拉的案子，也就聳聳肩不說話。

一會兒，朱成璧先開口：「看過我發給你的那篇訪談了嗎？」

「嗯，看過了，也知道妳為什麼會猜那是Ｈ．Ａ．的原型……裡面那個半妖精，是艾法隆的原型吧？」

「我聽說艾法隆是齊教授第一個試做出來的ＡＩ時就這樣想。」

「我後來，也去找于老師的故事看了。」

朱成璧微笑道：「是嗎？覺得如何？」

「當然，是很有趣的，但是我還是不太明白他訪談裡所說的沒有共鳴的意思，他認為自己的故事到底缺了什麼？」

「你當然感覺不出來他的故事缺了什麼，因為那些故事並不是寫給你看的。」

朱成璧淡淡地說，話說得不很客氣，但李詩莊能感覺出來她沒有惡意。

「你知道現在青少年自殺人口占總自殺人口的比例是多少嗎？」

話題一下轉得太快，李詩莊露出茫然的神情。

「換個說法好了，青少年自殺人口的比例，在這二十年裡，上升了百分之二十六。」

大概李詩莊雖然對青少年的話題毫無概念，但也知道這個數字非同小可。

「這是個很空虛的年代啊！根據每年自殺防治研究中心做的問卷調查，百分之七十以上的青少年覺得自己不快樂，其中學業、同儕壓力這些當然占大多數，但也有愈來愈多人覺得自己找不到生活目標、不知道自己對社會的價值在哪裡——其中，感覺『空虛』的青少年占了『曾動念或企圖自殺』這一族群的百分之六十。」

「妳怎麼這麼瞭解？」

「你知道我以前在SS，做過一款還算有名的遊戲吧？」

「是你們常說的那個……《魔女的槍尖》嗎？」

「對，後來《魔女的槍尖》出事了，所以被迫收掉。當然我做為製作人，就負全責下台，離開公司。」

「出事？」因為身邊的朋友對這款遊戲好像評價都很高，因此他不但沒想到這款遊戲是被迫下架，更沒想到朱成璧是為了負責才離職的。

事實上他一直以為朱成璧離開公司，大概是她和隊友理念不合、或與她的心高氣傲有關：「出了什麼事？」

「有六個玩家——」朱成璧別過頭去側著臉，李詩莊能看見她那雙午夜藍的眼珠暗了下來：「在遊戲內集體自殺。」

李詩莊在心裡倒抽了一口涼氣，但他不敢表現出來。

朱成璧也沉默了一會兒，一口把酒喝光。過了一會兒她才勉強露出一個苦笑，說：「終於能心平靜氣的說出這些話來了。」

「我的遊戲，殺死過六個孩子啊……」

李詩莊把臉別開，不敢去看她現在的表情，恐怕會看到她淚流滿面的脆弱，她一定也不想讓別人看見。他想說些無關緊要的話來拉開話題，但朱成璧自己先開口了：「于老師是在這樣的時代下誕生的作家，他想寫出能鼓勵孩子認可自己的作品。不過故事規模太大，他掌握不好，甚至他覺得無法給人帶來共鳴。所以他不願意繼續寫下去，至少在這個故事能達到他的要求之前，他不願意輕易下手毀了它。」

「到最後他想用H.A.來實現嗎？」

「嗯，我想是這樣的。人很容易迷路，會突然間就不知道自己該怎麼辦了，我做的是對的嗎？我是不是走上一條錯誤的路了？然後就被無助感和寂寞侵蝕得不成人形，這在人格還沒定型的年輕孩子身上很容易發生。」

「于善老師說，沒有哪一條路一定是錯的、哪一條路一定是對的，差別只有自己選擇了的路、與自己沒有選擇的路而已……」

「對。」朱成璧微笑道：「我想H.A.想讓玩家明白的，就是這樣的感覺。尤其H.A.的這個效果會得到加成，因為裡面幾乎有八成的任務是動態產生的，是根據玩家和NPC的互動所引導出的結果。NPC做得愈接近真人，H.A.就愈像另一個真實的世界，那種讓玩家產生『一切都是由我的雙手所創造』的成就感就愈大，也愈能跟世界產生共鳴——這就是他想用H.A.來實現自己作品的方法，是單純用文本無法表達的體驗。」

「好像一個能讓玩家預先模擬人生的理想鄉一樣……」

「對，理想鄉。一個受傷了會痛，但是會溫柔地扶著你站起來的世界。」朱成璧笑道：「所以他們不想要現實世界的規則伸手進來破壞，才會設計那樣的收費模式。不過，可以說那種收費模式幾乎是以不想賺錢為前提的設計。」

如果可以的話，李詩莊當然也不想破壞恩師的理想，然而那太不切實際了，H.A.發展到今天，已經不可能只做為他們兩人實現理想的願望。

朱成璧彷彿理解他的沉默，溫柔地說：「當我這樣理解齊教授和于老師的想法之後，我就一直思考，要怎麼改變H.A.才能讓他在不違背兩人遺願的情形下，又有合理的營收。」

「妳上一回要說的就是這個吧？」

「對，不過我想還是在你能理解所有脈絡的情況下，再來和你討論會更好。」

朱成璧朝他伸出兩隻手，握成了拳狀：「你的想法一直在『死』這件事情上打轉，所以我決定反向操作，從『生』這個出發點來思考——就像北風與太陽一樣，刺骨的『死』是很難讓玩家掏出錢來的，溫煦的『生』卻不一樣。」

「怎麼說呢，妳的話既莊嚴又有一點市儈。」

朱成璧大笑：「理想跟現實一定要取得平衡，我們總是要賺點錢嘛！」

「那麼妳的太陽計畫打算賣給他們什麼呢？」

「賣給他們『時間』。」

李詩莊抬起眼來看她。

「時數制、月費制或是精力制，想進這個世界、或想待在這個世界更長的時間，你得付錢。」朱成璧兩手一攤：「我知道這很冒險，現在幾乎沒有遊戲這樣做了，月費制遊戲幾乎全被商城遊戲殺光。理由倒不全然是玩家抵制月費遊戲，廠商自己也要負很大的責任，大家喜歡炒短線，在最短時間內撈足玩家的錢，然後把遊戲像免洗筷一樣的丟掉，再換上下一雙免洗筷。」

「這種做法現在已經行不通了……」

「但是比你的現在的提案好賺三倍。」她說：「當然收費計畫要經過嚴密的市調和規劃，只要夠和緩、能使玩家心安的話，不見得是走不通的路。你的提案乍看像是從體諒齊教授的心情出發的，但基本上造就的是和開放玩家砸錢買優越感的世界沒什麼不同，只是換成技術取向而已。最危險的是，一旦人潮開始流失出走了，就再也回不來了。」

「我說句實在話吧！問題不是在怎麼樣賺錢最快，問題是怎麼讓這個遊戲活得長。H.A.砸下去的資金太大了，不只我提的這個方法，基本上沒有一個方法能救得回這遊戲砸出來的財務隕石坑。唯一的方法是拉長遊戲壽命、增加玩家人數，慢慢把坑填淺一點。不過如果操作得好，這個遊戲會讓UB在遊戲界的地位再爬上一次高峰，以利換名，長期來看不會是損失。」

換成一個月前的李詩莊，現在一定已經想出幾百條攻訐反駁的論點了，然而頭一次他停下腳步，暫時壓下自己心中強烈的防衛機制，仔細去思考朱成璧說的話。

北風與太陽嗎？

他想，自己也是旅人的其中之一也說不定。

「股東那一關，只能咬著牙想辦法挺著過。機器不太可能一次換掉十幾台，大概只能慢慢換購了。」朱成璧微笑著說：「不過H.A.是一款非常棒的遊戲，這一點我可以保證。已經有這樣的內容了，只要不背叛玩家的期待，他們會給你最好的回饋。」

臨去之前，朱成璧忽然叫住了李詩莊。

「其實……除了剛才說的那些之外，我一直覺得于善老師做H.A.還有另一個目的，只是我自己的揣測而已，這樣貿然講也不知道好不好。不過……」朱成璧低聲笑道：「我覺得如果是你的話，或許會想聽。」

李詩莊覺得心口不受控制地跳起來：「是什麼？」

「H.A.最初是寫給艾法隆的故事吧？可是于老師自己控制不了故事，始終無法下筆給艾法隆一個結局……」朱成璧喃喃道：「我有時候在想，他創造了整個H.A.的理由，會不會是想讓艾法隆，為自己決定自己的結局呢？」

＊

送朱成璧回她的公寓以後，李詩莊繼續漫無目的地在公路上飛馳著，等他回過神來時，已經回到UB辦公大樓了。

他看了一眼時鐘，深夜十一點半，再怎麼拚命的加班狂也回去了，大樓裡燈火熄盡，這時候倒是最適合思考的安靜時段。他將車打到自動停泊模式，穿過UB辦公大樓的玻璃旋轉門。

獨自一人的辦公室裡，無數行程式碼宛如一堵螢光綠的高牆投影在他眼前，隨著李詩莊的手勢上下滑動，一個字元一個字元倒映在他的眼中，在黑暗裡浮著微弱的幽光。

「到底是哪裡有漏洞……」

死亡判定的檢查——在這短短十幾行的指令間，到底哪裡藏了死與生的狹縫？藏了讓敵人打開城堡大門的密碼？

不行，程式本身沒有任何錯誤。

那麼會是外部點起的狼煙嗎？

李詩莊遲疑了片刻，終於敲下那個遊走在違法邊緣的按鍵。

「這個……應該不算違規吧？」

他調出了艾妮索拉死亡當日伺服器運作的log。

正確的說，那不算伺服器的正規紀錄，只是他方便自己揪錯印的工作用log，也和伺服器log完全分開，因此他無法去調閱任何和角色本身有關的線索。

但這份log能夠告訴他，在艾妮索拉死亡的瞬間，他的伺服器究竟「看見」了什麼？又下了怎樣的判斷？

在PvE的世界樹中死亡，這樣堂而皇之的海市蜃樓，他的伺服器是在怎樣的考量下，打開了城門放敵人通行？

「當日死亡事件……死者ＩＤ為玩家身分……」

他無聲地操作鍵盤，將搜索範圍逐步縮小——

「區域：（193,417,716，204,821…）……」

艾妮索拉最後登出位置的座標半徑二百公尺內——

「確認，執行。」

敲下確認按鍵，眼前所有的符號與數字像漫天飛舞的螢火一般，高速解離飛散並重組，訊息海大量捲來，彷彿壓下了拉霸的吃角子老虎機一樣旋轉不停。

李詩莊屏氣凝神，準備聆聽他的伺服器所下的判決書。

到底會說什麼？

他的伺服器到底對艾妮索拉的死下了什麼評論——

「叮——」

終於吃角子老虎機停下高速旋轉的腳步。

他的幸運數字彈出視窗，浮在眼前。

李詩莊緩緩睜圓了眼——

「咦？」

＊

凌晨一點，正當該睡得香沉的時候，擾人清夢的鈴聲在耳邊響起。老居掙扎了十分鐘，對方也鍥而不捨地掙扎了十分鐘。

最後老居先投降，他像溺水的人一樣在被窩裡同時伸出左右兩手拚命地滑，一手摸索眼鏡，一手摸索他睡覺時習慣拆下來的手機。

喀嚓一聲，終於按下了接通鍵，刺耳的鈴聲消失，換上的是另一個刺耳的男人呼喊聲。

「老居，不好意思，你一定在睡吧！但我有急事要找你，醒了嗎？」

「唔……嗯。」老居發出含糊不清的呻吟聲，對面是誰啊？腦子糊成了一團，完全無法思考。

但對方似乎根本沒有體諒他還在睡迷糊的狀態，繼續高速轟炸：「老居，把你的密碼給我！」

「啊……」

「密碼！登入H.A.的密碼！」

「才不要，你是誰啊……」

「我是李詩莊！快一點！」

這時老居終於找到了他的眼鏡，戴上眼鏡後視野變得清晰了，腦子似乎也稍微活轉了一些。聲音是很像詩莊沒錯，這應該不是詐騙電話吧，有人會在凌晨十萬火急地打詐騙電話來嗎？

何況也不是什麼能撈到好處的東西，他的銀行帳戶、社群網站、信用卡全都用不同組的超長密碼。

「很長耶……有四十二個字元……」

「你說就是了，我會記著！」

「喔，好啦……那開始了喔，AE9423小寫k小寫w6652rtkw……」老居機械性地報出一連串毫無關聯、亂碼般的字元，李詩莊一邊記錄，一邊想：如果要破解這組密碼，這還真是難為了小偷。不知念了多久終於老居住口，說：「好了，沒了。」李詩莊迅速點了一下是四十二個字元沒錯，他說：「謝了，不過先不要睡，如果我有記錯的話會再來吵你的。」

「到底幹嘛……」但話還沒說完對面已經先切斷通話了。

李詩莊試著安撫狂跳的心臟，一路飛奔至六樓機艙室，迅速完成所有通關手續。連衣服也沒來得及換，他直接進入老居的機艙，唯恐漏打一字般的謹慎輸入每一個字元。

「叮咚——」

登入音順利響起，視野被連結器訊號所取代，眼前出現的卻不是預想中的H.A.世界，而是空蕩蕩的選取角色畫面。

這是理所當然的，艾妮索拉已經死了，從老居的帳號中被刪除，因此登入的時候會重新回到選角畫面上。

「哈……果然已經沒了。」李詩莊登出遊戲，只進了機艙不到兩分鐘的他卻已是冷汗涔涔。

李詩莊環視屋內一圈，數十台機艙如雪白的棺材一般整齊排列著，在幽暗的室內，持續變換著各色冰冷的螢光。

「竟然把幽靈……藏在這種地方。」

他發出一聲微弱的冷笑。

這場遊戲，已經結束了。

＊

「咦？今天不是第七天了嗎？沒有結果發表會嗎？」

「該不會直接投降了吧？」

「自己把規則愈改愈難，結果題目也愈出愈難，現在下不了台了活該。」

十樓和十二樓辦公室內幾乎無人有心工作，大家吵嚷成一團，持續刷著信箱看有沒有新的消息。今天是第三場比賽的偵查截止日，如果李詩莊交不出答案，就是要拱手交出製作人位置的意思了。

「是嗎？可是你看，他們的位置上都沒有人耶！」朱成璧和老居的位置都是空的，有人喊說：「根據樓上的情報，李總兵他們也都不在位置上喔！」

「所以是偷偷辦起了發表會嗎？為什麼要把大家排除在外啊？」

「剛剛去禮堂看過了，沒有人喔！」

相較於兩邊辦公室的騷動，這場比賽的所有成員，則安安靜靜地聚集在六樓機艙室內。這裡是最後的舞台。

「咦？不在禮堂說明嗎？」

阿一也是今天一早才收到李詩莊的信，對情況完全不明瞭，也不明白李詩莊這次不公開發表偵查結果的原因。

「在這裡就能直接說明答案了。」

「雖然這裡也可以接投影機啦……」孫承禾看著素來空曠簡潔的六樓機艙室已經架上了投影機器，雖然明白李詩莊大概這次也想進遊戲說明，不過他們三人的帳號裡現在應該都是空的吧！

偵查用的帳號，機器都在七樓，那麼他想要做什麼呢？

果然朱成璧也提出了一樣的質疑。

「哦，真有趣呢，這次要進遊戲裡說明嗎？不過你們的角色已經全軍覆沒，沒辦法再登入H.A了哦！」

「不必。」李詩莊斬釘截鐵地說：「我們三個不需要進去，只要你們三個登入就可以，你們的視訊裝置也外接到攝影機上了。」

有很短的一瞬間，朱成璧的臉色變了。

但隨即她又恢復了普通的笑容：「不需要死者也不需要偵探，只要有兇手就能給出答案嗎？真不得了！不過，這個要求我拒絕——」

「為什麼？」

「兇手的視野，沒必要重現給你看吧？好讓你做最後的困獸之鬥嗎？」

「真難得妳會抵抗到這個程度……」李詩莊嘆了一口氣：「不過這個要求妳沒有拒絕的權利，因為這不是為了偵查，而是為了展示兇手犯行的證據。」

說完他看向孫承禾：「你決定吧！」

孫承禾吞了口口水，終究難敵好奇心的驅使：「我同意，你們三人必須登入。詩莊是不是想藉著兇手的視野做最後的推理，這會由我檢驗。」

安娜與山貓沉默地對視一眼，各自打開了機艙，只有朱成璧仍咬牙切齒：「你怎麼檢驗？」

「這麼反彈……難道一看到兇手的視野就會立刻知道答案嗎？」阿一一邊猜測著朱成璧眼前究竟是怎樣的視野，一面提出折衷方法：「不然這樣吧！妳一進去就把眼睛閉上，這樣妳眼前的畫面就暫時不會暴露了。」

然而朱成璧仍是文風不動。

李詩莊冷冷地開口，說：「怎麼了，妳到底在猶豫什麼？阿一的提議不錯啊！還是說……登入帳號，對妳而言有什麼困難嗎？」

朱成璧的身體一瞬間僵住了。

真可愛的反應，李詩莊心裡不無惡意地想著，然後他微微一笑，說：「不知道密碼的話我可以告訴妳——有點長所以我一邊念妳一邊輸入吧！」他如一位彬彬有禮的紳士為朱成璧打開了艙門，半推半請地將她送入了機艙內：「密碼是AE9423小寫k……」

「咦？」老居聞言臉色立刻變了：「這不是……」

「快輸入啊！妳已經知道不需要再抵抗了吧，現在只要幫我說明給其他人聽就可以了。」朱成璧恨恨地啐了一聲，按照李詩莊的指示開始輸入密碼。密碼輸入完成後，李詩莊微微一笑，替她關上了艙門：「現在和他們的視野接通吧！」

牆面上瞬間投影出三個畫面，阿一最熟悉的是中間的星洞河窟，還能隱約看見普利斯姆那雙略泛青色的手。最左側與最右側的畫面都是一片蒼綠的茂林，兩人都筆直看向前方。

「是世界樹嗎……」如果事後沒有離開的話，照理說尤班應該還待在世界樹裡沒錯，不過阿卡莉也在世界樹嗎？自始至終她都行蹤不明，阿一也沒有特別考慮過阿卡莉究竟在什麼地方。

「現在麻煩三位隨便走動一下吧！」李詩莊發送廣播訊息進遊戲裡，雖然有些不情願，三人仍都依照指示開始移動，眼前的視野也隨著他們的步伐而微幅晃動。

「怎麼樣，有什麼感想嗎？」

李詩莊看向其他三人，但都沒有回答。

「嗯，確實沒什麼奇怪的地方！啊，小心一點，出現妖精了。」

這時最右側的畫面上，可以看見遠處有兩個妖精的身影浮現，李詩莊提示道：「躲一下吧！對闖入世界樹的陌生人類，妖精可是很不友善的。」

右側畫面的操作者從善如流，稍微避到了樹後。

「果然右邊的人在世界樹啊……」至於左邊的畫面仍是一片望不見盡頭的綠林，似乎暫時沒有出現妖精的身影。

李詩莊下指令道：「好了，既然大家也感覺不出什麼奇怪的地方，我想展示到這裡差不多就可以了。阿卡莉，現在能夠拿起妳的武器嗎？妳的武器上應該有一顆代表『月亮』的黑曜石，那個很方便的。」

畫面中三人不約而同停下腳步，但都沒有進一步的動作。

李詩莊繼續說：「哦，還是說這樣稱呼妳不正確呢？總之拿著法杖的那一位，麻煩妳對著鏡頭展示妳的武器吧！」

靜了一會兒，最右側的人終於有了動作。

她緩緩舉起蒼白的右手，手上拿著一把鑲嵌寶石的法杖。

「是、是我的——」

老居驚呼出聲，因為那人手上拿的正是艾妮索拉的七星白楊木杖，上頭七顆光華流轉的寶石，一顆未少。

「拿近一點，把法杖拿到自己面前，讓鏡頭看一看妳的寶石上現在倒映著什麼畫面吧！」

法杖漸漸逼近鏡頭，那人以兩手仔細地捧起法杖，代表月亮的黑曜石光滑平整，如鏡面般映射出主人的雙眼。那人又將法杖稍微拉遠了些，好讓黑曜石能照出她完整的面目。

「這、這是怎麼回事——」

雖然畫面有些黯淡模糊，但做為辨識之用已經足夠了——

黑曜寶石上倒映出來的，是艾妮索拉的臉孔。

＊

展示結束，三人登出遊戲，沉默地離開機艙。老居似乎還不能接受剛才看見的畫面，顫聲問道：「這是怎麼回事，為什麼艾妮索拉會出現在、在——」

「沒有什麼奇怪的啊！那裡是世界樹，艾妮索拉出現在世界樹裡天經地義吧？從上週一開始，她就一直好好地待在那裡哦。」

「那被尤班殺死的我……」

「嗯，不是艾妮索拉。」李詩莊拍了拍他的機艙，再指了指朱成璧的機艙：「死的是阿卡莉，你們的機器被調換過了。」

「等等，你的意思是說……那天一早，老居登進去的角色是阿卡莉嗎？」

「對，輸入完密碼之後就直接登入世界，眼前看到的一片碧綠的森林，跟前幾天沒有什麼不一樣的地方。」

「太荒謬了，沒道理不知道自己不是艾妮索拉吧！」阿一驚呼道：「自己變成別人了……」

「那你剛才看他們走了五分鐘，有覺得什麼不對勁的地方嗎？」李詩莊反問，阿一與老居都啞口無言，李詩莊繼續說道：「如果是靈魂調換的話，可能真的會感覺到哪裡不對勁吧！但畢竟只是操縱遊戲角色，又都是年輕女子的身體，那麼細微的差異真的能分辨出來嗎？」

說完，他看向朱成璧：「所以說，這是一個只能留到最後才使用的手段，已經失去所有同伴的艾妮索拉，陷入一個絕對的死角之中——」

死者的證言本來應該是絕對可靠的，但「死者」看不見自己的臉，他當然沒想過自己操作著的是別人的身體，連死了的人不是自己也不知道。

第一人稱視角的遊戲，世界最大的死角就是自己。

「可是我那一天確實……」

「拿著艾妮索拉的武器？不是的，那一天你操縱的是待在南方某森林的阿卡莉，具體是哪一座森林我也不曉得，總之是PvP區域。阿卡莉只是卸下了自己全身的裝備，換上一套和艾妮索拉類似的衣服，還有刻意打造的類似武器而已。」

「因為你的視角局限，最多也只能看見自己的雙手和身體而已。兩人都是年輕女子，何況艾妮索拉本來的服裝就幾乎把全身都遮住，就算肌膚或身體特徵稍微有些差異，大概也很難在那麼短的時間內注意到吧？」

「至於武器，這是最重要的騙局——大概在古坦和艾妮索拉拚命前進的那段期間，阿卡莉一直都在張羅這把白楊杖吧！不過雖然盡可能打造了相仿的外型、也弄來了類似的寶石魚目混珠，但七色石實在太稀少了，處理不好反而會弄巧成拙，最終實在沒有找到適當的替代品，索性就這樣留個空缺在那裡了。」

「當然，這些終究都只是理想情況的模擬而已，就算再怎麼仔細偽裝，只要操作稍微久一點，多少都會察覺到破綻。如果老居多事地打開了對話紀錄呢？如果老居想要研究自己的詳細數值呢……為了避免讓老居多餘的動作拆穿這場西洋鏡，因此必須讓他活在世上的時間盡可能縮短。」

「接下來的行為，與其說是獵殺，不如說是表演。」李詩莊冷笑道：「以尤班的本事，要殺掉艾妮索拉，何必使用流星雨這麼誇張的招式？」

老居顫聲道：「因為她想讓我看見……」

「沒錯，流星雨的詠唱時間很長，只要查覺到對方想施放流星雨的意圖，不論是誰都一定會想辦法抵抗。」

「艾妮索拉身為輔助系法師，這時候最自然的反應就是施法反擊。可是，一旦這樣做就落入陷阱了——因為拿著錯誤武器的阿卡莉，根本沒辦法施放任何技能啊！」

可是老居也沒有多餘的時間考慮原因，因為大概在反應過來之前，流星雨就已經順利發動。而在那樣滅頂災厄般的大火之前，恐怕就連片刻的意識也難以維持吧！

就這樣朱成璧活活地把自己的阿卡莉給燒死，而老居也自始至終都沒有發現，死者根本不是他。

「等等！」老居匆忙地打斷他：「可是我到底是怎麼變成阿卡莉的？就算機艙被調換過了，我也不可能就這麼順利地登入朱成璧的帳號啊！」

「是嗎？」

「要登入機艙，必須輸入密碼。我輸入的當然是自己的密碼——她絕對不可能知道的密碼，可是用我的密碼要怎麼登入她的帳號……啊，難道說……」

「所以說，這是只能耍弄一次的詭計。」李詩莊嘆了口氣：「現在她已經沒辦法再登入自己的帳號了，因為她不知道你的密碼。」

「也、也就是說……」

「朱成璧，從一開始就沒有設密碼。」

「她的帳號一直保持在未決定密碼的狀態，每次都是不輸入密碼直接登入。當你使用她的機艙的時候，很自然地輸入了自己的密碼吧？結果那串密碼就被默認作朱成璧首次決定的密碼了。」

說完他看了朱成璧一眼：「這也是妳一開始就決定好的嗎？」

朱成璧微微一笑，說：「你的標準答案已經拿下滿分啦！我是什麼時候決定這件事的又有什麼重要呢？如今遊戲已經結束，勝負也定下了。我出的三個謎題，你都在時限內解開了，既然如此就是我的敗北。」她優雅地欠身示意：「製作人的位置依舊是你的，我今天就向唐總提出辭呈，再見了。」

說罷，朱成璧轉身便走，安娜與山貓必然是和朱成璧同進退，因此也朝四人頷首，表示告別。

「等一等！」李詩莊慌忙地叫住了她：「我是解開了所有謎題沒錯，但是比賽結果還沒決定。」

朱成璧停下腳步，以疑惑的眼神看著他。

「最初說好了不是嗎？你已經解開我所有的謎題了，怎麼會說比賽結果還沒決定呢？」

李詩莊有些艱難地開口：「難道妳不想知道，我是怎麼找出答案的嗎？」

朱成璧沉默了片刻：「什麼意思？」

「我……」李詩莊很艱難地開口：「我查了伺服器的Log。」

朱成璧沒有說話，表情也沒有變化，孫承禾與其他幾人倒是露出了訝異的表情。

「最初只是想知道我是不是寫出了bug……」彷彿辯解似的，李詩莊的聲音稍微提高了些：「想知道艾妮索拉死的時候為什麼伺服器會放行，結果發現那一天世界樹裡根本沒有發生半起玩家死亡紀錄——想想也是理所當然的吧！世界樹本來就是PvE啊！」

朱成璧瞇起了眼打量他。

「於是，我去調出了所有人的狀態資料，當然，也包含艾妮索拉和阿卡莉。」

朱成璧卻沒有露出生氣的樣子，反而掩著嘴笑了起來，不可置信地說：「真是傻眼了……怎麼有人這麼誠實啊。」

李詩莊道：「總、總之，我承認是我先違規，我調閱了Gamelog——」

朱成璧說：「要說違規的話，我在PvP殺人是更大的違規吧……」

「不過，根據協議，就算妳真的在PvP殺人，我也必須是依靠自己的推理斷定出這件事的！」

「說是這樣說啦……有過這樣的規定嗎？我記得PvP犯行好像才是最大禁則吧！把這個方法壓到最後用，除了是為了讓『艾妮索拉』身邊沒有其他人，也是因為到最後一場了，就算被抓出重大違規，結果也是一樣了……」

眾人面面相覷。

終於查覺到現在不對勁的情況。

「雖然H.A.是很出色的作品，但我也不是沒有UB這份工作就會餓死啦！所以製作人的位置沒拿下，也沒有什麼關係……」

「不行，我是用違規的方式取勝的，我沒有辦法心安理得說自己打敗了妳！」

現在是，兩個人在爭著認輸，把製作人的寶座推送出去嗎？

吵了將近十分鐘以後，最後孫承禾露出招牌的營業用笑容，對兩人揮了揮手，說：「這樣吵下去也不是辦法，這樣吧，我來做個仲裁好了。兩個人都不要爭了，也都相處兩個多月了，大家也慢慢熟悉彼此，不如，就按照最開始的決定，詩莊和成璧當聯合製作人，怎麼樣呢？」

「不可能！」

這回兩人倒是異口同聲。

「一艘船只需要一個船長。」朱成璧說：「我要前進的時候，不許有任何人掉轉舵頭，我既不需要另一個掌握權力的決策者，也不需要另一個承擔責任的負責人。我可不想要H.A.翻船的時候，有任何藉口可以讓我怪到別人身上，當然，反過來說也是。」

她要全部的權力，也要承擔所有的成敗。

李詩莊也露出同意的表情，兩人同時望向孫承禾，道：「裁判，結果就由你來仲裁吧？」

孫承禾對此時意外固執的兩人感到頭疼，這下可陷入了兩難的僵局了，總不能讓兩人剪刀石頭布決定結果吧？

而且要下這個重大決定的人還是自己！他看看其他幾個人，臉上都是一副怕被老師點到名的學生表情，孫承禾深深吸了一口氣，不行呀！自己可是個遊戲設計師呢！要是連遊戲的勝負規則都不能好好設計的話，豈不是太愧對自己的職業驕傲了嗎？

一般人遇到重大決策困難時會怎麼做呢？對了，要說每天都得做重大決策的人，無疑就是行政官員和議員吧！這些人遇到爭執不下的難題時，通常是用怎樣的政治智慧來解決的呢？

他沉默地盯著眼前幾十台雪白的機艙，終於想出了答案。

真是佩服自己的急中生智啊，果然設計遊戲的人不但腦筋要靈活，也要懂得在各種規則中找出對自己最有利的一條吧！

「基本上——」

於是他清了清喉嚨，氣派凜然地往前踏出一步。

然後他舉手指向朱成璧的機艙，說：「艾妮索拉還沒有死，所以這場比賽，還不算結束吧？」

終幕

春節結束後的第一個上班日，李詩莊收到了上級的回覆。他要的機器，最後只批准了兩台。

雖然仍感到非常不滿，但這已經是預想中最好的結果了。如果企劃書是由他來擬的話，大概不但一台都要不到，還會被股東連續開十場會來教訓一頓吧！說起來，還能要到兩台，實在是要感謝朱成璧的巧言如簧。

這也算按照她的計畫走，未來兩年內大概會慢慢添購足機器吧！在那之前，如何維持H.A.不被效能問題拖垮，就是他的責任了。

修改後的月費制收費計畫依然卡在上頭懸而未決，就如朱成璧所說：「只要是人都會想避免確定的損失，就算是已經知道套牢的股票，大家還是捨不得快刀斬亂麻。不過，適當告知H.A.必然面臨的損失，與較長期的回收計畫，這也是我們該負起的責任。雖然我希望H.A.能長期營運下去，如果最後高層想要殺雞取卵，那也是沒辦法的事。」

即使是善於辭令如她，最終也只能拖到這樣一個結果。果然現實生活中的任務和遊戲裡不同，不是只要盡了一切努力就能達成啊。

李詩莊長嘆一聲。

孫承禾看李詩莊一臉倒楣的樣子，忍不住過來調侃兩句：「大過年的就咳聲嘆氣，接下來一年可都會倒大楣喔？」

「我等一下就要倒大楣了——年假都放完了……還沒回來公司啊？」

朱成璧照例又請長假，不知到哪裡玩去了。二十分鐘後股東又要來開會，想到要被他們轟炸兩個小時就感覺頭痛，平常股東會議都靠朱成璧滿面笑容地周旋，今天卻只剩自己一個人面對。

孫承禾知道他在說誰，笑了一笑：「幹嘛？你現在不是還掛著製作人頭銜嗎？等艾妮索拉有一天真的被殺死了，你再來想著把這些責任推到成璧身上吧！」

比賽沒有設定時限，孫承禾的拖延策略十分出色地奏效。

「這不一樣啊！不管誰是製作人，跟股東對抗是所有人要承擔的共業啊！說起來承禾你是設計部門的負責人吧！為什麼你不用進來開會啊？」

李詩莊賭氣似地抱怨，這時忽然叮的一聲，信件匣內收到了一封新的訊息。李詩莊立刻像看見餌食的貓一樣跳了起來，是朱成璧發來的信。

孫承禾看他那期待又緊張的樣子，笑了一笑：「我看確實也不是誰是製作人的問題。」說著轉身走了。

李詩莊飛快展信來看，裡面是寫什麼呢？會是教他對抗股東的方法嗎？然而打開來裡面是一張朱成璧展顏歡笑的照片，朱成璧戴著厚重的雪帽，手上拿著一個厚重的牛皮紙袋，旁邊合影的一男一女不知道是誰。

李詩莊嘆了口氣，顯然她只是想分享自己的旅程而已。不過，看見她的笑容心情也愉快了些。她的信上這樣寫著：

詩莊：

好久不見，新年過得還愉快嗎？

知道我手上是什麼東西嗎？你猜一猜吧！絕對是會讓你也很開心的東西！

新年快樂！

成璧

好短。

李詩莊覺得委屈，捲動郵件，底下還真的一個字都沒寫了。他將照片稍微放大來看，努力忽略朱成璧燦爛的笑容，牛皮紙袋上似乎有寫字，不過是手寫字看不太清楚。

「H……H什麼？」橫著看豎著看盯了很久，還是沒看出個所以然來。

看看時間再十分鐘會議就要開始了，他遲疑了一下，又將照片放大了兩倍，這回他倒看明白了，忍不住倒抽了一口氣。

雖然是有些潦草的鋼筆字，不過應該不會錯的。

李詩莊忍不住輕笑出聲，自言自語道：「原來H．A．是這個的縮寫啊，我還一直以為是什麼Head of AI呢！」

那一頭已經傳來催促他開會的聲音，他隨口應了聲好，關掉信件，忽然覺得跟股東開會好像也不是什麼恐怖的事。

牛皮紙袋上只靜靜寫了一行字，他想，那應該是于善的筆跡吧！

那上頭寫著——Homeland of Avalon。

艾法隆的家鄉。

（本作品為第4屆【噶瑪蘭．島田莊司推理小說獎】原始參賽作品，未經後續編輯修改之版本）

第四屆「噶瑪蘭・島田莊司推理小說獎」決選入圍作品評語

（本文涉及謎底與部分詭計，請在讀完全書後再行閱讀）

日本推理小說之神／島田莊司

今年入圍最終決選的三部作品，水準極高，不論把首獎頒給哪部作品，感覺都可以。或者說，三部都獲得首獎也沒什麼問題。特別是這一次，比我在日本擔任過評審的各種獎項水準都還要高。

所以今年的評審與定奪非常困難，但這個獎項有註明只要是入圍最後決選的作品都會出版，所以我的責任相對也減輕了許多。

入圍的三部作品，將來都會經過翻譯介紹到台灣之外的國家，既可以對這個領域產生刺激與貢獻，也能展現華文本格推理的高水準。因此，我想告訴參賽者，即使沒獲得首獎也不必沮喪。

另外，三部作品的造詣在伯仲之間的今年，也是我從未如此渴望擁有「短時間內完成簡易日譯翻譯軟體」的一年。有了這個新技術的協助，我有自信今後的評審可以更為精準。今年的評斷之所以會這麼痛苦，很大的原因之一，是我深感就算擁有詳細的大綱、作者本人和副評審委員的報告，無法直接閱讀作品的評斷方式仍然有其極限。若不是作品的水準那麼接近，只要報告中的觀察角度與分析正確，就會輕鬆許多。

無論是架構、故事、詭計的品質，還是誘導讀者的巧妙安排，各部作品不但都相當接近，而且表現手法各自不同，在如此完美的情況下，我真的很想親自閱讀作品，深入作品內部，沉浸其中，等待答案自然浮現。在日本擔任獎項評審時，我曾再三體驗過，這種做法很有用，先有了結論，理由便會油然而生，就像用火車拖著貨車走那般順暢。

然而，由於這個獎不能仰賴這種方法，我無法準確判斷文筆是否流暢、表現手法是否具有魅力、伏筆是否有效、以及詭計細部的設定是否精巧，這令我十分苦惱，很擔心最後會不會因此犯下大錯。不過，對評選者來說，與其看到得獎作品一目瞭然，與非得獎作品之間的差距過大，像這樣被逼入絕境還比較幸福。

＊

我一直很苦惱，這部作品該安排在什麼位置、該給予什麼樣的地位。但這部作品靠著獨特的尖銳性引起我強烈的興趣，這倒是有必要特別敘述。在過去的獎項評審中，我從來沒有對任何一部作品產生過這樣的感情，但是在推薦新人時，卻有過類似的感覺，這件事多少也成為我對這部作品產生強烈興趣的理由之一。面對這部作品，以及為這部作品評價所遇到的困難，恐怕會成為我許久不能遺忘的記憶。

《黃》是多麼優秀的作品，不需要在這裡重述。但是，我不知道作者今後是否還能繼續以那樣的靈感、架構，達到同樣的境界。整部作品的構思，恐怕都用在《黃》之中了。《黃》的作者以前也曾入圍本獎項的最後決選，但以前面的作品與這部具有完全不同的概念來看，這樣的推測也是大有可能，更進一步來說，正因為這樣才稱得上是傑作。

但相較之下，這部《H˙A˙》的作者，可以期待他今後也靠著獨特、極端的概念，繼續寫出複數的問題作。我在這個作者身上，充分感受到這樣的能量。基於這樣的意義，我十分苦惱，很擔心如果這次不讓這部作品得獎，會不會在將來對華文本格這個充滿希望的field造成極大的損失。

作者在執筆這部作品之際，採用了極為獨特的想法。這個特殊的想法，或許得不到萬人的同意，但我個人可以附帶條件贊同，對於如此青澀、幾近粗暴的決然形態，我非常有興趣也有好感。正如「二十一世紀型本格」的字面意義，這部作品很有可能提出了全新本格推理小說的形態。然而，我無法精準地判斷，這部作品最後是否如作者所願，做為小說是否真的成功了？是否滿意地完成了？這樣的疑慮令我苦惱不已。

為這部作品評論的困難度，總結來說就在這裡。我可以評論他的想法，但無法評論描寫的細節。所以，尤其是對這部作品，我迫切希望有華文轉換日文的自動翻譯機，即使轉換成日文的正確度很低也無所謂。

這部作品從頭到尾，都在描寫線上遊戲的內部世界。有關遊戲的製作，似乎是這位作者的專業領域。這樣的設計連細部的完成度都很高，而且非常真實。徹底的虛擬描寫是很新穎，但隨著時代的變遷，現在描寫線上遊戲的小說，已經不再新奇。這部作品的新鮮處在於其專業性。

在這部《H.A.》中，三個遊戲依次進行，參加每個遊戲時，都會在起頭處仔細敘述固有的規則。那之後，故事裡的參加者便使用自己操縱的人物，嚴守這個規則，演出內部故事的一部分。然後，兇手鑽被規則的漏洞，殺害人物。前進到下一個遊戲時，又會再詳細提出新的規則，然後兇手再設法鑽規則的漏洞，將目標人物殺害。

作者將此解釋為類似數學的構造。「一＋一等於二」這樣的算術規則，被視為理所當然，但是，若在某個遊戲，把「＋」這個符號改成其他意思，重新定義，貫徹地、穩穩地使用，就會被導向完全不同的故事世界，這個故事就是以這樣的概念加以進展。

因此，整個遊戲都近似數學的解法，會仔細說明規則，只要正確理解這個「條件」後再進入閱讀，正確地把規則應用在發生的事件上，一定可以解開事件的謎團。像這樣，「規定與眼前的現實不同的規則，使用這個規則解開謎團的小說，就是自己的『本格』。」——作者如此定義。

這種世界的現實感，借助了最新科學的技術力量。這就是作者自己相信的「二十一世紀型的本格推理」，因此，他希望故事內部的任何伴隨殺人事件的戲劇性發展，都只在線上遊戲內部完結，不要與玩遊戲的人所屬的真實世界相互影響，也或許是不可以相互影響。

這樣的本格推理，帶有必須徹底與遊戲結合的性質。因此，他斷定必要的脊柱唯有How done it。Who、why都不要，所以這部小說宣告將拋棄Who done it與Why done it的概念。這個聞所未聞的決心，是這部小說最大的新穎之處。

我不知道作者打破窠臼的這個宣言，是涵蓋他自己本身所有的創作範圍，還是只限這次提出的作品和論文。她似乎也在寫科幻小說，我不知道今後她寫的本格推理世界會不會全部遵循這個規則，或是只有描寫線上世界的本格才會恪遵這個規則，或者，只打算在這次的本格小說應用這個規則。如果是最前者，便是主張唯有這個想法，可以創作出新世紀最有趣的本格推理小說。這次評選就必須對這個尖銳的想法做出回應，再不然，也要陳述最起碼的感想。

無論如何，這個被革命性、破例性的規則所引導的這部推理小說，特別是遊戲內部描寫的部分，或許不必讓所有讀者都覺得有趣，但整個故事是否夠有趣非常重要，作者應該是認為藉由這樣的規則，可以呈現出有趣的世界，所以若要以「實際上是否呈現出了作者所想的世界」來做評選，就必須確認有趣與否。

但是，這點很難做得到。首先，既然是遊戲，我還是希望能看著影像做評論，看著轉換成文字的東西發表感想，總覺得有點不切實際。如果有人說，既是以文學作品，就該評論轉換成文字的世界，那麼，我也同意這樣的說法，但這實在是困難到令人絕望。因為這是用華文書寫，所以身為日本人的我，無法直接接觸作者的文章表現，並沉浸其中。

我只能盡量詳細地詢問，參考華文評審委員的感想，透過這樣來了解，雖然已這麼做了，但光看討論，也是像隔襪搔癢般令人焦躁的做法。

這部作品最大的特色是，作者從頭到尾都徹底避開犯人模樣、動機之類的人性描寫，創作概念可以說是接近純粹推理思索的極北。這點顯而易見，也可以說是作者的才能。在描寫線上遊戲可能存在的陷阱時，多多少少會接觸到敘述性詭計，但作者顯然在這方面投入了最大的心力，巧妙地完成了這一點，由此可以充分感受到作者的「本格」品味。

然而同時，成熟的本格讀者，大多也有閱讀「文筆通順，深入描寫人類病態殺人」劇情的慾望，或者說是潛在都有這樣的慾望。由這點來看，會覺得這部作品似乎失去了什麼很重要的東西，也是事實。

再者，為了解開在線上世界內產生的謎團，必須在侵入各遊戲之前，仔細敘述做為條件的每條規則，亦即拿出解謎用的道具，是可以理解的事，然而，對於只想當成小說閱讀的人來說，會覺得有點冗長。實際上，字數也真的很多，這部作品的原稿張數，為了提示條件的嚴密性，約莫是其他作品的一點五倍，是否該把這些視為負面因素，當成減分要素來看待這部作品，應該是評價這部作品的最大重點之一。

筆者是第二次聽到這種感想，很像遠在二十多年前，綾辻行人的《殺人十角館》問世時，聽過好幾次的感想。

這部問題作品有「提供最少推理線索」的明確方針，所謂的「無法刻劃人性」的評價，在架構上是錯誤的，因為這部作品正是靠不描寫人來隱藏犯人，所以若使用老式規則描寫，作者的詭計便無法成立。至少，這部優秀的作品是這樣，評論者不該率然傾向前例，必須自覺自重避免陷入缺乏這種缺乏思慮的觀點。

此外，《殺人十角館》對相關人物的描寫極少，日本人將之稱為「人物符號化表現」，美國人將之稱為「Minimalism」。儘管是以「使用此方式」的固有規則為前提，這部小說還是在結尾處，苗寫了犯人決意在這個孤島引發悲劇的動機，以及犯人的人性，絕非全然否定了人性劇情。但是，在此作《H.A.》，或者該說起碼在這部作品，在推理遊戲的「本格」部分，否決了動機的說明，也放棄了人性劇情的描寫。本作的「Minimalism」更上一層，斷言不要「How done it」與「Why done it」。

本作的主張是「這就是新世紀的新本格的模樣，這就是新小說形態的可能性」。作者似乎是在詢問評選者，這個想法是否正確？

筆者大概只有在這部作品全部譯成日文後，才能真正進行裁斷吧。至於這次把重點擺在「How done it」上的方式是否正確，要看這麼做是不限自身創作，且不限線上本格，而是以field的今後本格創作整體來考慮？還是主張只限於自己本身選擇線上遊戲世界為舞台來描寫本格的時候才適用？結論會因此不同。

若是後者，可以完全同意。在綾辻世界被批評得體無完膚之後，美國卡通動畫的流行遍佈全球，把十角館內部人物的言行舉止，轉換成動畫世界，許多人就能同意作者的主張。

這次，想成又更進一步，進展到ＰＣ線上內部，就會逐漸把人物的表情、動作整理出來，往抽象化的方向去理解，所以，在遊戲內部，只把趣味限定在「How」的判斷，我可以同意是非常合理的。

在做「在遊戲內部的限定世界活動的人物，不會受到在外部操縱的人物的線上感情的影響」這樣的設定時，這個主張說起來就像「哥倫布豎雞蛋」，可以了解到是很自然的東西，沒有宣示到這種程度反而奇怪。在玩線上遊戲時，人應該是在有此理解的狀態下活動。彼此的人物破壞是遊戲的先決條件，這裡面並沒有深奧的動機。這個裡所當然的宣示，看起像是打破常規，是因為「在線上遊戲內部」這樣的前提模糊不清。

這一點與綾辻世界的狀況不同。因為這邊有最新科學技術介入了舞台的呈現，基於這樣的理解，回到作者先前所下的定義——「規定與眼前的現實不同的規則，使用這個規則解開謎團的小說，就是自己的『本格』。」——根據筆者的理解，這句話的意思就是「創造與現實不同的線上規則，使用這個規則找出破解遊戲中的謎團的小說，就是自己的『遊戲本格』」。在此作中，有利用離線時的習慣做發想，發揮誤導（misdirection）的作用，但這是只限於此次創作的定義，能否能帶著這個規則踏入一般本格創作，是其次的問題。

以前，筆者做為評選人，在「福山推理文學獎」開始時，第一句話便說：「不要讓綾辻行人落選！」這是因為綾辻行人等出自大學推理研究的人創作的本格作品，連一部都沒有入圍亂步獎等許多推理新人獎。

然而，他們現在都是中心支柱，支撐著日本的本格領域。若是我敗給常理的大聲浪，完全不推薦他們，因此他們都沒有出頭的話，現在「本格推理」這個文藝領域，就不會存在於日本或亞洲。

亦即，不得不說當時的作品評價規則，有結構上的缺陷。在二十一世紀的現今，也絕不能把這樣的缺陷帶進評判之處。不該缺乏思考地信奉老式規則，一再輕率的重複否定新式描寫。基於這樣的意義，筆者實在很難下決心，把這部尖銳、令人「頭大」與「充滿未來志向」的優秀作品，排除在得獎作品之外。

國家圖書館出版品預行編目資料

H.A. / 薛西斯著. -- 初版. -- 臺北市：皇冠, 2015 9
[民104]. 面; 公分. --(皇冠叢書; 第4494種) (JOY;
183)

ISBN 978-957-33-3178-0(平裝)

857.7 104015642

皇冠叢書第4494種
JOY 183
H.A.

作　　者—薛西斯
發 行 人—平雲
出版發行—皇冠文化出版有限公司
台北市敦化北路120巷50號
電話◎02-27168888
郵撥帳號◎15261516號
皇冠出版社(香港)有限公司
香港上環文咸東街50號寶恒商業中心
23樓2301-3室
電話◎2529-1778　傳真◎2527-0904
總 編 輯—龔橞甄
責任編輯—平靜
美術設計—王瓊瑤
著作完成日期—2015年
初版一刷日期—2015年9月

法律顧問—王惠光律師

讀者服務傳真專線◎02-27150507
電腦編號◎406183
ISBN◎ 978-957-33-3178-0
Printed in Taiwan
本書定價◎新台幣280元/港幣93元